W0323925

Lisa Graf-Riemann, 1958 in Passau geboren, ist freie Lektorin und Redakteurin. Sie hat lange in der Nähe von Ingolstadt gelebt und war als Dolmetscherin für die örtliche Polizei und die Bundespolizei am Flughafen München tätig. Sie hat außerdem ein gutes Dutzend Sprachlehrbücher, Selbstlernkurse und Schülerhilfen verfasst. Lisa Graf-Riemann lebt im Berchtesgadener Land, in Salzburg-Nähe. Im Emons Verlag erschienen Ihre Kriminalromane »Eine schöne Leich« und »Donaugrab«.

Dieses Buch ist ein Roman. Handlungen und Personen sind frei erfunden. Ähnlichkeiten mit lebenden oder toten Personen sind nicht gewollt und rein zufällig.

LISA GRAF-RIEMANN

Eine schöne Leich

OBERBAYERN KRIMI

emons:

MIX
Papier aus verantwortungsvollen Quellen
FSC® C083411
FSC
www.fsc.org

© Hermann-Josef Emons Verlag
Alle Rechte vorbehalten
Umschlagzeichnung: Heribert Stragholz
Umschlaggestaltung: Tobias Doetsch
Druck und Bindung: CPI – Clausen & Bosse, Leck
Printed in Germany 2011
Erstausgabe 2010
ISBN 978-3-89705-710-4
Oberbayern Krimi
Originalausgabe

Unser Newsletter informiert Sie
regelmäßig über Neues von emons:
Kostenlos bestellen unter
www.emons-verlag.de

Lese jeden Tag etwas, was sonst niemand liest.
Denke jeden Tag etwas, was sonst niemand denkt.
Tue jeden Tag etwas, was sonst niemand albern
genug wäre, zu tun. Es ist schlecht für den Geist,
andauernd Teil der Einmütigkeit zu sein.

Gotthold Ephraim Lessing

Ich fürchte mich so vor der Menschen Wort.
Sie sprechen alles so deutlich aus:
Und dieses heißt Hund und jenes heißt Haus,
und hier ist Beginn und das Ende ist dort.

Mich bangt auch ihr Sinn, ihr Spiel mit dem Spott,
Sie wissen alles, was wird und war;
kein Berg ist ihnen mehr wunderbar;
ihr Garten und Gut grenzt grade an Gott.

Ich will immer warnen und wehren: Bleibt fern.
Die Dinge singen hör ich so gern.
Ihr rührt sie an: sie sind starr und stumm.
Ihr bringt mir alle die Dinge um.

Rainer Maria Rilke

EINS

Meißner zog sich die Lederjacke über und klopfte suchend seine Taschen ab. Das Handy! Er zog die Schuhe noch einmal aus und tapste möglichst leise hinüber ins Schlafzimmer. Kirsti lag auf seiner Bettseite und hatte sich seine Decke zusätzlich zu ihrer eigenen geschnappt. Sie hielt das mit dunkelblauem Satin bezogene Betttuch zwischen ihren Beinen fest und umklammerte es mit den Armen, als läge er noch immer bei ihr. Das Bild rührte ihn, und er deckte die freie Decke über die helle Haut ihrer Beine und ihres üppigen Pos. Kirsti war eine sehr weibliche Frau. Sie war weich und gefühlvoll und hatte im Leben immer wieder Pech gehabt. Jetzt arbeitete sie als Bedienung in einem Café in der Innenstadt. Diese Woche hatte sie Spätschicht gehabt. Sie war genauso Single wie er, und manchmal trösteten sie sich gegenseitig ein bisschen über das Alleinsein hinweg.

Als er sein Handy vom Nachttisch nahm, bemerkte er, dass sie sich gestern nicht mehr richtig abgeschminkt hatte. Die Wimperntusche war über und unter ihren Augen verschmiert, sodass ihr schlafendes Gesicht ziemlich traurig aussah.

Er steckte das Handy ein, verließ die Wohnung und fuhr in seinem Audi A 4 ins Präsidium. Das Auto war noch nicht einmal ein Jahr alt. Wieso brachten die eigentlich kein Modell mit Selbstreinigungsfunktion auf den Markt? Bei den Küchenherden funktionierte das doch auch. Autowaschen, entrümpeln, saugen, er wusste, dass das vielen Männern, vor allem samstags, riesigen Spaß machte. Ihm nicht. Manchmal erschreckten ihn die leichten Verwahrlosungstendenzen, die er an sich bemerkte, aber er musste ja auch auf niemanden mehr Rücksicht nehmen. Carolas Nörgeleien über nicht geleerte Aschenbecher oder einen zugemüllten Beifahrersitz gingen ihm zwar nicht ab, doch sie hatten halt irgendwann auch eine Wirkung gezeigt. Aber jetzt war Carola nicht mehr da. Vor einem halben Jahr war sie bei ihm ausgezogen. Nun gab es keine Klagen mehr, dafür noch mehr

Chaos, in dem er sich nicht unbedingt wohlfühlte, aber er fand einfach nicht die Kraft dazu, es zu ändern. Denn letztlich hatte das kleine Chaos um einen herum doch auch etwas zutiefst Tröstliches und Menschliches. Fand er zumindest.

Dass Kirsti so weit draußen, in Oberstimm, wohnte, das nervte ein bisschen. Er fuhr auf der B 13, die parallel zur Bahnstrecke München-Nürnberg in nördlicher Richtung nach Ingolstadt verlief. Die Bundesstraße führte mitten durch Unsernherrn, den ersten eingemeindeten Unterbezirk von Ingolstadt, wo es sich morgens meistens an den Ampeln und Fußgängerüberwegen staute. Schulbusse zuckelten um die Zeit im Stop-and-go durch den Ort, während die Pendler, die nach Ingolstadt in die Arbeit mussten, sich an ihnen vorbeizudrängen versuchten. Zwischen Unsernherrn und dem nördlich angrenzenden Bahnhofsviertel gab es noch einen kleinen unbebauten Flecken Erde, auf dem seit diesem Frühjahr ein Feld mit Blumen zum Selbstpflücken blühte. Am Rand standen Sonnenblumen, dann folgten mehrere Reihen mit Gladiolen, wie sie früher immer im Schrebergarten seiner Großeltern gewachsen waren. Damals waren sie an Stöcke gebunden worden, damit der Wind sie nicht knickte. Auf dem Feld bogen sich die kräftigen Stängel mit ihren weißen, roten und violetten Blütenständen im Wind, als Meißner mitten im Feld eine Frau entdeckte. Mit ausgestreckten Armen und sich drehend tanzte sie durch die Reihen. Der Saum ihres roten Kleides flatterte im Wind, und ihr langes dunkles Haar flog wild um ihr Gesicht. Meißner stieg panisch auf die Bremse. Verdammt, beinahe wäre er auf den BMW vor ihm aufgefahren. Musste der auch schon einen halben Kilometer vor der nächsten Ampel abbremsen, um im Leerlauf Benzin zu sparen? Jetzt war er an dem Blumenfeld vorbei und hatte die Frau aus den Augen verloren. Leider.

Er fuhr auf der Münchener Straße weiter, am Hauptbahnhof vorbei, bog in die südliche Ringstraße ein, überquerte die Donau und erreichte über die Heydeckstraße das Präsidium. Den Wagen stellte Meißner auf dem Parkplatz an der Rückseite des Backsteingebäudes ab und betrat das Gebäude durch den Hintereingang. Als der Türöffner summte, ging er durch die Glastür. Stangelmayer, der am Eingang saß, erhob sich und nickte ihm zu. Meißner schätzte, dass Stangelmayers Hüftumfang in den letzten zwei Jahren mindestens um einen halben Meter zugenommen hatte. Es war deprimierend, das mit anzusehen. Früher war er einer der Besten in der Polizei-Sportgruppe gewesen, ein richtig guter Sprinter. Heute war nicht mehr dran zu denken, dass er auch nur den windigsten Taschendieb einholen würde. Der Innendienst machte Männer fett und behäbig.

Meißner ging am Lift vorbei und stieg die Treppe hinauf. Wie lange war er selbst schon nicht mehr gelaufen? Er wusste es ganz genau. Carola war eine fanatische Joggerin gewesen. Die Teilnahme am jährlichen Ingolstädter Halbmarathon im Frühsommer war stets eine Ehrensache für sie gewesen. Er hatte sich sogar dazu überreden lassen, mit ihr dafür zu trainieren. Was Carola sich vornahm, das zog sie auch durch. Sie war eine starke, eigenwillige Person, und er hatte sie immer so akzeptiert. Aber jetzt war sie weg, und er war im letzten halben Jahr überhaupt nicht mehr gelaufen, nicht ein einziges Mal. Jetzt, wo sie ihn nicht mehr dazu antrieb.

Er betrat den zweiten Stock. Sein Kollege Elmar Fischer holte sich gerade einen Kaffee am Automaten.

»Morgen«, sagte Meißner.

»Hi, Stefan«, antwortete sein junger fränkischer Kollege, der sich bestimmt Mühe gab, nicht allzu auffällig gekleidet im Dienst zu erscheinen. Trotzdem war sein Outfit – ein feuerrotes Hemd, modische Hüftjeans, die blonde, mit Gel gestylte Kurzhaarfrisur und als i-Tüpfelchen ein blauer Stecker im rechten Ohr – wie immer einen Tick zu schrill für das oberbayrische Polizeipräsidium geraten. Im Gegensatz zu den Beamten vom Schlag eines Stangelmayer war Fischer jedoch topp in Form. Er hatte ein Abo im Fitnessstudio und ging, im Gegensatz zu vielen anderen, auch tatsächlich drei Mal die Woche in die Muckibude und quälte sich an Arm- und Beinpressen ab. Wahrscheinlich joggte er außerdem an den restlichen Tagen mal locker morgens eine Stunde vor dem Dienst, dachte Meißner nicht ohne Neid. Fischer war jung und knackig, und daran gab's wirklich nichts auszusetzen.

»Na, heute mit dem linken Fuß zuerst auf den Flokati getreten?«, versprühte Fischer seine ewig gute Laune.

»Bring mir auch einen Kaffee«, ignorierte Meißner die Frage und verzog sich in sein Büro. Wie konnten manche Leute den Tag schon so geschwätzig beginnen?

Um neun rief Winter an.

»Stefan, Arbeit. Wir haben drei Illegale für dich.«

»Woher?«, fragte Meißner.

»Wir haben sie an einer Tankstelle in der Nähe der A 9 geschnappt. Kolumbianer. Zwei Männer, eine Frau.«

»Kolumbianer?« Das hatte ihm noch gefehlt. »Was ist mit Holler? Kann er sich nicht darum kümmern?«

»Der musste zum Zahnarzt. Kommst du jetzt runter?«

»Wenn es denn unbedingt sein muss«, knurrte Meißner.

Wenigstens war es noch vormittags und der zuständige Richter vermutlich greifbar. Als er zur Tür hinausging, stieß er fast mit Fischer zusammen. Der heiße Kaffee schwappte über den Becherrand und rann dem jungen Kollegen über die Hände. Meißner drückte sich an ihm vorbei. »'tschuldigung«, brachte er gerade noch schulterzuckend heraus, dann ging er den Gang entlang zur Treppe und zum Eingang hinunter.

Winter hatte den dreien schon die Pässe abgenommen. Wie Meißner erwartet hatte, waren es klägliche, stumme Gestalten. So fremd wie drei Lamas auf einer bayrischen Kuhweide, dachte der Hauptkommissar und nickte ihnen zu. Die Frau war die älteste der drei Personen, zwischen vierzig und fünfzig. Sie hatte dickes kurzes Haar, das blond gefärbt war. Der breite dunkle Haaransatz war unübersehbar. Sie war klein, stämmig und auffällig jugendlich gekleidet für ihr Alter, was nicht unbedingt vorteilhaft war. Einer der beiden Männer hätte fast der Sohn der Frau sein können, er war Anfang zwanzig, während der andere etwa zehn Jahre älter war. Er hatte große dunkle Augen, volles lockiges Haar und wirkte weniger proletarisch als die anderen beiden. Er hätte Lehrer oder Journalist sein können.

»Sie waren mit einem alten Lada unterwegs, Kölner Kennzeichen. Auf einen Tschechen zugelassen«, sagte Winter. »Können kein Wort Deutsch.«

Meißner sprach sie auf Englisch an und versuchte es dann mit seinen paar Brocken Französisch. Vergeblich.

»Was sprechen die noch mal in Kolumbien?«, fragte Winter.

»Spanisch«, sagte Meißner. »Stangelmayer soll in der Kartei nachsehen und einen Dolmetscher anrufen.«

»Und was soll ich jetzt mit denen machen?«, wollte Winter wissen.

»Das Übliche«, sagte Meißner. »Ohne Dolmetscher brauchen wir gar nicht anzufangen. Keine Waffen, nehme ich an?«

Winter schüttelte den Kopf.

»Habt ihr die Pässe schon geprüft?«

»Ja, zwei sind wahrscheinlich gefälscht. Der von ihr«, er deutete auf die Frau, »und der von ihm.« Er zeigte auf den jüngeren Mann.

»Aber dann ist ja alles klar«, sagte Meißner. »Und nimm ihnen die Gürtel ab. Die Frau kann im Verhörzimmer bleiben.«

Winter brachte die Männer in die Zellen im Untergeschoss, Meißner selbst blieb bei der Frau sitzen und wartete, bis sein Kollege zurückkam. Die Frau begann zu weinen. Das kräftig aufgetragene Augen-Make-up war im Begriff, sich aufzulösen. Dünne schwarze Rinnsale liefen wie Spinnenbabys über ihre kräftigen Wangenknochen. Meißner fiel auf, dass ihr etwas verlebtes Gesicht indianische Züge trug. Er zog eine Packung Tempo-Taschentücher aus seiner Lederjacke und reichte sie der Frau. Sie lächelte kurz, schluchzte aber gleich darauf wieder laut auf. Dann kam Winter zurück und löste ihn ab.

In seinem Büro informierte Meißner den Haftrichter, dann erledigte er, während er auf den Dolmetscher wartete, den Stangelmayer hoffentlich bald auftreiben würde, den notwendigen Verwaltungskram.

»Ach ja, Stefan?« Fischer streckte seinen Kopf zur Tür herein. »Bevor ich es vergesse: Die Streife hatte gestern einen Einsatz in einer Privatwohnung in Haunwöhr. Familienstreit, kleine Schlägerei, doch die Frau liegt im Krankenhaus. Gestern Abend wollte sie noch keine Anzeige machen, aber sie konnte auch nicht wirklich vernommen werden, weil sie so durcheinander war. Fahren wir hin?«

»Bring mir lieber die Personalien oder jemanden von den Einsatzleuten.«

»Die sind noch gar nicht da«, sagte Fischer.

»Wer war denn dabei?«, fragte Fischer.

»Ich glaube, der Herbert und die Marieluise.«

»Wer?«, fragte Meißner.

»Na, die Rosner, die Neue, frisch von der Polizeischule.«

»Und die heißt Marieluise?«, fragte Meißner. »Woher weißt du das denn?«

»Mein Gott, Stefan«, sagte Fischer und besah sich seine gepflegten Hände. »Wir jüngeren Kollegen kennen uns halt. Schließlich haben wir auch ein Privatleben. Man trifft sich abends schon mal in der Kneipe. Soll ich die Marieluise dort etwa mit ›Frau Polizeikommissar-Anwärterin‹ ansprechen, oder wie?«

Meißner war genervt. Es war ihm völlig egal, wie die *jüngeren Kollegen* sich in den Kneipen untereinander ansprachen. Er war kein Kneipengänger, was er gerade in diesem Augenblick auch nicht besonders bedauerte. Aber dass Fischer ihn zusammen mit den Winters und den Stangelmayers – also den *älteren Kollegen* – in ein und denselben Topf geworfen hatte, das kränkte ihn schon.

»Die Rosner soll mit den Unterlagen zu mir kommen, sobald sie hier ist. Dann muss sie mit ins Krankenhaus fahren. Dich brauche ich nicht dabei, da sollte schon eine Beamtin mit dabei sein«, entgegnete Meißner patzig.

Nach der Mittagspause, die Meißner beim Italiener an der Ecke verbracht hatte, meldete sich Polizeikommissar-Anwärterin Rosner bei ihm. Eine sportliche Frau Ende zwanzig, mit mittellangen dunkelblonden Haaren, die sie zu einem wippenden Pferdeschwanz gebunden trug.

»Ach, Sie sind das?« Meißner musterte sie. Im Gegensatz

zum Kollegen Fischer war sie eher dezent gekleidet. Marineblau schien ihre Lieblingsfarbe zu sein, kein Hang zum Auffälligen, fast wirkte ihre ganze Erscheinung etwas blass. Wie hieß die noch mal? Maria? Luise? Irgendetwas Altmodisches jedenfalls. Ach ja, Marieluise, wie die Ingolstädter Schriftstellerin Marieluise Fleißer, die zusammen mit Brecht in Berlin am Theater gewesen war, sich dann aber wieder nach Ingolstadt geflüchtet und einen Tabakhändler und Schwimmer geheiratet hatte. Sie war fünfundzwanzig Jahre in dessen Tabakgeschäft gestanden und von der Welt fast vergessen worden. Bis Fassbinder sie in den siebziger Jahren wiederentdeckte.

»Kommen Sie«, sagte Meißner und stand auf. »Wir fahren gleich raus ins Klinikum, und unterwegs erzählen Sie mir, was da gestern los war.«

»Die Nachbarn haben die Polizei gerufen«, begann sie, als sie auf den Gang traten. Sie steuerte auf die Treppe zu, hielt aber inne und wartete ab, ob Meißner eventuell lieber den Lift nehmen wollte. Doch der öffnete die Glastür zum Treppenhaus und ließ sie vorangehen.

»Das war so gegen einundzwanzig Uhr. In einer Wohnung in einem Mehrfamilienhaus in der Görresstraße gebe es zwischen einem Mann und einer Frau einen ziemlich lauten Streit. Möbel würden umgeworfen, und der Mann habe seiner Frau oder Freundin wohl auch schon ein paar gelangt. Jedenfalls habe sie bereits um Hilfe geschrien. Als wir hinkamen, konnten wir den Lärm schon im Treppenhaus hören. Wir klingelten mehrmals, bis uns schließlich ein vielleicht zehnjähriges Mädchen öffnete. In der Wohnung fanden wir eine junge Frau mit blutverschmiertem Gesicht. Sie lag am Boden und krümmte sich. Die Arme hatte sie um den Bauch geschlungen, als hätte sie Angst, sie könne etwas verlieren, wenn sie losließe. Der Mann, offenbar ihr Freund, mit dem sie die Wohnung teilte, sagte, sie hätten Streit gehabt, und da sei ihm die Hand ausgerutscht, nichts Schlimmes. Wir haben die Frau dann gleich ins Klinikum gebracht.«

»Ist sie Deutsche?«, fragte Meißner, als sie auf den Parkplatz hinaustraten.

Rosner blätterte in ihren Unterlagen. »Polin«, sagte sie, »vierundzwanzig, und erst seit zwei Monaten in Deutschland.«

»Und der Typ?«

»Thomas Schneider, achtundzwanzig, arbeitet bei Audi. Das Mädchen in der Wohnung war seine Tochter, sagt er.«

»Hat sie auch etwas abbekommen?«, fragte Meißner. Kurz überlegte er, ob er seiner Mitfahrerin die Beifahrertür aufhalten sollte, entschied sich aber dann dagegen. Schließlich waren sie im Dienst. Sie stiegen gleichzeitig ein.

»Sah nicht so aus«, sagte sie. »Das Mädchen war unverletzt, aber wir haben trotzdem das Jugendamt informiert. Da müsste heute schon jemand bei der netten kleinen Familie vorbeigeschaut haben. Die Tochter wirkte verschlossen, fast verstockt. Sie sah nicht so aus, als ob sie mit der jungen Frau am Boden besonders mitgelitten hätte.«

»Sie scheinen sie ja nicht gerade in Ihr Herz geschlossen zu haben.«

Meißner sah, wie Rosners Blick kritisch über den von Kaugummi- und Bonbonpapieren überquellenden Aschenbecher wanderte und scheinbar interessiert bei der Ablage der Mittelkonsole hängen blieb, die mit kaputten Kugelschreibern, zusammengeknüllten Zetteln, hüllenlosen CDs, ungeöffneter Werbepost und angebissenen Schokoriegeln, die schon verschiedene Aggregatzustände angenommen hatten, vollgestopft war. Man konnte es nicht anders nennen. Oh nein, das hier war nicht gerade das Zeugnis einer souveränen Lebensführung und eines reifen Charakters. Eher schon sah es aus wie im ersten Auto eines trotzigen Jugendlichen, der seiner Mutter verboten hatte, bei ihm aufzuräumen, und der sich selbst nicht dazu durchringen konnte, einen knallharten Strich zu ziehen und sich dem Unvermeidlichen zu stellen: Aufräumen, Saubermachen und Müll entsorgen.

»Mögen Sie die Stücke der Fleißer?«, fragte Meißner, um die junge Kollegin bei den Folgerungen, die sie aus ihren Beobachtungen möglicherweise ziehen würde, zu stören.

»Wie?«, fragte sie.

Gerade hatte er sich eingebildet, sie habe in dem überfüllten Fach in der Beifahrertür die vinzenzmurr-Papiertüten entdeckt, die noch nach ihrem ehemaligen Inhalt – Leberkässemmeln mit scharfem Senf – rochen. Möglicherweise hatten sie auch ein ähnliches Schicksal wie die Schokoriegel erlitten.

»Ach so«, sagte sie und bewahrte ihn somit wenigstens kurzfristig vor weiteren peinlichen Feststellungen. »Meinen Vornamen hat sich meine Mutter ausgedacht, nicht ich. Sie unterrichtet am Christoph-Schreiner-Gymnasium. Aber mein Vater war dagegen, von den Ingolstädtern mögen ja längst nicht alle ihre berühmteste Schriftstellerin. Meine Mom hat sich gegen seinen Willen durchgesetzt.«

»Und Sie wollten nicht Lehrerin werden?«

»Ich wollte Polizistin werden. Nicht unbedingt in Ingolstadt, aber nun bin ich eben doch hier.«

»Manche Menschen verhalten sich zu Ingolstadt wie ein Bumerang. Als junge Leute rennen sie davon, machen einen weiten Bogen um die feuchte, flache Donauebene, und dann zieht es sie doch wieder zurück.«

Sie wollte noch nachfragen, ob er von sich selbst sprach, aber da waren sie schon am Klinikum angekommen, und Meißner freute sich, dass er es fürs Erste erfolgreich geschafft hatte, seine Kollegin von den peinlichen Schmuddelecken in seinem Wagen abzulenken.

Die Klinik war ein riesiger Gebäudekomplex inklusive Hubschrauberlandeplatz und allem dazugehörigen Pipapo. Mit dreitausend Mitarbeitern war sie außerdem der zweitgrößte Arbeitgeber der Stadt.

Auf der Station sprachen sie zuerst mit dem diensthabenden Arzt.

»Schläge ins Gesicht, auf die Nase, gegen die Brust. Aber keine Brüche. Rippenprellung links. Hämatome an beiden Schienbeinen. Ach ja, und die Frau ist schwanger, dritter Monat.«

Sie betraten das Zimmer, nachdem sie angeklopft hatten. Rosner zeigte auf die junge dunkelhaarige Frau in dem Bett am Fenster. Sie trug ein weißes T-Shirt mit V-Ausschnitt, auf dem Meißner beim Näherkommen ein paar eingetrocknete Blutflecke erkannte. Ihre Nase wirkte geschwollen, und in den Nasenlöchern war verkrustetes Blut zu sehen.

Meißner belehrte sie über ihr Recht, die Aussage zu verweigern, doch davon wollte sie keinen Gebrauch machen.

Sie hieß Malgorzata Kupinska, hatte ihren deutschen Freund in Krakau kennengelernt und war auf seine Einladung hin nach Deutschland gekommen. Sie hätten sich gestritten, weil seine Tochter frech zu ihr gewesen sei, Malgorzata Kupinska sich aber gegen sie hatte durchsetzen wollen. Schneider habe wie immer Partei für seine Tochter ergriffen und ihr vor dem Kind eine Ohrfeige gegeben. Sie habe sich gewehrt, sodass es zu der Auseinandersetzung gekommen sei.

Ob das Kind, das sie erwarte, von ihm sei, fragte Meißner.

Sie nickte.

»Und Sie wollen wirklich keine Anzeige erstatten?«

Sie schüttelte den Kopf.

»Wollen Sie Ihren Freund nicht verlassen? Ausziehen?«, fragte Rosner.

»Wo soll ich hin?«, fragte sie. »Etwa zurück nach Polen? Zu den Eltern? Vielleicht beim nächsten Mal, aber jetzt tut es ihm bestimmt schon leid.« Sie fasste sich an die linke Seite.

»Herr Schneider behauptet, sie hätten ihn in die Brust gebissen«, sagte Meißner.

»Das stimmt. Aber erst, nachdem er mich geschlagen hat«, sagte sie. »Irgendetwas musste ich doch tun. Ich habe mich vor dem Kind so geschämt. Eine Frau lässt sich doch nicht von ihrem Mann schlagen.«

»Ja, dann«, sagte Meißner, »wünschen wir Ihnen alles Gute.« Die Phrase war ihm peinlich, aber es fiel ihm nichts Besseres ein.

»Passen Sie auf sich auf«, sagte Marieluise Rosner zum Abschied, und es klang sehr solidarisch. »Und wenn Sie Hilfe brauchen, dann können Sie auch hier anrufen.« Sie zog ein Kärtchen aus der Tasche und legte es auf den Nachttisch.

»Was war das für eine Nummer, die Sie ihr gegeben haben?«, wollte Meißner beim Hinausgehen wissen.

»Vom Frauenhaus«, sagte sie.

»Machen Sie dann bitte später den Bericht fertig und geben Sie alles an den Staatsanwalt weiter.«

Als sie im Auto saßen, fragte sie ihn: »Haben Sie schon einmal jemandem eine Ohrfeige gegeben?«

»Ja«, sagte Meißner, »so mit zwölf oder dreizehn. Und Sie? Haben Sie schon einmal einen Mann gebissen?«

Es sollte ein Scherz sein, doch als Meißner zu ihr hinübersah, bemerkte er, dass sie errötet war.

Als sie ins Präsidium kamen, erkundigte sich Meißner nach dem Dolmetscher für die Kolumbianer. Aber der einzige Dolmetscher, den Stangelmayer erreicht hatte, hatte gerade einen Einsatz am Franz-Josef-Strauß-Flughafen. Eine Dolmetscherin sei frühestens am kommenden Morgen verfügbar. Mittlerweile stünde immerhin fest, dass es sich bei allen drei Pässen um Fälschungen handelte.

Meißner rief noch einmal beim Richter an.

»Dabehalten«, gab er die Anweisung des Richters weiter und wies Fischer an, den Leuten etwas zu essen und zu trinken zu bringen, da sie auch noch die Nacht auf dem Präsidium verbringen würden. Urkundenfälschung war ein ziemlich eindeutiger Fall. Winter sollte sie erkennungsdienstlich behandeln, Fotos machen, ihre Fingerabdrücke abnehmen und ihre Daten eingeben.

Um fünf verließ Stefan Meißner das Gebäude und reihte sich auf der nördlichen Ringstraße in Richtung Westen ein. Vor der Abzweigung nach Gerolfing nahm er sich beim italienischen Feinkostladen noch zwei Tramezzini mit und fuhr dann stadtauswärts, Richtung Neuburg, an der Donau entlang. Bei Bergheim überquerte er den Fluss und bog von der Landstraße in östlicher Richtung auf einen Feldweg ein, dem er etwa eineinhalb Kilometer folgte. Dann bog er noch einmal in einen schmäleren Weg ab, der durch den Auwald führte und kam schließlich zu einer Holzhütte, von der ein Steg auf einen Altwasserarm der Donau hinausführte.

Er stellte das Auto ab, schloss die Tür auf, holte eine halb volle Flasche Weißwein aus dem Camping-Kühlschrank, nahm einen Teller und ein Weinglas aus dem Schrank und trug alles auf den Steg, dessen letzter Meter von den flach einfallenden Strahlen der Spätnachmittagssonne beschienen wurde. Er setzte sich, zog die Schuhe aus, schenkte sich ein und sah zu, wie das Glas von der Kälte des Weines außen beschlug.

Für ihn gab es keinen schöneren Platz auf der Welt. Seine nackten Füße baumelten über den kreisrunden Blättern der Teichrosen, die den unscheinbaren kleinen gelben Knopfblüten die Schau stahlen. Ab und zu ließ sich eine Libelle auf einem der Blätter nieder. Manchmal kam ein Frosch zum Sonnen oder zum Beutefang, aber meistens gingen die Frösche zwischen den Blättern im Wasser in Deckung. Sie selbst waren eine leichte Beute der Graureiher, die am anderen Ufer reglos wie steinerne Wächter im Schilf standen.

Meißner trank seinen Pinot Grigio und biss in das Tramezzino mit Parmaschinken auf Rucola. Es schmeckte göttlich, auch wenn das Brot bereits kalt war. Plötzlich kam ihm eine Melodie in den Sinn, die er früher auf dem Akkordeon gespielt hatte, und er hatte das Bild der tanzenden Frau im Gladiolenfeld vor Augen. War das auch heute gewesen? Ja, heute Morgen, auf dem Weg zur Arbeit. Aber er konnte das Bild nicht festhalten, denn darüber schob sich die junge Polin, die mit blutiger Nase in ihrem Bett im Klinikum lag, und die ältere Kolumbianerin mit dem schlecht gefärbten blonden Haar, die geweint hatte, als Kollege Winter die Tür zum Verhörzimmer absperrte. Es war schon ein komischer Job, den er sich da ausgesucht hatte. Er fühlte sich müde und erschöpft. Nicht körperlich, es war eher ein Gefühl, und es hatte etwas mit seiner Seele zu tun. Im Polizeialltag ging es ihnen nicht viel anders als den Ärzten und Schwestern im Krankenhaus. In der Routine und dem Stress des Jobs waren zu viel Seele, zu viel Mitgefühl und Mitleiden nur hinderlich, aber in der freien Zeit musste er sich ein bisschen um sich selbst kümmern, um nicht abzustumpfen oder kaputtzugehen. Er hatte Angst davor, roh und abgebrüht zu werden oder fett wie Stangelmayer, für den er plötzlich ein heftiges Mitgefühl empfand.

Die Fischerhütte, die er von seinem Großvater geerbt hatte, war sein Rückzugsort. Hier konnte er auftanken. Fast immer kam Meißner allein hierher. Carola hatte diesen Ort, die primitive Hütte, nicht gemocht. Kein Bad, kein Klo mit Spülung, eine unsichere Stromversorgung über eine kleine Photovoltaikanlage auf dem Dach und eine schwache Batterie im Schuppen. Sie konnte hier nach dem Joggen nicht richtig duschen, und das Altwasser mit seinen Pflanzen und den großen Fischen war ihr unheimlich gewesen. Aber muss ich denn in jedes Wasser hineinspringen können?, fragte sich der Kommissar. Das Flüsschen gehörte schließlich den Fischen, den Teichrosen, den Fröschen, den Libellen, dem Hecht und dem Graureiher. Meißner selbst war hier nur der Beobachter am Rande, der hinschaute, aber nicht eingriff, nicht handelte und nicht lenkte. Seinen Angelschein hatte er seit Jahren nicht mehr verlängert. Still auf dem Steg zu sitzen und nur zu schauen, das war genau der Ausgleich, den er nach einem Arbeitstag brauchte. Carola hatte das nie verstanden.

Ob die Gladiolenfrau wohl auch über den Steg hier tanzen würde, wenn sie ihn je entdeckte? Was war er doch nur für ein Träumer. Ein richtiger Romantiker. Wahrscheinlich wäre er auf dem Konservatorium doch besser aufgehoben gewesen als bei der Kripo.

Meißner blieb bis zum Sonnenuntergang auf dem Steg sitzen, dann erst packte er zusammen und fuhr in die Stadt zurück, in seine kleine vernachlässigte Wohnung.

ZWEI

Als er am nächsten Morgen zur Arbeit fuhr, konnte er es nicht vermeiden, zu dem Blumenfeld hinüberzusehen. Niemand war da, aber er hatte auch nichts anderes erwartet. Solche Momentaufnahmen konnte man nicht beliebig wiederholen, so war das nun mal im Leben. Und doch machte sich eine kleine Enttäuschung in ihm breit. Vielleicht sollte er doch einmal mit Fischer eine Kneipentour machen? Obwohl Fischers Milieu wahrscheinlich nicht gerade dazu geeignet war, Frauen kennenzulernen. Meißner wusste, wo die Russen verkehrten, wo die Türken in ihren Cafés saßen, wo die Animierclubs und Bars lagen, wo es ab und zu Probleme mit verbotenem Glücksspiel gab. Er wusste auch, wo die Schwulen ihre Treffpunkte hatten. Doch er hätte nicht sagen können, wo Leute wie er, nicht mehr ganz jung, hetero und wieder Single, sich trafen. Mit Sicherheit nicht an einsamen Fischerhütten am Donau-Altwasser. So viel stand schon mal fest.

Bin ich ein komischer Kauz geworden, ein einsamer Wolf, ein alternder Derrick, ein verschusselter Columbo?, fragte er sich, als er den Wagen an der Rückseite des Präsidiums parkte.

»Die Dolmetscherin ist da, ich hab sie zu dir raufgeschickt«, rief ihm Stangelmayer nach, als er an der Pforte vorbeiging.

»Okay, dann bring mir die Kolumbianer rauf.«

»Alle drei?«

»Zuerst den jüngeren Mann.«

Vor seinem Büro stand die Dolmetscherin am Fenster im Gang. Sie hatte den Rücken zu ihm gedreht und trug eine Jeans, geschätzte Größe 30/34. So wie Carola, dachte er. Dazu hellblaue Schnürschuhe und eine weiße Bluse. Das lange Haar hatte sie zu einem lockeren Knoten aufgesteckt, aus dem einige Locken heraushingen und auf ihren schlanken Hals fielen. Ob Frauen eigentlich wussten, wie anziehend so ein Nacken auf Männer wirkte?

»Guten Morgen«, sagte er, nachdem er sich geräuspert hatte.

Sie drehte sich zu ihm um.

»Meißner.« Er streckte die Hand aus. »Schön, dass Sie kommen konnten.«

»Sylvia García«, sagte sie und sah ihm in die Augen.

Er bemühte sich, weder einsam noch alternd noch schusselig auszusehen, führte sie in sein Büro und setzte sie über die Fakten in Kenntnis. Sie machte sich einige Notizen, dann brachte Winter schon den jungen Kolumbianer herein. Er gab vor, Tourist in Deutschland zu sein und zu Verwandten nach Spanien zu reisen. Als Meißner ihn auf den gefälschten Pass ansprach, behauptete er, dass der echt und erst eine Woche vor ihrer Ausreise in Bogotá ausgestellt worden sei.

»Sagen Sie ihm, wir wissen ganz sicher, dass der Pass gefälscht ist. Er kann uns also auch gleich die Wahrheit sagen.«

Sylvia García übersetzte, und der Kolumbianer antwortete ihr.

»Herr Méndez möchte wissen, was jetzt mit ihm geschieht«, sagte sie.

»Urkundenfälschung ist in Deutschland wie auch in Kolumbien ein Straftatbestand. Dafür wird er ins Gefängnis wandern«, sagte Meißner.

Sie übersetzte wieder.

»Und dann?«, fragte sie.

»Dann wird er abgeschoben.«

»Er möchte wissen, wer das bezahlt.«

»Wenn er über Geld verfügt, er selbst.«

Die Tür ging auf, und Fischer streckte den Kopf herein: »Hi, Stefan, wir haben einen Einsatz!«

»Jetzt? Aber ich bin mitten in der Vernehmung, und das ist erst die erste von dreien. Nimm halt den Winter mit!«

»Aber wir haben eine Tote.«

Meißner stand auf und schob Fischer auf den Gang hinaus. »Was für eine Tote?«

»Liegt in ihrer Wohnung. Irgendwo in der Altstadt. Ihre Schwester hat sie gefunden.«

»Selbstmord?«, wollte Meißner wissen.

»Keine Ahnung. Die Schwester sagt, dass sie das für unmöglich hält.«

»Das sagen die Angehörigen immer. Und was soll ich jetzt mit den Kolumbianern machen?«

»Na, die haben's bei uns im Keller doch ganz gemütlich. Auf jeden Fall besser und sicherer als bei den Drogenbossen und Guerilleros bei sich zu Hause.«

»Entschuldigung«, sagte er leise, als er Meißners Zornesfalte auf der Stirn bemerkte. Diese Art von Rohheit ertrug er einfach nicht, und seine Kollegen wussten das.

Der Hauptkommissar überließ Winter die Fortsetzung der Vernehmung.

»Ich muss zu einem Einsatz«, sagte er zur Dolmetscherin. »Mein Kollege wird gleich kommen und weitermachen. Passen Sie währenddessen doch bitte auf Herrn Méndez auf und sagen Sie ihm, dass er ohne oder mit gefälschtem Pass nicht weit kommen wird.«

Als er hinausging, spürte er, dass Sylvia García ihm nachsah.

Fischer saß bereits im Einsatzfahrzeug.

»Wann bekommen wir nur endlich anständige Navis für unsere Fahrzeuge?«, maulte er.

»Hallo? Du bist nur Polizeibeamter, nicht Manager bei Audi oder Siemens«, antwortete Meißner. »Wo ist denn die Wohnung?«

»Beckerstraße«, sagte Fischer, »Hausnummer 2 1/3, aber ich bin mir nicht sicher, ob der Streifenbeamte mich da nicht auf den Arm genommen hat. Gibt's so eine Hausnummer denn überhaupt?«

»Weiß ich auch nicht, Fischer, aber immerhin kenne ich die Beckerstraße. Liegt in der Altstadt, geht auf den Holzmarkt und zur Matthäus-Kirche rüber. Ist die Frau aus dem Altenpflegeheim?«

»Das glaube ich kaum. Die Streife hat durchgegeben, dass sie Roxanne Stein heißt und zweiundvierzig Jahre alt ist.«

»Roxanne?« Meißner stutzte. Das klang nicht gerade nach Ingolstädter Urgestein.

»Roxanne Stein.«

»Hat sie allein gelebt?«

»Wissen wir noch nicht. Aber es ist eine kleine Wohnung. Haben die Kollegen gesagt. Kannst du mich hinlotsen?«

»Ich hab's dir doch schon gesagt. Die Beckerstraße ist direkt im Zentrum, praktisch eine Parallelstraße zur Ludwigstraße, Fußgängerzone.«

»Und auf welcher Höhe? Ich kenn mich mit den Straßennamen noch nicht so aus. H&M- oder Wolfskin-Seite?«, wollte Fischer wissen, aber Meißner sah ihn nur achselzuckend an.

»Hätte ich mir fast denken können, dass du dich mit den Läden nicht auskennst. Wo kaufst du eigentlich deine Klamotten, Stefan? Bei Loden-Frey?«

»Da hinten ist es. Da, wo früher der Buchladen war, in dem man beim Schmökern auch Cappuccino trinken konnte«, sagte Meißner. »Aber ich kann's mir fast denken, Fischer, dass du dich mit Multimedialäden besser auskennst als mit Buchhandlungen. Stimmt's? Bieg da vorne rechts ab und nimm dann die nächste links.«

»Einbahnstraße, Chef, aber ich darf doch?«

Meißner gab einen Laut von sich, den Fischer als Zustimmung deutete.

Die Beckerstraße Nummer 2 war ein dreistöckiger Bau, der aussah, als sei er im 19. Jahrhundert als eine Art Stiftung für sozial Schwache errichtet worden. Vielleicht war er auch noch älter. Das Haus war Meißner noch nie besonders aufgefallen, obwohl er schon viele Male daran vorbeigekommen sein musste.

Von den drei Eingängen trug einer tatsächlich die Nummer 2 1/3. Daneben lag die Nummer 2 1/2, zwischen beiden war ein Ladenlokal eingerichtet. Ein Friseur? Als er näher an die Schaufenster trat, sah Meißner, dass es eine Art Haar- und Modegeschäft für farbige Frauen war. Perücken, Haarteile, Haarschmuck, Kosmetik, Klamotten, alles konnte man hier kaufen. Im Laden standen zwei äußerst sorgfältig gekleidete Männer, von weiblicher Kundschaft keine Spur. Vielleicht war es eine Neueröffnung? Der Hauptkommissar dachte noch darüber nach, wie viele Farbige es wohl in Ingolstadt geben mochte und wie viele von ihnen wohl Perücken kauften, da stand Fischer schon in der Tür zu Haus Nummer 2 1/3 und winkte ihn zu sich. Meißner riss sich schweren Herzens von dem Mysterium des Ladens los, auf den die Ingolstädter Innenstadt schon lange gewartet haben musste.

Der Name »Stein« stand auf dem Klingelschild, erster Stock rechts. Gemeinsam gingen die beiden Beamten hinauf. Rosner öffnete ihnen. Marieluise, dachte Meißner.

»Ist die Schwester noch hier?«, fragte er sie. Sie nickte. Meißner schien es, als wäre sie ein bisschen blass um die Nase.

»Der Notarzt war auch schon da.«

»Spurensicherung und Rechtsmediziner unterwegs?« Sie nickte wieder.

Zusammen betraten sie die Wohnung. Kleiner Flur, Schlafzimmer, Badezimmer. In der Wohnküche saß eine blonde, elegant gekleidete Frau Ende vierzig. Sie war völlig aufgelöst. Kollege Holler stand hinter ihr.

Als Meißner ins Zimmer kam, sah er die Tote. Sie lag auf dem weißen Teppich. Langes dunkles Haar, weiße Bluse, schwarzer Rock, dazu Riemchensandalen und eine schrille rote Krawatte. Kein Blut, keine äußeren Spuren von Gewaltanwendung, keine auffällige Unordnung im Zimmer. Plötzlich griff Meißner nach dem Arm seines Kollegen und hielt sich an ihm fest.

»Schöne Frau«, sagte Fischer, der nicht wusste, wie ihm geschah und was mit seinem Chef los war.

Meißner war von einem Schwindelgefühl wie nach drei Maß Bier auf dem Oktoberfest und anschließender Fahrt in der Achterbahn erfasst worden. Er konnte sich kaum noch auf den Beinen halten und war sich der Peinlichkeit seines Auftritts vollkommen bewusst, konnte schon das Getuschel der Kollegen hören: Kriminalhauptkommissar Meißner bricht beim Anblick einer Toten fast zusammen. Schnell stürzte er aus dem Zimmer und öffnete die Tür zum Bad. Dort drehte er den Wasserhahn auf, hielt sein Gesicht darunter, nahm ein Handtuch, eines *ihrer* Handtücher, trocknete sich ab und ließ sich dann auf den Toilettendeckel fallen. Die Tote, Roxanne Stein, war die Frau aus dem Gladiolenfeld. Oder ihre Doppelgängerin.

Meißner atmete tief durch und sah sich im Badezimmer um. Rote Handtücher, rote Fußmatte, ein bestickter Kimono, der an der Tür hing. Perlenketten, die von einem Vergrößerungsspiegel herunterhingen. Parfumflaschen auf der Glasablage über dem Waschbecken. Das Badezimmer einer allein lebenden Frau. Als er sich wieder gefasst hatte, ging er zurück ins Wohnzimmer.

»Und Sie sind die Schwester?«, fragte er die Frau, die aufgehört hatte zu weinen und jetzt neugierig zu ihm aufsah. Sie nickte.

»Hatte Ihre Schwester in letzter Zeit Probleme oder Sorgen? Litt sie unter Depressionen? War sie krank?«

»Sorgen? Wahrscheinlich so viele oder wenige wie Sie und ich auch. Aber krank war sie nicht«, sagte die Frau.

»Fällt Ihnen in der Wohnung irgendetwas auf? Ist etwas anders als sonst?«

»Ich glaube nicht. Das Einzige, na ja ... Ich habe Roxanne noch nie mit Krawatte rumlaufen sehen.«

Meißner vermied es, zur Toten hinzusehen.

»Wie sind Sie überhaupt hereingekommen? Stand die Tür offen?«

»Nein, ich habe einen Schlüssel. Wir waren unten im Schloss-Café verabredet.«

»Wann war das?«

»Wir wollten uns um drei treffen, und als Roxanne um halb vier immer noch nicht da war und nicht an ihr Handy ging, da hab ich meinen Kaffee bezahlt und bin hierhergekommen.«

»Hat sie alleine gelebt?«

»Ja.«

»War sie allein stehend?«

»Sie ist vor einem Jahr bei ihrer Familie ausgezogen. Hat sie verlassen.«

»Geschieden?«

»Nein, nur getrennt lebend.«

»Und wie war das Verhältnis zu ihrem Mann?«

»Wechselnd, würde ich sagen. Mal besser, mal schlechter.«

»Haben Sie sie angefasst oder irgendetwas hier drinnen verändert?«

»Ich habe ihren Puls gefühlt und anschließend den Notarzt gerufen. Dann waren ja auch gleich Ihre Kollegen da«, sagte die Frau.

Es klingelte. Wahrscheinlich die Spurensicherung.

»Gut, das wär's fürs Erste, Frau ...?«

»Seebauer«, sagte die Schwester der Toten.

»Sollen wir Sie nach Hause bringen?«

»Das wäre nett. Ich weiß nicht, ob ich jetzt fahren kann.«

Sie stand auf, und Meißner gab Rosner ein Zeichen, sie nach Hause zu begleiten.

»Halten Sie sich bitte zu unserer Verfügung.«

Die Frau nickte mechanisch, während sie noch einmal auf ihre tote Schwester auf dem weißen Teppich starrte. Rosner hakte sie unter und schob sie sanft aus dem Zimmer hinaus.

»Fischer, du fährst mit und notierst dir Name und Adresse ihres Mannes, Beruf, Freunde der Toten. Und lass dir auch ihren Wohnungsschlüssel geben.«

Bevor Fischer noch protestieren konnte, schubste er ihn auf den Flur hinaus.

»Denk an den Schlüssel«, sagte er bestimmt, bevor er die Wohnungstür hinter ihm schloss.

Kurz darauf klingelte es, und Meißner ließ Dr. Kern von der Rechtsmedizin herein.

»Wo kommst du denn so schnell her?«, fragte er ihn. Nach München waren es immerhin achtzig Kilometer. Da Ingolstadt keine eigene rechtsmedizinische Abteilung hatte, lief alles über die Landeshauptstadt.

»Glück g'habt, Meißner, ich war grad in der Gegend. Ich komm von einem Kongress in Nürnberg, da liegt ihr ja sozusagen auf meinem Heimweg.«

Meißner führte ihn ins Zimmer.

»Servus, Holler!«, sagte Kern und ging vor der Toten in die Knie. »Ja, so a schöne Leich!« Er öffnete sein Köfferchen und nahm ein paar OP-Handschuhe heraus. Hauptkommissar Meißner sah ihm wie in Trance zu.

Die Tote war sehr schlank. Unter ihrer Bluse sah man einen

weißen Spitzen-BH mit schmalen Trägern durchscheinen. Cup B, schätzte Meißner und schämte sich im nächsten Moment dafür. Blass sah sie aus, blass, aber unversehrt und wunderschön.

»Wie lange liegt sie schon da?«, fragte Meißner.

»Ich werd gleich mal mein Pendel rausholen«, sagte Kern. »Dann kann ich's dir minutengenau sagen.«

»Mir reicht es schon, wenn du überhaupt etwas sagst.«

»Jetzt setz dich mal lieber auf den Stuhl da, Meißner. Du bist ja kurz vorm Umkippen.«

»Mir fehlt nichts«, sagte der Hauptkommissar.

»Ja, ja, das sagst du wahrscheinlich auch dann noch, wenn ich dich gleich vom Boden aufklaube.«

Kern besah sich die Hände der Toten, die Ohren, roch an ihrem Mund, der Nase und leuchtete ihr in die Augen. Er hob Rock und Bluse hoch, um nach sichtbaren Verletzungen zu suchen. Dann widmete er sich ihrem Hals. Als er die Krawatte lockerte, stieß er pfeifend den Atem aus.

»Und?«, fragte Meißner gespannt.

»Du kannst jetzt den Paparazzo verständigen, dass er Fotos von unserer schönen Leiche macht. Und dann lässt du sie wie üblich zu mir nach München bringen.«

»Otto, bitte!« Meißner erhob sich von seinem Stuhl.

»Ist ja gut, Meißner. Ich könnte jetzt natürlich sagen, dass du meinen Befund bekommst, wenn ich sie genauer untersucht habe. Jetzt schau mich doch nicht so bös an, verstehst etwa keinen Spaß mehr? Ich kann's dir natürlich auch gleich sagen – aber ohne Gewähr, gell? Die Tote ist erdrosselt worden.«

»Was? Womit?«

»Geh, Meißner, hast keine Augen im Kopf?«

»Mit der Krawatte?«

»Womit denn sonst? Ein typisches und modisches Strangulier-Accessoire. Weißt doch, wie das geht: Durch das Zudrücken des Halses wird der Blutdurchfluss, vor allem aber der Abfluss vom Kopf, unterbrochen, wodurch man stirbt, wenn der andere nicht loslässt. Strangulationsfurche, Einblutungen in der Augenbindehaut. Alles ziemlich eindeutig.«

»Und der Zeitpunkt?«, fragte Meißner.

»Sie ist noch schön warm.«

»Also maximal zwei Stunden?«

»Genau, und jetzt lass sie fotografieren, damit ich sie umdrehen kann. Ich muss noch Fieber messen und nach Flecken suchen, aber da will ich dich nicht dabeihaben, so wie du heut beieinander bist. Dein Kollege Holler scheint mir im Moment stabiler zu sein. Jedenfalls nicht so anfällig für schöne Frauen. Ruf den Fotografen an, und dann geh wieder arbeiten, Meißner. Morgen kriegst meinen Bericht. Und trink einen anständigen Schnaps, damit dein Hirn wieder in Schwung kommt. Hab gar nicht g'wusst, dass du so empfindlich bist.«

Meißner verständigte den Fotografen, wie Kern ihn aufgefordert hatte. Als er wegging, traf auch die Spurensicherung ein.

Das Treppenhaus war düster und still. Er besah sich die anderen drei Wohnungstüren auf dem Stockwerk: Grote, Leotidis, Kapusta. Hinter keiner von ihnen waren Geräusche zu hören. Der Hauptkommissar ging die abgenutzte Holztreppe hinunter und trat aus dem Haus. Die Sonne schien, es war ein angenehmer Spätsommertag. Am Einsatzfahrzeug vorbei lief er über den Holzmarkt. In den Querstraßen suchte er nach einem Café. Ja, da war es. Meißner bestellte sich einen doppelten Espresso und gleich einen Grappa dazu.

So traf man sich also wieder. Das erste Mal als Autofahrer und Tänzerin im Blumenfeld, das zweite Mal als Kommissar und Mordopfer. Letzteres war zugleich das Ende aller Möglichkeiten.

In einer Stadt wie dieser waren die Mörder handverlesen. Ingolstadt war nicht Berlin, nicht einmal Nürnberg oder München. Und genau hier lief jetzt also einer herum, der eine Tänzerin auf dem Gewissen hatte.

Roxanne, dachte er. In den nächsten Tagen und Wochen würde er sie nun auf eine ganz besondere Art kennenlernen, die er sich nicht ausgesucht hatte. Er würde in ihrem Leben herumschnüffeln, wie es wohl noch nie zuvor jemand getan hatte. Er würde einiges von ihr und über sie erfahren, vielleicht sogar sehr viel, aber trotzdem würden sie nie gemeinsam tanzen können. Schade eigentlich.

DREI

Als der Hauptkommissar am nächsten Morgen ins Präsidium kam, sah er zuerst bei seinem Kollegen Winter vorbei.

»Was ist aus den Kolumbianern geworden?«

»Sie werden heute dem Richter vorgeführt. Frau García kommt auch gleich und fährt mit. Dann werden sie vom Gericht in die JVA überstellt.«

»Hat die Vernehmung noch irgendwas Neues ergeben?«

»Bei dem Älteren haben wir tausendachthundert Euro im Gürtel gefunden. Er sagt, er habe sie als Spüler verdient. Die Frau hat ausgesagt, dass ihre Familie von der Guerilla ermordet worden sei.«

»Und was meint der Richter dazu?«

»Dass Kolumbien kein Asylland ist und er keine Scherereien mit denen haben will.«

»Arme Teufel!«

»Weiß man's denn? Vielleicht sind sie tatsächlich arme Teufel, vielleicht aber auch Drogenkuriere.«

»Auch in dem Fall sind sie arme Teufel. Mensch, Winter! Möchtest du in Kolumbien leben und tagtäglich deine Haut verkaufen müssen?«

»Schon gut. Und was ist nun mit eurer Toten?«, fragte Winter, um das Thema »arme Kolumbianer« zu wechseln. »Selbstmord?«

»Nein, Mord«, sagte Meißner, verließ das Zimmer und ging hinauf in sein Büro im zweiten Stock.

»Hi, Stefan«, flötete Fischer, als er den Hauptkommissar erblickte, und kramte in seinen Notizen. Das Hawaiihemd war genau das richtige Outfit für die Ingolstädter Außenbezirke.

»Jetzt mach's halt nicht so spannend. Leg einfach los«, forderte Meißner ihn auf.

»Okay. Die schöne Roxanne ist vor elf Monaten bei Mann und Kindern ausgezogen. Die Familie bewohnte eine kleine Villa am Stadtrand. Die beiden Töchter sind beim Vater im Haus geblieben, sechzehn und achtzehn Jahre alt. Der Mann ist Psychologe und arbeitet in einer Beratungsstelle der Caritas.«

»Warum?«, fragte Meißner.

»Wie? Warum er bei der Caritas arbeitet?«

»Nein, warum sie ausgezogen ist.«

»Also, Stefan, ich referiere hier gerade die Fakten, für Interpretationen ist es noch ein bisschen früh, meinst du nicht auch?«

»Gab es einen anderen Mann in ihrem Leben, du Schlauberger?«

»Davon hat mir die Schwester nichts erzählt.«

»Oder du hast sie nicht danach gefragt. Egal, weiter!«, brach Meißner ab. »Was hat sie beruflich gemacht?«

»Sie hat für Zeitungen geschrieben.«

»Journalistin?«

»Ja, aber freie, sie war nicht fest angestellt.«

»Hobbys?«

»Tanzen und Singen. Sie war in irgendeinem Chor hier Mitglied.«

»Fakten, Fischer, Fakten. Nicht ›irgendein Chor‹. Was sagen die von der Spurensicherung?«

»Bericht kommt noch«, murmelte Fischer, und es klang beleidigt.

Meißner griff kurz entschlossen zum Telefon. »Was habt ihr gestern herausgefunden? Ja, ich weiß, dass der Bericht bald kommt, aber ich brauche ein paar Informationen, damit ich hier weitermachen kann.«

»Bisher gibt es keine tollen Ergebnisse, Stefan. Leider.« Die Kollegin Sandra Falk von der Spurensicherung machte ihm keine Hoffnungen. »Praktisch keine Hinweise auf eine Auseinandersetzung, keine Spuren eines Kampfes. Nichts deutet darauf hin, dass der Tod an einem anderen Ort eingetreten und die Leiche an den Fundort verlegt worden ist. Bisher haben wir nichts, was über das Augenscheinliche hinausgeht.« Auch auf Fingerabdrücke auf dem »Tatwerkzeug« solle Meißner keine Hoffnung setzen, selbst wenn hier die Untersuchungen noch nicht abgeschlossen seien.

Meißner legte auf. »Ich fahre jetzt zu Kern in die Rechtsmedizin nach München. Wissen wir eigentlich sicher, dass die Schwester den einzigen Zweitschlüssel zur Wohnung hat?«

»Die Wohnung wurde gestern Nachmittag noch versiegelt«, entgegnete Fischer.

»Aber der Schlüssel oder der Zweit- oder Drittschlüssel sperrt doch immer noch. Ruf die Schwester noch einmal an und sieh zu, dass du das herausfindest. Und wenn ich zurück bin, sehen wir uns die Wohnung genauer an.«

Meißner verließ das Büro. Vor dem Polizeigebäude stand er einen Moment unschlüssig herum und entschied sich, noch einen Espresso zu trinken, bevor er losfahren würde. Die Sache nahm ihn ganz schön mit. In Städten wie Ingolstadt waren Kapitalverbrechen nicht gerade an der Tagesordnung. Der Mord hätte eine berufliche Herausforderung für ihn sein können, aber das Gegenteil war der Fall. Er deprimierte ihn. Das Opfer war eine attraktive Frau, und wahrscheinlich würden sie den Täter im Umfeld der üblichen Verdächtigen finden: verlassener Exmann, Liebhaber oder Exliebhaber. Grund: Eifersucht oder Rache, die üblichen Motive. Irgendetwas im Hauptkommissar sperrte sich gegen die Aufregung, die Neugierde und den Wunsch herauszufinden, was hinter dem Mord steckte, den Schuldigen zu finden und der Justiz zu übergeben. Es war grotesk. Nur weil er sie ein einziges Mal lebendig gesehen hatte, empfand er jetzt eine gewisse Scham dabei, in ihr Privatleben einzudringen und die Menschen zu befragen, die sie gekannt hatten. Es kam ihm unanständig vor. Als würde er in Sachen herumwühlen, die ihn nichts angingen. Er würde ihre Töchter, ihren Mann, ihre Freunde, ihr ganzes Umfeld kennenlernen. Würde den Mann fragen, warum sie sich von ihm getrennt hatte. Als Mensch ging es ihn nichts an, als Polizist war es wichtig. Er dachte an Carola. Angenommen, ihr wäre etwas zugestoßen und die Polizei käme zu ihm und würde ihn fragen, warum sie sich getrennt hätten, und er wüsste, dass er automatisch zum Kreis der Verdächtigen gehörte: Was könnte er ihnen sagen, was einigermaßen plausibel klang? Dass ihre Liebe nicht groß genug gewesen war, um das sechste gemeinsame Jahr zu überstehen? Klang ziemlich schwülstig. Dass er eine Affäre gehabt hatte? Unangenehm. Dass Carola einen anderen Mann kennengelernt hatte, mit dem sie nun zusammenlebte? Er konnte die Tatsachen aufzählen, ohne das Warum zu klären. Er hätte keine schlüssigen Antworten geben können. Und warum sollte genau dasselbe nicht auch anderen Leuten passieren, Menschen die fünfzehn, zwanzig Jahre zusammenlebten, verheiratet waren, gemeinsame Kinder hatten oder ein Haus, bei denen Weintraubenranken über der Veranda und Magnolien im Vorgarten wuchsen? Meißner hätte sie gerne kennengelernt, diese Roxanne, genauso wie ihre Familie, aber nicht so. Nicht als Schnüffler und Voyeur, der bald ihre Privatsachen durchwühlen, ihren Computer hacken und ihre E-Mails und Briefe lesen würde. Doch das Gefühl, ein Eindringling zu sein, konnte er sich in seiner Position nicht leisten. Er musste es abschütteln, darüber hinweggehen. Es behinderte seine Arbeit als Ermittler. Ein Spürhund, der sich von der Fährte ablenken ließ, war auch keinen Pfifferling mehr wert und wurde ausgemustert. Meißner musste sich zusammennehmen und seinen Job machen wie die letzten zwanzig Jahren auch. Herrgott, diesmal dauerte es wirklich lang, bis er es schaffte, sich auf seine Arbeit einzulassen.

Jetzt also musste er zu Kern in die Pathologie. Für einen kurzen Moment lächelte ihn die Grappaflasche hinter dem Tresen verführerisch an, aber Meißner widerstand. Er bezahlte brav und ging zurück zum Auto.

Über die A 9 raste er nach München und nahm von der Autobahnausfahrt München-Schwabing den Mittleren Ring Richtung Osten, um dann an der Isar entlang bis zum Südlichen Friedhof an der Thalkirchner Straße zu fahren. Das Institut für Rechtsmedizin der Uni München hatte sich bis vor zwei Jahren in der Frauenlobstraße, praktischerweise direkt neben dem Friedhof, befunden. Nun war es ein paar hundert Meter weiter gezogen, in die Nußbaumstraße. Meißner fuhr auf der Kapuzinerstraße weiter, überquerte den Goetheplatz und bog dann in die Nußbaumstraße ein.

An der Pforte zeigte er seinen Ausweis vor und wurde eingelassen. Da er nicht zum ersten Mal hier war, fand er den Weg allein. Tief einatmend nahm er den ersten Gang links im Erdgeschoss und öffnete die Tür zu Kerns »Totenreich«, wobei der Mediziner die Bezeichnung nicht allzu gerne hörte. Er ließ keine Gelegenheit verstreichen, jedem, der es hören wollte, zu erzählen, wie vielfältig die Aufgaben eines Rechtsmediziners waren und dass es eine völlig laienhafte Vorstellung war, er würde die ganze Zeit nur an Leichen herumschnippeln. Daran schloss sich meistens noch ein Vortrag darüber an, dass der Sparwahn mittlerweile dazu geführt hatte, dass von Jahr zu Jahr weniger Obduktionen durchgeführt wurden und die Dunkelziffer der unentdeckten Morde daher kontinuierlich stieg. Bitte keine Vorträge heute, flehte Meißner innerlich, als er den Obduktionsraum betrat.

»Ja, der Herr Meißner!«, begrüßte ihn Kern erfreut. »Ich dachte schon, du hast dich verfahren.«

Unter dem Tuch auf der Bahre vor dem Mediziner lag ein toter Mensch. Meißner schluckte. Wenn es Roxanne war, die da lag, wollte er sie auf keinen Fall noch einmal im jetzigen Zustand sehen.

»Morgen«, antwortete Meißner kurz. »Wie weit bist du?«

»Zumachen muss ich sie noch, aber dann ist sie fertig.«

»Schieß schon mal los. Ich hab nicht viel Zeit, aber das kannst du dir ja denken.«

»Ja mei, dann mach ma's halt kurz: Tod durch Fremdeinwirkung. Sie ist erdrosselt worden, wie ich dir gestern schon g'sagt hab. Gott sei Dank hat der Täter ein echtes Krawattl zur Hand g'habt. Hast schon mal was von der sizilianischen Variante g'hört?«

»Wie jetzt?«, fragte Meißner.

»Sizilianische Krawatte, Spezialität der Cosa Nostra, bei der die Zunge quasi wie eine Krawatte … Aber lass ma das lieber. Bist eh schon wieder ganz grünlich im G'sicht. Also: Erdrosselt ist sie worden. Ist nicht erstickt, sondern durch das Abschnüren der Halsschlagader zu Tode gekommen. Außerdem hat der Täter ihr ein paar Sachen am Hals kaputtg'macht: Kehlkopf, Knorpel, Knochen. Sieht man nur, wenn man innen reinschaut. Von außen sichtbar sind die Strangulationsfurche, die mit dem Strangwerkzeug übereinstimmt, Hautquetschungen und Einblutungen im Gesicht und in den Augen. Unter den Fingernägeln der Toten hab ich leider kaum was gefunden. Ganz feine Spuren von Haut und ein paar Härchenreste, aber beides muss ich noch genauer untersuchen. Vielleicht stammen die auch von ihr. Offenbar hat sie sich nicht wehren können. Entweder hat der gleich ganz fest zugedrückt, sodass es ganz schnell gegangen ist, oder es war der Carotis-Sinus im Spiel, ein Reflex, der bei starker Einengung des Halses – beispielsweise beim Gewürgtwerden – einsetzen kann. Führt zum Herzstillstand. Könnte dir übrigens auch passieren.«

»Mir?«, fragte Meißner. Er konnte Kern noch nicht ganz folgen.

»Ja, dir. Willst am Sonntagmorgen in die Kirche gehen und knöpfst dir den obersten Hemdknopf zu, der dir aber zu eng ist. Und bis du das Knöpferl wieder aufbringst, liegst auch schon bewusstlos am Boden.«

»Aber Kern, ich geh doch überhaupt nicht am Sonntag in die Kirche, und so enge Krägen haben meine Hemden auch nicht.«

»Ich mein ja nur, damit du dir das vorstellen kannst. Bei ihr spielt's keine Rolle, weil's eh auf dasselbe rausgekommen wär. Die Quetschungen sind so stark, da kann man fast mit Sicherheit sagen, dass der sein Werk auf jeden Fall zu Ende gebracht hat, Carotis-Sinus hin oder her, der lässt sich eh schwer feststellen. Also fassen wir zusammen: Tod durch Erdrosseln. Zur Tatzeit: Sie wurde kurz vor sechzehn Uhr gefunden. Um sechzehn Uhr zehn zweifelsfreie Feststellung des Todes durch den verständigten Notarzt. Keine Reanimierungsmaßnahmen. Der Körpertemperatur nach, die ich brav gemessen habe, als du draußen warst, lag der Todeszeitpunkt auf jeden Fall weniger als zwei Stunden zurück. Totenflecken vor allem an den Auflageflächen: Schultern und Po. Waren aber noch gut wegzudrücken. Keine Anzeichen von Totenstarre. Der Unterkiefer war ganz leicht bewegbar, das Gebiss übrigens einwandfrei, sodass ich den Todeszeitpunkt jetzt auf circa vierzehn Uhr dreißig festlegen würde, maximal fünfzehn Uhr.«

»Da wollte sie sich mit ihrer Schwester im Café treffen.«

»Ist ihr halt etwas dazwischengekommen«, sagte Kern nüchtern. »Ja, was hab ich sonst noch für dich? Leichter Urinabgang, nichts Besonderes. Pluripara. Wahrscheinlich hat sie mehr als nur ein Kind zur Welt gebracht. Eine Narbe von einem vernähten Dammschnitt, wahrscheinlich nach einer Geburt. Unterleib und Organe waren intakt. Kein Sexualdelikt. Eine pumperlg'sunde Leiche, wenn du so willst. Länger zurückliegende Blinddarmoperation, ansonsten keine Eingriffe und keine Hinweise auf Krankheiten, Medikamenteneinnahmen oder Drogenmissbrauch. Im Magen war nicht viel drin. Letzte Mahlzeit war ein gesundes Frühstück: Müsli, Obst, Joghurt, wenn du's genau wissen willst. Das Mittagessen hat sie ausgelassen. War ja auch sehr schlank: zweiundsechzig Kilo bei einem Meter achtundsiebzig. Nicht ausgeprägt athletisch, aber vom Körperbau und der Muskulatur her sportlich.«

»Suizid können wir also zweifelsfrei ausschließen?«

»Du kannst dich zwar aufhängen, wenn du deiner Kripoarbeit überdrüssig bist, Meißner, aber dich selber erwürgen oder mit einem Werkzeug erdrosseln, das kannst du nicht. Dafür bräuchtest du die volle Kraft deiner Hände.«

»Aber am zu engen Kragenknopf kann ich schon sterben, oder wie?«

»Nur, wenn du ein Carotis-Sinus-Reflextyp bist. Ich geb's ja zu, so oft kommt das auch wieder nicht vor, und in den allerseltensten Fällen endet es dann auch noch letal.«

»Dann müssen wir jetzt also nur noch den Mörder finden. Muss es ein Mann sein?«

Kern zuckte mit den Achseln. »Schau mal rein in so ein Fitnessstudio, mit was für einem Kreuz da manche Frauen heutzutage rumlaufen. Wenn mir eine von denen beim Krawattenbinden partout helfen wollte, dann wär ich jetzt direkt vorsichtig.«

»Ach komm, Kern, warum sollte denn so eine starke Frau gerade dir den Kragen umdrehen wollen?«

»Das müsstest *du* dann herausfinden.«

Meißner überlegte kurz, sich die Leiche doch noch einmal anzusehen, doch die Bilder, die bei der erwähnten Leichenstarre, Kälte und den Totenflecken vor seinem geistigen Auge entstanden waren, hielten ihn doch wieder davon ab. Außerdem hatte Kern ja gesagt, er müsse sie noch zunähen. Meißner spürte, wie sein Kreislauf bei dem Gedanken abrupt absackte.

Schnell verabschiedete er sich. Während er den langen Flur zum Ausgang durchquerte, musste er an ein einziges, winziges und eigentlich ganz unbedeutendes Detail von Kerns Bericht denken. Fast schon eine Nebensächlichkeit. Der »Urinabgang«. Sie hatte sich also in die Hose gemacht, kurz vor ihrem Tod oder während sie starb. Das Detail rührte ihn mehr als der zerquetschte Hals. Der Hals beziehungsweise seine Zerstörung war das Werk des Täters gewesen. Der Urin hingegen war aus ihrem eigenen Körper geflossen. Ein Versagen des Schließmuskels in einem Moment höchster Not. Sie tat ihm schrecklich leid, und er fühlte so etwas wie persönliches Versagen, weil er sie in diesem Moment der Verzweiflung nicht beschützt hatte. Er kannte das Gefühl. Es hatte etwas eindeutig Neurotisches. Nur gut, dass er weder Frau noch Kinder hatte.

Meißner trat aus dem Gebäude, ging zu seinem Auto und fuhr die achtzig Kilometer nach Ingolstadt zurück. Da praktisch die gesamte Strecke Autobahn war, brauchte er nur eine knappe Stunde. Als er die Ausfahrt Ingolstadt-Süd erreichte, identifizierte er das flaue Gefühl im Magen als Hunger und beschloss, auf dem Weg ins Präsidium noch eine Kleinigkeit zu essen. Bei einem Thai-Restaurant am Ring hielt er und bestellte eine Zitronengrassuppe. Sie war so scharf, dass es ihm die Tränen in die Augen trieb. Er ließ sie laufen.

Wann immer er die Ermittlungen in einem Mordfall leitete, wurde Meißner im Präsidium vom alltäglichen Kleinkram und Bürokratismus freigestellt. Ein ganz normales Vorgehen. Am Anfang einer Ermittlung hatte er seine vollen Kapazitäten noch nicht zur Verfügung. Erst ein paar kleine Erfolge und überraschende Details, die im großen Puzzle plötzlich an andere Teile andockten, brachten schließlich alle Räder zum Laufen. Am Anfang fühlte Meißner sich immer wie ein Maulwurf, der in ein fremdes Revier eindrang und ein ihm unbekanntes System von Gängen und Hohlräumen durchpflügte – und zwar tastend, riechend, schmeckend, hörend und völlig blind.

Jetzt mussten sie sich also durch Roxannes Wohnung schnüffeln, die zugleich der Tatort war, der Ort, an dem sie nicht nur gelebt hatte, sondern auch gestern gestorben war.

Der Hauptkommissar holte Fischer ab, um gemeinsam mit ihm in die Beckerstraße zu fahren. Meißner merkte gar nicht, dass Fischer in der Einbahnstraße wieder in der falschen Richtung unterwegs war.

Im Hausflur kam ihnen ein Mann entgegen.

»Wohnen Sie hier?«, fragte ihn Meißner.

Der Mann nickte.

»Welches Stockwerk?«

»Na hören Sie mal!« Als der Mann an ihnen vorbei zur Tür hinauswollte, hielt Meißner ihm seinen Ausweis unter die Nase.

»Ach so. Die Polizei? Ja, ich wohne im ersten Stock.«

»Wie heißen Sie?«

»Grote, Hans Grote. Worum geht's denn?«

»Kennen Sie Frau Stein?«

»Stein? Sie meinen die Frau von nebenan? Na ja, flüchtig. Wir sind halt Nachbarn, da sieht man sich ab und zu im Treppenhaus.«

»Wo waren Sie gestern Nachmittag zwischen zwei und vier?«

»Gestern? Unterwegs. Bei einem Kunden.«

»Was machen Sie beruflich?«

»IT-Branche. Computer, Internet und so. Gelernt habe ich Programmierer.«

»Bei welcher Firma?«
»Selbstständig.«
»Dann kommen Sie doch bitte noch einmal mit uns hoch.«
»Aber ich habe jetzt einen Termin!«
»Dann rufen Sie dort an und sagen, dass Sie zehn Minuten später kommen. Länger wird es nicht dauern. Mein Kollege wird sich kurz mit Ihnen in Ihrer Wohnung unterhalten. Danach können Sie gleich zu Ihrem Termin.«

Meißner nahm dem verdutzten Fischer die Wohnungsschlüssel aus der Hand und ging Richtung Treppe. Die beiden anderen marschierten stumm hinter ihm her.

Der Hauptkommissar löste das Siegel, sperrte auf und schloss die Tür hinter sich. Er wollte zehn Minuten allein in der Wohnung sein. Er hörte noch, wie der Mann, der Grote hieß, fragte: »Was ist denn überhaupt passiert?«, dann fiel die Tür zur Nachbarwohnung ins Schloss, und es war endlich ruhig.

Er betrat die Wohnküche und starrte auf die mit dunkler Kreide auf den weißen Teppich gemalten Umrisse. Ein halbvolles Wasserglas, das die Schwester der Toten gestern offenbar nicht ausgetrunken hatte, stand noch auf dem Tisch. Das Zimmer war hell und freundlich, zwei große Fenster gingen zur Gasse hinaus. Als Meißner Spuren eines unangenehmen Geruchs im Zimmer wahrnahm, öffnete er ein Fenster.

Helle Einbauküche, ein brummender Kühlschrank. Offene Regale mit weißem Geschirr und blauen, bemalten Keramikschüsseln in verschiedenen Größen. Alles sauber, geordnet und geschmackvoll.

In der anderen Zimmerhälfte, dem Wohnbereich, standen bis an die Decke reichende Regale. Bücher waren in Zweierreihen hintereinander, teilweise liegend aufeinander gestapelt. Ein rotes Sofa mit kleinem Tisch davor, ein halbhohes Rollregal mit Fernseher und Stereoanlage. Darunter Zeitschriften, CDs und DVDs. Der Hauptkommissar zog ein paar DVDs heraus: eine Opernkollektion. Händel, Gluck, ein paar Musicals. Dann noch einige gebrannte CDs. Nach der Beschriftung zu urteilen waren es Konzertmitschnitte: Ingolstadt 2006, Mariannenkirche 2006, Wien 2005. Ein kleiner brauner Lederkoffer stand in der Ecke. Meißner legte ihn auf den Boden und öffnete ihn: eine Klarinette mit angelaufenen silbernen Klappen, zerlegt. Er ließ den Deckel wieder zuschnappen und stellte den Koffer zurück, dann sah er Roxanne Stein in dieser Umgebung vor sich: auf dem Sofa sitzend, ein Glas Rotwein auf dem Tisch. Anschließend ging er hinüber ins Schlafzimmer. Ein schmales Einzelbett mit Metallrahmen und einem Betthimmel aus zartem weißem Stoff. Ein Schrank mit Schiebetüren mit ihren Kleidern. Ihre Lieblingsfarbe war offenbar Rot gewesen. Auf dem Schrankboden standen rote Spangenschuhe mit halbhohem Absatz. Märchenschuhe, für die sich böse Schwestern die Fersen abgehackt hätten. Im Märchen.

Unter dem Fenster, das auf den Hinterhof hinausging, stand ihr Schreibtisch. Daneben eine Orchidee am Fensterbrett, die üppige weiße Blüten mit rosafarbenen Kernblättern trug. Fotos standen da, die zwei Mädchen zeigten. Wahrscheinlich ihre Töchter. Auf dem antiken Schreibtisch mit den gedrechselten Beinen entdeckte Meißner den Laptop. Er klappte den Deckel auf. Daneben ein Regal mit Aktenordnern, Papierstapeln, Nachschlagewerken, Wörterbüchern und stapelweise Zeitschriften. Dann fiel sein Blick auf ihren Presseausweis.

Es klingelte. Anscheinend war seine Zeit allein mit Roxanne um. Widerwillig ließ er Fischer herein.

»Und«, fragte Meißner, »was ist das für ein Typ?«

»Ein cooler«, sagte Fischer. »Ist halt so ein Computer-Freak. Linux-Fan. Wir haben uns über ein paar neue Tools unterhalten: Open-Source-Programme und solche Sachen.«

»Aber du hast dabei nicht vergessen, dass wir in einem Mordfall ermitteln, Fischer, oder? Hast du ihn vernommen, Personalien, Alibi und so weiter?«

»Sowieso, hab ich alles aufgeschrieben, Chef.«

»Krawattenträger?«

»Der? Programmierer sind Genies, Stefan. Die wahren Künstler des 21. Jahrhunderts. Der würde sich nie so ein Ding umbinden. Was für eine lächerliche Vorstellung.«

»Ist er schon weg?«

»Eben gegangen.«

»Prüf sein Alibi und besuch ihn morgen noch einmal. Und dann unterhaltet ihr euch bitte nicht über Tools, sondern du siehst dir auch seinen Kleiderschrank an, verstanden? Was weiß er über die Tote?«

»Er sagt, dass er sie nur vom Sehen kannte. Sie sind sich manchmal auf der Treppe begegnet, sonst hatten sie keinerlei Kontakt. Sie wäre ja auch ein bisschen alt für ihn gewesen, oder?«

»Kann man mit einem Menschen, der neben einem wohnt, nicht mal einen Kaffee trinken und sich ganz normal unterhalten, auch wenn er vielleicht nicht ins sexuelle Beuteschema passt?«

»Jetzt reg dich bloß nicht so auf. Er sagt, er habe sie nicht gekannt und wüsste nichts über sie, außer dass sie seit etwa einem Jahr hier gewohnt habe. Wenn er sie im Haus traf, dann war sie allein. Fertig. Mehr habe ich leider nicht zu bieten.«

Fischer sah sich in der Wohnung um. Das Einzige, was seine Aufmerksamkeit erregte, war der Laptop.

»Hast du den Mac schon hochgefahren?«

Meißner schüttelte den Kopf.

»Na, dann wollen wir mal.«

Er startete den Computer. »Passwort«, las er vom Monitor ab und zog sein Notizbuch aus der Brusttasche. »Versuchen wir's einfach mal.«

Er gab »Roxanne« ein, dann die Namen der Töchter, Pia und Alba. Vergeblich.

»Ich kann das Ding von einer CD aus booten«, erklärte der junge Kollege, »und mit einem kleinen Tool knacken.«

»Und wo stecken die CD und dein Tool?«

»Liegen bei mir zu Hause auf dem Schreibtisch.«

»Gut, dann fahr los und hol sie.«

»Mach ich, Chef. In zwanzig Minuten bin ich wieder da.«

Meißner setzte sich an den Schreibtisch und versuchte, sich mit ihren Augen umzusehen. Er nahm die Fotos ihrer Töchter in die

Hand. Junge Frauen schon fast, sehr hübsch die jüngere, die ältere ein wenig spröde. Trotzig blickte sie in die Kamera. Einige der Bilder, die neben dem Arbeitsplatz mit Tesafilm an die Wand geklebt waren, schienen auf den Kanaren aufgenommen worden zu sein. Drachenbäume, ein Vulkankegel, Pinien. Meißner gab »Pinie« als Passwort ein, dann »Drachenbaum« und »Vulkan«. Wie hieß dieser hohe Berg mit der Schneekappe auf einer der Kanarischen Inseln noch mal? Er ging ins Wohnzimmer und zog einen Band eines Taschenlexikons aus dem Bücherregal. Spanien. Höchster Berg: Teide. 3.718 Meter.

Er gab »Teide« ein, und der Computer fuhr hoch. Auf dem Desktop erschien ein Ausschnitt der Wasseroberfläche eines kleinen Sees, ganz mit Seerosen bedeckt, deren kreisrunde Blätter silbergrau im Sonnenlicht glitzerten. Im Hintergrund waren Kiesberge zu sehen und ein Gummiförderband, das über ein Stahlgerüst lief. Das Feilenmoos, dachte Meißner. Schön war es da. So schön wie bei ihm draußen am Donau-Altwasser.

Er klickte sich durch die Verzeichnisse. Im Ordner »Aktuelles« gab es mehrere Unterordner: »DK« für »Donaukurier«, die Ingolstädter Tageszeitung, und »SZ« für »Süddeutsche Zeitung«. In beiden waren ihre Artikel der letzten Monate abgelegt. Lokales, Kulturelles und Reportagen. Ein Unterordner, der »Frauen« hieß, enthielt Recherchematerial. Einen fertigen Artikel fand Meißner nicht, dafür aber Berichte und statistische Daten über Frauenhäuser in Bayern, häusliche Gewalt und Missbrauch. Alles, was er öffnete, las sich wie eine Kriminalakte, aber Journalisten schnüffelten ja oft in denselben Bereichen herum wie die Polizei. Zum Glück schrieb er seine Berichte nur für den Staatsanwalt und die Bürokratie. Da musste er sich bei der sprachlichen Umsetzung auch nicht allzu viel Mühe geben.

Als er auf eine Datei mit dem Namen »Kontakte« stieß, druckte er sich die Liste aus und öffnete dann die Schubladen des Rollcontainers, auf dem der Drucker stand. Ein Fach mit Kontoauszügen und einem Sparbuch. Sie hatte nicht üppig verdient, aber über Reserven verfügt, sodass sie den Unterhalt für ihre Töchter zahlen konnte. Er fand Überweisungen an eine Fahrschule, für Klassenfahrten, an ein Tanzstudio in der Innenstadt, Amazon-Rechnungen und Kreditkartenabrechnungen.

In der Schreibtischschublade lag ein ganzer Stapel voll geschriebener Schreibhefte, die wie Tagebücher aussahen. Er nahm sie heraus.

Es klingelte. Fischer war zurück und fuchtelte ihm mit der CD vor der Nase herum. Als er sah, dass der Computer bereits lief, war er enttäuscht.

»Wie hast du das geschafft, Stefan?«

Meißner tippte sich lässig mit dem Finger an die Stirn. »Reine Intuition«, erklärte er möglichst cool. »Klick dich da mal durch und sieh zu, ob du etwas Interessantes findest. Der Drucker ist angeschaltet.«

»Und was machst du Superhirn inzwischen?«

»Ich werde nachdenken und mich ein bisschen einlesen.« Er griff nach dem Stapel Hefte. »Und morgen fahren wir zur Familie raus. Sie sind doch verständigt worden?«

»Ja, die Schwester hat sich auch gleich mit dem Ehemann in Verbindung gesetzt.«

»Dann frag nach, wann und wo wir ihn morgen erreichen können.« Beim Hinausgehen nahm er sich einige CDs aus dem Regal mit, dann schloss er die Tür hinter sich. Auf dem Weg zum Präsidium kaufte er noch etwas fürs Abendessen und marschierte anschließend mit der Tengelmann-Plastiktüte durch die Stadt.

Draußen in seiner »Datscha«, wie Carola sie immer genannt hatte, briet er sich ein Omelett, öffnete den Weißwein, schnitt Brot in Scheiben und deckte draußen den Holztisch. Dann legte er eine der CDs von Roxanne Stein in den Player im Auto. Sie war mit »Ingolstadt 2007« beschriftet, auf ihr fand sich eine mehrstimmige Bach-Kantate. Sie kam Meißner bekannt vor, so als habe er sie selbst schon einmal gesungen, in dem Knabenchor, in dem er als Junge Mitglied gewesen war. Der Stimmbruch hatte ihn dann vor weiteren bösen Blicken und Kopfnüssen des Chorleiters gerettet. Genauso wie die anderen Jungen hatte er seinen

Eltern nie von den Übergriffen erzählt. Er wusste, warum sie schwiegen. Weil sie sich schämten, und zwar nicht für sich, sondern für ihn, den Chorleiter und genialen Musiker, der so kleinlich und sadistisch mit den ihm anvertrauten Kindern umging. Für ihn hätten sie sich geschämt, hätten Außenstehende von seinem Verhalten erfahren. Mit seinem Austritt aus dem Knabenchor hatte Meißner das Singen aufgegeben, und obwohl es so lange her war, hatten manche Erinnerungen einen Logenplatz im Gehirn – oder wo immer sie sitzen mochten – eingenommen. Zwei Takte Musik genügten, und sie waren wieder da, fast so frisch wie damals. Manchmal hatten die Jungen in kleineren Gruppen auch auf Beerdigungen gesungen.

Als Kind hatte er geglaubt, dass die Toten im Himmel säßen und von dort auf die Lebenden hinabsähen. Wenn jemand an sie dachte, empfingen sie ein Signal und »schalteten« sich dann auf eine geistige Ebene mit den Menschen, mit denen sie auf Erden verbunden gewesen waren. Später, als Jugendlicher, versuchte er, diese Vorstellung genauer zu ergründen, konnte sie sich selbst aber nicht mehr logisch zusammenreimen. Die simultane Präsenz an verschiedenen Orten, die zeitliche Überlagerung der Ebenen – denn es rückten ja ständig neue Tote nach –, das alles schien ihm immer unvorstellbarer zu werden. Ein Himmel, in dem es zuging wie auf dem Jahrmarkt, das Konzept überzeugte ihn nicht mehr. Schließlich gab er seine Theorie ganz auf und fand sich damit ab, dass die Lebenden einfach nicht wissen konnten, wohin die Toten gingen und ob es von ihrem Reich irgendeine Verbindung zurück zur Welt gab. Und mit seinen Überzeugungen verlor er auch den Kontakt zu seinen Toten. Er wurde nachlässiger und hörte irgendwann ganz auf, für seinen Opa, seine Oma und seine Tante Katharina zu beten. Aber mit jedem neuen Verlust schien es ihm, als würde seine Welt ein wenig kleiner und ärmer. Und er ein bisschen einsamer. Seit Carola sich von ihm getrennt hatte, fürchtete er sich davor, für den Rest seines Lebens allein zu bleiben. Manchmal fuhr ihm das Alleinsein oder die Angst davor wie ein scharfer Wind in alle Glieder. Es war, als könne er in solchen Momenten der Zeit zusehen, wie sie nutzlos verstrich. Er wusste nicht, warum er das mit dem Wort »nutzlos« in Verbindung brachte. Wäre er als Familienvater ein nützlicherer Mensch gewesen? Als Polizeidirektor, als Anwalt oder Mediziner? Oder vielleicht als Musiker?

»Denn er hat seinen Engeln befohlen über dir. Dass sie dich behüten auf allen deinen Wegen.« Mendelssohn. Der Kommissar hatte lange keine Kirche mehr betreten. Sein Glaube lag ganz unten in einer großen Kiste mit schwerem Deckel. Vergraben unter dem Alltagsmist. Dort saß auch der kleine Junge, genau hier, an dieser Stelle, mit seinem Großvater beim Fischen. Den Köder hatte er vorsichtig auf den Angelhaken gespießt und wartete. Wartete und wartete und beobachtete die Wasseroberfläche wie der Graureiher, der drüben am Ufer stand. Unbeweglich und starr, um dann plötzlich mit seinem scharfen Schnabel ins Wasser zu stoßen, seine Beute zu ergreifen und sie mit einer präzisen Bewegung von Hals und Schnabel zu verschlucken, bevor er wieder in völliger Reglosigkeit verharrte, die dünnen Beine wie Pfähle im schlammigen Boden verankert.

Wenn er selbst eine Schleie oder Barbe an der Angel hatte, kam ihm der Großvater zu Hilfe, weil er meist nicht schnell genug war mit dem Herausziehen. Der Großvater packte indes beherzt zu, während der kleine Junge wie in Trance zusah, wie er den Fisch vom Haken löste, ihn am Schwanz packte und dann mit dem Kopf gegen den Steg schlug, bis er aufhörte zu zappeln.

Der Junge litt mit den silbrigen Kreaturen mit. Sein Herz machte noch keinen Unterschied zwischen Mensch und Tier, Pflanze und Wind. Alles war ihm gleichermaßen beseelt, und die Ehrfurcht vor dem Mysterium des Lebens und des Sterbens stand ihm ins Gesicht geschrieben, wenn die Schleie tot vor ihm auf dem Steg lag. Der Großvater hatte den Eindruck richtig zu deuten gewusst und sich nie über seinen Enkel lustig gemacht.

So lange war das alles mittlerweile her. So viele Jahre hatte Meißner ohne seinen Großvater auskommen müssen, doch wenn er auf den Steg blickte, konnte er ihn manchmal dort auf einem Stuhl sitzen sehen, dem Wasser zugewandt. Also waren die Toten doch nicht ganz verschwunden. Er trank einen Schluck Wein, der schon warm wurde, und schlug eins der Schreibhefte auf. Als er wieder aufsah, war sein Großvater verschwunden.

Es waren kürzere und längere Geschichten, vollständige und unvollständige. Die Hefte waren von vorne und von hinten beschrieben worden, in der Mitte trafen die Wörter aufeinander, sodass es meistens mit dem Platz nicht ausging. Die Übergänge waren wie ein Palimpsest. Roxanne Stein hatte mehrfach über- und ineinander geschrieben. Die Geschichten gefielen dem Hauptkommissar nicht alle gleich gut, aber er vergaß die Zeit, während er las, und hörte erst damit auf, als es bereits dämmerte und ihm kalt wurde. Dann packte er die Hefte und die CDs wieder in die Tengelmann-Tüte und fuhr zurück in seine Wohnung.

Es war schon spät in der Nacht, als er das letzte der Hefte, die er mitgenommen hatte, endlich aus der Hand legte.

VIER

Am Morgen kam er schwer raus. Die wirren Bilder und die Erinnerungsfetzen aus seinen eigenen Träumen und aus Roxannes Geschichten begleiteten ihn noch unter die Dusche und beim Aufbrühen des Kaffees. Erst als er das Haus verließ und zur Arbeit fuhr, verflüchtigten sie sich.

Das allmählich zur Gewohnheit werdende »Hi, Stefan!« von Elmar Fischer holte ihn in die Realität zurück. Sein Kollege trug ein schreiend türkisfarbenes Poloshirt. Welcher Herrenausstatter hatte denn bloß solche Schocker in seinem Geschäft? Fischer schien aufgekratzt, beinahe fröhlich.

»Was gefunden?« Meißner ließ sich auf das Spielchen ein.

»Hm, kann man so sagen.«

»Waffenschmuggel oder Raub der Thurn-und-Taxis-Juwelen?«

»Fast. Die Stein war an einer ganz heißen Sache dran.« Fischer war immun gegen jede Art von Ironie.

»Jetzt komm schon.« Meißners Geduld hing nur noch am seidenen Faden.

»Sie arbeitete an einer Reportage über Gewalt gegen Frauen, über Frauenhäuser und so was.«

»Und so etwas nennst du heiß?«

»Moment mal, Stefan. Sie ist dabei auf einen brisanten Fall gestoßen. Die Frau eines bekannten Bauunternehmers und Stadtrats soll vorübergehend im Ingolstädter Frauenhaus untergekommen sein. Es gibt eine Liste mit Adressen auf dem Computer der Stein, da ist der Name mit drauf.«

»Die Liste habe ich auch«, sagte Meißner, während er sie aus der Brusttasche zog. »Wie heißt die Frau?«

»Meisinger, Antonia.«

»Die Meisinger?« Natürlich kannte er den Namen. Ihr Mann war ziemlich wohlhabend und einflussreich in der Ingolstädter Politik. Im Stadtrat und im Bauausschuss. Es hieß, er wolle sogar Bürgermeister werden.

»Und der hat seine Frau …?«

»… misshandelt, ja. Und zwar so übel, dass sie ihm ins Frauenhaus abgehauen ist, wo Frau Stein sie anscheinend aufgespürt hat.«

»War das ein Auftrag von einer Zeitung, oder hat sie auf eigene Faust recherchiert?«

»Konnte ich noch nicht feststellen.«

»Zum ›Donaukurier‹ müssen wir heute sowieso noch. Aber vorher sehen wir uns jetzt mal ihren Exmann an.«

»Du meinst den Witwer. Die beiden waren ja noch verheiratet.«

»Witwer einer Frau, die ihn verlassen hat?«, fragte Meißner.

»Stimmt schon, aber nach dem Gesetz ist er trotzdem Witwer.«

»Was du alles weißt!«, staunte Meißner. »Und wo finden wir den Herrn Witwer? In seiner Arbeit?«

»Ja, er wartet schon auf uns.«

Sie fuhren zur Caritas-Familienberatungsstelle in der Jesuitengasse. Die Tür im ersten Stock war angelehnt, sodass sie sich gleich bei der Sekretärin anmeldeten.

»Herr Freyberg kommt gleich.«

»Freyberg?«, fragte Meißner.

»Ja, seine Frau hat nach der Trennung wieder ihren Mädchennamen angenommen.«

Sie warteten. Nach einigen Minuten ging die Tür auf, und ein großer, etwas hagerer Mann mit schmalen Schultern begleitete eine Frau zum Ausgang, deren Augen verweint aussahen. Dann wandte er sich an die beiden Beamten: »Kommen Sie doch bitte in mein Büro.«

Das Beratungszimmer war hellgelb gestrichen und sollte wohl freundlich wirken. Auf dem Tisch, an dem sie Platz nahmen, lagen Steine in verschiedenen Größen, Formen und Farben. Freyberg sammelte alle ein und legte sie in einen Korb.

»Unsere Klienten stellen sich selbst und ihre engsten Angehörigen mit diesen Steinen dar«, erklärte er. »Nähe, Distanz, Konflikte, Ungleichgewichte. Die Methode ist sehr effektiv.«

»Und welchen Stein würden Sie für Ihre Frau aussuchen?«, fragte Meißner.

Unruhig rutschte Fischer auf seinem Klientenstuhl hin und her. Was war denn jetzt mit seinem Chef los?

Doch der Psychologe spielte mit, griff in den Korb, zog einen schwarzen, matt glänzenden Stein heraus und legte ihn auf den Tisch.

»Und welcher wären Sie selbst?«

Freyberg holte einen größeren hellbraunen mit zerfurchter Oberfläche heraus und legte ihn in einiger Entfernung daneben.

»Und Ihre Töchter?«

»Es reicht jetzt«, sagte Freyberg.

»Haben Sie Ihre Frau geliebt?«, fragte Meißner.

Fischer rutschte im Stuhl noch weiter nach unten, als wolle er sich unsichtbar machen.

»Sie war es, die mich verlassen hat«, sagte er.

»Das beantwortet meine Frage nicht.«

»Das ist alles schon lange her«, wich Freyberg aus.

»Wie viele Jahre waren Sie verheiratet?«

»Achtzehn.«

»Im Vergleich dazu ist ein Jahr gar nichts.«

»Sie ist mir schon in den Jahren vor unserer Trennung langsam entglitten.«

»Hatte sie Affären?«

»Nur eine. Jedenfalls soviel ich weiß.«

Freyberg stand auf und trat ans Fenster, das auf einen gepflasterten Hinterhof hinausging, in dem ein einzelner Baum stand. Eine Eiche.

»Hatten Sie in letzter Zeit noch Kontakt zu ihr?«

»Es ging immer nur ums Geld.«

»Bekam Sie Unterhalt?«

»Nein. Sie hat ihr eigenes Geld verdient, das war kein Problem. Ich hingegen stand mit den Belastungen für das Haus und die Kinder plötzlich alleine da. Ich wollte, dass sie uns unterstützt. Bei mir bleibt nichts übrig.«

»Hatten Sie deswegen Streit?«

»Nein, wir haben uns immer geeinigt.«

»Und wann haben Sie Ihre Frau zuletzt gesehen?«

»Vor etwa drei Wochen.«

»Haben die Töchter Kontakt zu ihrer Mutter?«

Es klingelte. Freyberg sah auf die Uhr.

»Pia nur wenig, aber Alba, die Kleine, war öfter nach der Schule bei ihr. Das ist der nächste Termin«, sagte er entschuldigend.

»Haben Sie eine Idee, wer Ihrer Frau das angetan haben könnte?«

»Nein, keine Ahnung. Ich hatte keinen Einblick mehr in ihr Leben.«

»War der Grund für Ihre Trennung ein anderer Mann?«

»Ja, damals gab es einen.«

Sie hörten, wie die Sekretärin jemanden ins Wartezimmer führte.

»Kannten Sie ihn?«

»Ein Schauspieler. Viktor Grünberg. Aber ich bin ihm nie persönlich begegnet.«

»Und woher kennen Sie dann seinen Namen?

»Als Roxanne mir gestand, dass sie mich betrogen hatte, hat sie seinen Namen genannt.«

»War Ihre Frau länger mit ihm zusammen?«

»Ich weiß es nicht, Herr Kommissar. Aber ich muss jetzt wirklich. Die Klienten warten.«

»Natürlich. Wo finden wir Ihre Töchter?«

»Zu Hause, hoffe ich.«

»Allerletzte Frage«, sagte Meißner, schon auf dem Weg zur Tür: »Wo waren Sie vorgestern Nachmittag zwischen zwei und vier?«

»Auf dem Weg nach München, zu einem Symposion.«

Er begleitete sie hinaus. Im Warteraum saßen ein Mann und eine Frau. Zwischen ihnen zwei leere Stühle. Freyberg ging auf sie zu.

»An dir ist ja wirklich ein Psychologe verloren gegangen«, sagte Fischer im Treppenhaus. »Aber wie deutest du das jetzt mit den Steinen?«

»Er hat ein paar wichtige Satelliten ausgelassen, diesen Grünberg zum Beispiel.«

»Der gehört auch nicht zur Familie. Soll ich ihn wegen des Alibis noch einmal anrufen? So können wir das nicht überprüfen.«

»Mach das. Und dann sieh auch zu, dass du diesen Grünberg ausfindig machst. Ich setze dich beim Präsidium ab und fahr dann zu den Töchtern raus.«

Das Haus der Freybergs war eine etwas heruntergekommene Gründerzeitvilla mit verwildertem Garten. Der Lack blätterte von den Möbeln, die auf der Terrasse standen, an der Fassade kletterte wilder Wein bis unters Dach. Am Gartentor war Meißner der Duft des Geißblatts in die Nase gestiegen, das die wuchernde Hecke überrankte. Das Ganze sah ein bisschen verwunschen aus, man hätte es auch vernachlässigt nennen können, je nach Blickwinkel und Sympathie des Betrachters. Das Anwesen strahlte den Charme einer Hippie-WG aus, wenn man das mochte. Fehlte nur noch der bemalte VW-Bus in der gekiesten Einfahrt, mit »Peace«- oder »Atomkraft? Nein danke«-Aufkleber.

Der Hauptkommissar war nicht besonders empfänglich für diese Art von Zauber. Ihm reichte schon seine kleine Zweizimmerwohnung. Vor einem Haus mit Garten hätte er kapituliert. Er konnte sich gut vorstellen, wie viel Arbeit es machte, alles einigermaßen in Schuss zu halten, und für ihn sah es so aus, als habe Freyberg diesen Kampf aufgegeben.

Als Meißner klingelte, schlug ein Hund an. Eine Mädchenstimme zischte ein scharfes »Aus!«, dann ging die Tür auf, ein Labrador sprang heraus und rannte zum Tor. Er sprang hoch, streckte die Schnauze durch das Gitter und winselte den Hauptkommissar an. Meißner fuhr dem Tier mit der Hand über den Kopf, während es versuchte, seine Hand abzuschlecken. Er zog seinen Ausweis und hielt ihn so hoch, dass das Mädchen ihn sehen konnte.

»Kommen Sie rein. Das Tor ist offen. Nell tut Ihnen nichts!«

Tat sie aber doch. Als Meißner das Tor öffnete, sprang der Labrador an ihm hoch und hieb ihm die Pfoten samt Krallen in die Oberschenkel. Er schob den Hund weg, der ihm bellend hinterherlief.

»Stefan Meißner, Kripo Ingolstadt.«

»Ich bin Pia«, sagte das Mädchen und ließ ihn ins Haus. Der Hund blieb draußen im Garten.

»Sie sind wegen meiner Mutter hier?«

»Ja«, sagte Meißner.

Sie nickte.

»Es tut mir sehr leid, was mit Ihrer Mutter passiert ist.«

»Sie können mich ruhig duzen.«

»Hatten Sie, ich meine, hattest du viel Kontakt zu ihr, seit sie …?«

»Seit sie ausgezogen ist? Na ja, nicht besonders viel. Meine Mutter hat unsere Familie zerstört, verstehen Sie?«

»Hast du sie öfter besucht?«

»Nein, eher selten. Und hier draußen war sie auch schon lange nicht mehr. Es geht hier alles vor die Hunde. Mein Vater ist die meiste Zeit in der Arbeit, und meine Schwester ist mit ihren Freundinnen und Freunden unterwegs. Aber ich spiele hier nicht die Hausfrau! Soll doch alles vergammeln!«

Meißner fiel auf, dass der Flur schon länger nicht gesaugt worden war. Kleine Bällchen von schwarzen Hundehaaren schwebten wie auf einem dünnen Luftkissen über das Parkett. Der Anblick hatte fast etwas Poetisches, war aber auch ein triftiger Grund, warum Meißner sich nie einen Hund anschaffen würde. Höchstens wenn er weit draußen auf dem Land wohnte und sich eine Putzfrau oder einen Putzmann leisten könnte.

Im Wohnzimmer stand ein altes Klavier.

»Spielst du?«, fragte Meißner.

»Meine Schwester.«

»Ihr geht beide noch zur Schule?«

»Ich mache nächstes Jahr Abi. Meine Schwester ist in der Elften.«

»Ist sie auch da?«

»Nein, sie ist bei einer ihrer Freundinnen, Julia oder Sofie. Dabei ist sie heute dran, mit ihrem Köter rauszugehen.«

»Ist das ihr Hund?«

»Meiner ist es jedenfalls nicht.«

»Wann hast du deine Mutter das letzte Mal gesehen?«

»Vor zwei Wochen. Sie hat mir bei meiner Facharbeit geholfen. Hat sich ja mit Recherchen ausgekannt.«

»In welchem Fach?«, fragte Meißner.

»Geschichte.«

»Und wie war das Verhältnis deiner Eltern untereinander?«

»Seit sie sich nicht mehr sahen, haben sie wenigstens nicht mehr gestritten, zumindest nicht hier. Ich hasse es, wenn mein Vater rumbrüllt und meine Mutter flennt. Auf uns Kinder haben sie nie Rücksicht genommen.«

»Haben sie oft gestritten, sich laut angeschrien?«

»Mein Vater ist ein Choleriker. Bei seinen Klienten versteht er alles und kann jedes Problem lösen, aber bei uns zu Hause hat es damit nie so richtig geklappt. Und meine Mutter hat immer in seinen wunden Punkten rumgestochert, bis sie ihn so weit hatte und er explodiert ist. Das konnte sie sehr gut.«

»Worum ging's denn bei den Streitigkeiten?«

»Das hab ich meist überhaupt nicht verstanden. Anlässe waren irgendwelche Kleinigkeiten. Aber was dahintersteckte? War ja auch nicht meine Sache. Ich konnte sowieso nichts daran ändern. Auf mich hat ja nie jemand gehört.«

»Hast du in den letzten beiden Wochen mit deiner Mutter telefoniert?«

»Nein, sie hat mir noch zwei SMS geschickt, ich soll mich melden, aber ich hatte keine Zeit. Ich muss im Moment viel für die Schule tun.«

»Mhm«, machte Meißner. Die Trauer würde das Mädchen, das sich hinter seiner Patzigkeit verbarrikadierte, schon noch einholen.

»Ich würde gern noch mit deiner Schwester sprechen. Sie war häufiger bei deiner Mutter, oder?«

»Ja, aber die hält sich ja auch für so eine Künstlerin.«

»Künstlerin? Deine Mutter war doch Journalistin.«

»Sie hat doch wieder angefangen zu singen, hat Tanzkurse gemacht und wollte Bücher schreiben. Stellen Sie sich das mal vor, in ihrem Alter!«

»Hast du mal was von ihr gelesen? Ich meine, Geschichten, nicht Zeitungsartikel.«

»Nö«, sagte Pia, »keine Lust.«

Borniertheit ist nicht unbedingt eine Frage des Alters, dachte Meißner.

»Wie kann ich deine Schwester erreichen?«

»Rufen Sie sie einfach auf ihrem Handy an.«

Sie gab ihm die Nummer, öffnete die Haustür und begleitete ihn mit der Hündin Nell bis zum Tor.

»Hast du irgendeine Idee, einen Verdacht, wer so etwas getan haben könnte?«

Das Mädchen schüttelte den Kopf.

»Es muss schwer für euch sein, auch für deinen Vater.«

»Damals, als sie ihn verlassen hat, hat er gesagt, es wäre leichter für ihn gewesen, wenn sie gestorben wäre.«

»Aber das hat er doch nicht so gemeint«, hörte Meißner sich sagen.

»Mein Vater kann ziemlich egoistisch sein«, meinte Pia, drehte sich um und ging ins Haus zurück.

Fast zärtlich tätschelte Meißner Nell zum Abschied den Kopf. Der Hund konnte ja nun wirklich nichts dafür, dass sein Fell einem immerwährenden jahreszeitlichen Wechsel unterlag.

Nun war die Ehefrau, die ihren Mann verlassen hatte, also wirklich gestorben. Nein, sie war nicht gestorben. Sie war ermordet worden!, korrigierte Meißner seine Gedanken. Und langsam kochte in ihm die Wut hoch. Wenn man so lange zusammengelebt hatte, wie konnten dann so eine Distanz und Gefühlskälte entstehen? Seltsam, dachte er, was in Familien so alles vorgeht. Kinder machten sich über ihre Mütter lustig, die mit über vierzig nicht nur Haus und Garten sauber halten wollten, sondern noch etwas anderes mit ihrem Leben vorhatten. Der Ehemann schrie seine Frau an, bis sie weinte. Musste man sich so etwas gefallen lassen, bloß weil man verheiratet war? Hatte sich diese attraktive, erfolgreiche Frau tatsächlich von einem zur Gewalttätigkeit neigenden Ehemann einschüchtern lassen? Das war doch kaum zu glauben. Die Familie konnte einem Menschen alles geben, konnte ihn aber auch vernichten. Als er Roxanne Stein durch das Blumenfeld tanzen gesehen hatte, hatte sie so frei und unbeschwert gewirkt. In dieser desolaten Umgebung und innerhalb ihrer Familie konnte er sie sich überhaupt nicht vorstellen. Jedenfalls nicht tanzend. Plötzlich war der Hauptkommissar froh, dass Carola und er nie geheiratet hatten. Es hätte nichts besser gemacht.

Er fuhr in eine Parkbucht und rief Frau Seebauer, Roxannes Schwester, an. Sie war zu Hause. Er wendete und fuhr Richtung Süden. Die Seebauers bewohnten ein gepflegtes Reiheneckhaus im Stadtteil Unsernherrn. Kein Hund, keine Staubflocken, kein ungemähter Rasen.

»Ich kann es einfach nicht begreifen«, sagte Frau Seebauer, als sie ihn ins Haus führte. »Meine kleine Schwester. Was ist ihr bloß zugestoßen?« Sie ging in die Küche. Meißner hörte, wie sie sich die Nase putzte, dann kam sie mit Kaffee zurück.

»Waren Sie draußen? Bei der Familie?«

»Ich habe mit Pia gesprochen. Sie sagt, ihre Eltern hätten viel gestritten, und ihr Vater sei ein Choleriker.«

»Rainer ist ein Idiot«, sagte Frau Seebauer. »Er hat sich aufgeführt wie ein sizilianischer Macho. All die Jahre über, in denen er keinen Grund dazu gehabt hatte, war er rasend eifersüchtig. Er hat immer Druck auf sie ausgeübt. Hat geglaubt, so könne er sie halten.«

»Das heißt, dass sie schon länger gehen wollte?«

»Vielleicht wusste er es schon, bevor sie es wusste. Ich hatte ja immer diese Angst, aber das hat wohl mehr mit ihm als mit ihr zu tun gehabt. Die beiden haben sich abgesondert und in ihre eigene kleine Welt zurückgezogen. Solange die Kinder klein waren, hat das gepasst, aber dann wurde es Roxanne irgendwann zu eng. Sie hat sich in den Jahren fast selbst aufgegeben. Dabei war sie schon immer die Künstlerin in unserer Familie. Und das behütete Nesthäkchen. Aber dann blieb alles – die Kinder, das Haus und dieser Hund – an ihr hängen, während ihr Mann arbeitete und seine Hobbys pflegte. Als sie dann irgendwann aufwachte und sah, was mit ihrem Leben geschah, war es schon fast zu spät. Sie musste wieder ganz von vorne anfangen. Lokalreporterin beim ›Donaukurier‹. Haben Sie eine Ahnung, was das bedeutet?«

»Mieses Zeilenhonorar?«, vermutete Meißner.

»Genau. Und Jubiläum der Freiwilligen Feuerwehr Unterbrunnenreuth, Schützenverein Edelweiß, Veteranenverein, Wanderverein Waldesruh, die ganze Provinzpalette. Sie richtete ihre Arbeit um die Familie herum ein, aber keiner von ihnen nahm Roxannes Arbeit ernst. Kam ja zuerst nicht viel rum. Haben Sie eine Ahnung, was so ein altes Haus frisst? Alles sehr romantisch, aber Sie müssen mal die Heizkostenabrechnungen sehen. Und dann noch die ganze Arbeit! Da gehört schon ziemlich viel Liebe dazu.«

»Ist Herr Freyberg gewalttätig?«

»Nein, das glaube ich nicht. Aber er ist impulsiv und unbeherrscht, auch wenn er nach außen hin nicht so wirkt. Manchmal hätte ich ihn packen und durchschütteln können, diesen Kerl. Er hat nie kapiert, dass er daran schuld war, dass Roxanne gegangen ist. In den letzten zehn Jahren hat er sie ausgeblutet. Sie war schon fast vertrocknet, als sie endlich den Absprung geschafft hat.«

»Könnte er es getan haben?«, fragte Meißner direkt.

»Wer kann schon in einen Menschen hineinschauen?«

»Hat er sie geschlagen?«

»Soweit ich weiß, nein. Er war wütend, hat Dinge zerschlagen, Türen eingetreten und so was.«

»Und warum ist sie nicht früher gegangen?«

»Denken Sie mal nach! Haben Sie Kinder?«

Meißner schüttelte den Kopf.

»Kleine Kinder kann man umpflanzen, die großen kriegt man nicht mehr raus aus ihrer Umgebung. Das Haus ist ihre Heimat, die Großeltern, Rainers Eltern, wohnen um die Ecke. Sie haben ihre Freunde dort, die Schule.«

»Sie hätte mit den Kindern doch im Haus bleiben können.«

»Natürlich. Aber Rainer und ausziehen? Der wäre nie gegangen! Der hätte auf seinem hohen moralischen Ross gesessen und sich nicht vom Fleck gerührt. Nein, es war klar, dass sie gehen musste, wenn sie die Trennung wollte. ›Du kannst nicht alles haben‹, hat er zu ihr gesagt. ›Freiheit *und* Familie, das geht nicht. Du musst dich schon entscheiden.‹ Als gäbe es in Familien keine Freiheit. Nur deshalb ist sie so lange geblieben. Ein Leben ohne ihre Töchter und ohne diesen komischen Hund konnte sie sich überhaupt nicht vorstellen. Als sie den Absprung geschafft hat, dachte sie, sie würde an der Trennung eingehen.«

»Und? Ist sie daran eingegangen?«

»Die erste Zeit war hart, sie war praktisch nur krank. Aber dann ging's aufwärts. Sie hat sich in ihre Arbeit gestürzt, endlich wieder geschrieben und viele lose Enden aufgegriffen, die sie während ihrer Ehe verloren hatte. Fand wieder zur Musik, lernte neue Leute kennen. Langsam wurde sie ein anderer Mensch. Oder besser ausgedrückt: Sie wurde wieder zu der lebenslustigen Roxanne, die ich von früher kannte.«

»Und dieser Schauspieler?«

»Viktor? Der war nur ihr Sprungbrett. Er brachte ihr die Anerkennung und Bewunderung entgegen, die sie brauchte. Aber ich glaube, sie sind Freunde geblieben. Er war so ein sanfter Mann.«

»Hat sie ihn auch verlassen?«

»Sie musste eben lernen, ihren eigenen Weg zu gehen. Er war nur das Trampolin.«

»Wo kann ich ihn finden?«

»Zuletzt hat er in München in so einem kleinen Theater gespielt. Ich glaube, es war das ›Fraunhofer‹.«

»Lebt er in München?«

»Keine Ahnung.«

»Wissen Sie, ob Ihre Schwester in letzter Zeit einen Freund oder einen Liebhaber hatte?«

»Ich glaube schon. Irgendwas hat sich da angebahnt. So eine Art Abenteuer. Aber sie kannte den Mann nur aus Briefen.«

»Also der große Unbekannte?«

»So ungefähr. Sie hat ein ziemliches Geheimnis draus gemacht. Erzählt, es sei alles nur ein Spiel. In seinen Briefen hat er sie aufgefordert, verrückte Sachen zu machen. Sie sollte sich zu einer bestimmten Uhrzeit in einer bestimmten Kleidung in ein Café setzen oder in den Park gehen. So etwas in der Art. Alles war irgendwie kindlich, spielerisch.«

»Sie meinen also, die beiden sind sich nie direkt begegnet, aber er hat sie beobachtet?«

»Ich fand es auch merkwürdig, aber Roxanne war ganz begeistert. Es waren keine perversen oder gefährlichen Sachen, wenn Sie darauf hinauswollen. Es hörte sich vollkommen harmlos an. Wahrscheinlich war es wieder so ein Künstler. Sie liebte solche verspielten Menschen.«

»Und gibt es irgendeine Spur zu diesem ›Spieler‹?«

»Haben Sie seine Briefe nicht in ihrer Wohnung gefunden?«

»Wir haben noch nicht danach gesucht.«

»Meinen Sie denn, ich hätte mir Sorgen machen müssen, als sie mir von den Briefen erzählte?«, fragte Frau Seebauer, und er sah, wie es in ihrem Kopf arbeitete.

»Ich weiß es nicht«, sagte er, dann trank er brav seinen kalten Kaffee aus und verabschiedete sich.

Als er ins Präsidium kam, war Fischer gerade auf dem Sprung in den Feierabend und folgte dem Hauptkommissar nur widerwillig zurück ins Büro.

»Wie ist der Stand?«, fragte Fischer.

»Ein paar neue Verdächtige«, sagte Meißner. »Einen cholerischen Ehemann, einen verflossenen Liebhaber und einen Briefe schreibenden … Spanner?«

»Aha?«, gab Fischer zum Besten. »Aber vergiss bei deiner illustren Runde den Bauunternehmer nicht, der seine Frau vertrimmt hat und jetzt auf jeden Fall verhindern will, dass eine Journalistin das an die große Glocke hängt.«

»Hast du diesen Schauspieler ausfindig machen können, von dem ich dir am Telefon erzählt habe?«

»Du meinst Grünberg? Bis jetzt noch nicht. Aber ich kümmere mich morgen drum. Jetzt muss ich wirklich Feierabend machen, ich hab noch eine Verabredung.«

»Soso«, sagte Meißner und sah auf die Uhr. Es war fast sieben.

»Und was machst du heute noch so?«, fragte Fischer im Hinausgehen.

»Ich fahre nach München, ins Theater im ›Fraunhofer‹.«

»Aha«, meinte Fischer, für den der Name wahrscheinlich ungefähr genauso retro klang wie WG, APO, Virginia Woolf und Dario Fo. Der Hauptkommissar sah ihm an, dass er sich fragte, wie man heute noch immer auf diese Sachen abfahren konnte. Wo es doch in Ingolstadt so nette Kneipen und Musikclubs und das Audi-Forum mit seinem anspruchsvollen Kulturprogramm gab. Aber Meißner brauchte die Arroganz der Jugend gar nicht, um sich alt zu fühlen. Das ging auch ohne. Was wusste einer wie Fischer schon von den wilden Siebzigern und Achtzigern oder von freien Theatern?

Auf dem Weg zur Autobahn machte er bei einem türkischen Restaurant halt. Allein zu essen war durch und durch trostlos, aber in einem Lokal schien es ihm erträglicher als in seiner leeren Wohnung. Man konnte immerhin den anderen Gästen oder dem Personal zuhören. Außer *Merhaba* verstand Meißner kein Wort Türkisch, versuchte sich aber vorzustellen oder auszudenken, worüber die Anwesenden sprachen: über das UEFA-Cup-Spiel am Vortag, über die jüngsten Unruhen in den Kurdengebieten, vielleicht unterhielten sie sich auch nur über die letzte Mieterhöhung, die Benzinpreise oder die Aprikosenernte in Anatolien, wer wusste das schon? Vielleicht war Türkisch gar nicht mal so schwer, aber auf seiner Prioritätenliste stand es einfach nicht ganz oben.

Nach dem süßen Mokka bezahlte er, fuhr los und nahm die Auffahrt Ingolstadt-Süd. Nach dem Donau- und dem Paartal wurde die Landschaft hügeliger. Hopfengärten flogen rechts und links der Autobahn vorbei. Die Pflanzen waren bereits abgeerntet. Nur das enthäutete Skelett des Rankgerüstes war übrig geblieben. Die in den Boden gerammten Holzpfähle und die dazwischengespannten Drähte standen verwaist, zwischen den Ackerfurchen wuchs frisches Gras. Meißner erreichte die Raststätte Holledau, häufiges Einsatzgebiet der Pfaffenhofener Polizei. Hier kontrollierten sie gerne Lkws und Pkws, Reisende aus Nicht-Schengen-Staaten, die im Verdacht standen, in Deutschland einer illegalen Beschäftigung nachzugehen, etwa in der Gastronomie oder auf dem Bau, und außerdem solche wie die drei Kolumbianer, von denen man nichts wusste und wahrscheinlich nie herausfinden würde, ob sie das Geld, das sie bei sich trugen, durch illegale Arbeit auf der Baustelle verdient hatten oder als Drogenkuriere. Der Hauptkommissar war froh, dass die Raststätte nicht in seinen Zuständigkeitsbereich fiel. Schließlich war er nicht Polizist geworden, um die reichen Länder vor den armen Menschen aus anderen Ländern zu schützen.

Dann näherte er sich München. Ab Eching wurde der Verkehr dichter, aber seit die Autobahn zur Fußball-WM achtspurig ausgebaut worden war, war die Staugefahr drastisch gesunken. Die Allianz-Arena war an dem Abend blau erleuchtet, also spielten die Sechziger, die Münchner Löwen. Manche Leute nannten das Stadion abfällig »Kloschüssel«, für Meißner hingegen war es einfach ein weiterer Orientierungspunkt bei der Anfahrt auf München. Erst kamen die Müllberge von Großlappen mit ihrem charakteristischen Großstadtduft und dem großen Windgenerator, dann, in Höhe von Freimann, die weiße Schüssel des Stadions. Und dahinter begann auch schon die Landeshauptstadt.

Er mochte München und fand sich hier ganz gut zurecht. Als Großstadt war es überschaubar. Das Landgericht war hier genauso angesiedelt wie die Rechtsmedizin, beides Landesbehörden, die er immer wieder brauchte. Er arbeitete sich vom Autobahnende Schwabing in Richtung Innenstadt vor, und da er das Parkplatzproblem im Glockenbachviertel kannte, fuhr er gleich in die Tiefgarage am Anger.

Als er in die Fraunhoferstraße einbog, war es schon komplett dunkel. Das »Fraunhofer« war eine der schönsten alten Münchner Gaststätten. Der große rechteckige Raum war holzverkleidet, von den Stuckdecken hingen die originalen Wirtshauskronleuchter, die wahrscheinlich schon seit der Umstellung von Gas auf Strom zum Inventar gehörten. Dazu gab es rote Marmorsäulen mit verzierten Kapitellen, die die Decken des etwa fünfzehn Meter langen Hauptraumes stützten. Das Lokal war gut besucht und laut. Die Tische waren, wie in bayrischen Wirtshäusern üblich, groß, das Mobiliar einfach. Man saß hier nicht lauschig beieinander, sondern entweder in einer Gruppe oder gesellte sich an einen Tisch dazu. Natürlich nicht, ohne vorher »Grüß Gott!« zu sagen und zu fragen, ob es erlaubt wäre, sich niederzulassen. Dann wurde man von allen am Tisch von oben bis unten gemustert, und wenn ein Münchner Original, womöglich in Lederhosen, mit am Tisch saß, dann konnte die Antwort lauten: »Hock di no dazua. Is schon no Platz für di Grischperl.«

Doch Meißner hockte sich nirgendwo dazu, sondern ging direkt nach hinten durch zum Theater.

Die Kasse war nicht mehr besetzt, das Stück hatte schon angefangen. Er lauschte an der Tür, hörte eine Person sprechen – ein Monolog –, konnte aber nichts verstehen.

»Wollten Sie noch rein?«, fragte ihn eine junge Frau. »Hat aber schon vor einer halben Stunde angefangen.«

»Was wird denn gespielt?«

»›Ein Bericht an eine Akademie‹. Von Kafka.«

»Und wer spielt den Affen?«

»Viktor Grünberg. Die Vorstellung ist nicht ausverkauft. Wenn Sie wollen, kann ich Sie in der nächsten Sprechpause reinlassen.«

Meißner nickte, dann lauschten beide für einige Minuten.

Die Frau war etwa Mitte bis Ende dreißig und hatte kurze strubbelige schwarz gefärbte Haare und graue Augen. Mit den hohen Wangenknochen und mandelförmigen Augen sah sie slawisch aus.

Als es im Saal ruhig wurde, gab sie ihm ein Zeichen und öffnete die Tür einen Spalt weit. Er huschte hinein und setzte sich auf den ersten freien Randplatz, den er entdeckte. Als er zurückblickte, sah er ihr Gesicht im Türspalt. Er folgte ihrem Blick auf die Bühne. Das also war Grünberg.

Ein nicht sehr großer, sehr schlanker Mann mit kurzem grauem Haar. Über einer unauffälligen braunen Stoffhose trug er ein weißes Hemd und ahmte weder im Aussehen noch im Gang einen Affen nach. Er bewegte sich wie ein Mensch, spielte aber dennoch den Affen, der sich an die Menschennatur mit viel Mühe und Anstrengung anzupassen versuchte.

»Ich suchte nicht Freiheit. Nur einen Ausweg«, war das Erste, was er nach der Sprechpause sagte, und Meißner lief es kalt den Rücken hinunter. Er hatte das Stück schon einmal gesehen, aber es war zu lange her, als dass er sich noch daran erinnern konnte. Aber Grünberg war gut. Er strahlte eine Ernsthaftigkeit und Konzentriertheit aus, die einen unwillkürlich den Atem anhalten ließ. In den Pausen des Monologs blieb es mucksmäuschenstill. Das Publikum hing an seinen Lippen, seinen Gesten und ließ sich von ihm verzaubern, sodass der Schlussapplaus sehr herzlich ausfiel. Grünberg verneigte sich und zeigte nun – nach der eigentlichen Vorstellung – die äffischen Bewegungen, die man von Anfang an eigentlich erwartet hatte und die nun von den Zuschauern beklatscht wurden. Als wollte er sagen: Seht her, natürlich habe ich das drauf, aber mein Affe ist ein Mensch. Lasst ihn in eurer Fantasie wie einen Affen sprechen und gehen, meinetwegen ein Affe sein, wenn ihr wollt, aber mein Affe ist ein Mensch wie du und ich.

Meißner ging wieder in den Gastraum. Die schwarzhaarige Frau, die ihn vorher eingelassen hatte, stand jetzt hinter dem Tresen.

»Ich muss noch Eintritt bezahlen«, sagte Meißner.

»Geben Sie mir, was Sie meinen. Sie haben ja fast die Hälfte verpasst. Hat es Ihnen denn gefallen?«

»Ja, Grünberg war gut.«

Die Frau nickte.

»Ich würde ihn gerne sprechen. Kommt er nach der Vorstellung noch manchmal in die Wirtschaft?«

»Ich kann ihm Bescheid geben, wenn Sie wollen. Wie heißen Sie?«

»Stefan Meißner, aber das wird ihm nichts sagen.«

Als Grünberg aus der Umkleide kam, nun in Jeans und schwarzem T-Shirt, machte ihm die Frau ein Zeichen.

»Sie wollten mich sprechen?«

»Guten Abend.« Meißner zog seinen Ausweis hervor, und Grünberg sah ihn sich genau an.

»Sie waren sehr gut.«

»Also hat es Ihnen gefallen«, konstatierte Grünberg. »Sie kommen aus Ingolstadt? Was will denn die Kripo Ingolstadt von mir? Wegen eines nicht bezahlten Strafzettels werden Sie mir ja wohl kaum hinterherfahren.«

»Sie haben mal in Ingolstadt gelebt?«

»Vorübergehend. Ich hatte letztes Jahr ein Engagement am Stadttheater. Leider nur für eine Saison.«

»Wo haben Sie da gewohnt?«

»In der Altstadt, Beckerstraße.«

»Aha«, sagte Meißner. »Die Wohnung im ersten Stock in der Nr. 2 1/3?«

»Genau die.«

»Sie kennen die Frau, die jetzt dort wohnt?«

»Roxanne Stein? Natürlich. Sie hat meine Wohnung übernommen, als ich nach München zurückging. Warum fragen Sie mich danach? Ist etwas mit Roxanne?«

»Haben Sie noch einen Schlüssel zu dieser Wohnung?«, fragte der Hauptkommissar ins Blaue hinein.

»Ja, hab ich. Roxanne wollte, dass ich ihn als Reserveschlüssel behalte. Es ist doch nicht eingebrochen worden?«

Meißner schüttelte den Kopf. Also schon der dritte Schlüssel! Wie viele gab es davon noch, verdammt?

»Wann waren Sie zuletzt dort?«

»In der Wohnung? Das muss Ende Juli gewesen sein. Roxanne hat mich zu einem Konzert von ihrem Chor eingeladen. Anschließend waren wir noch in der Wohnung.«

»Haben Sie bei ihr übernachtet?«

»Was geht Sie das überhaupt an?«

»Haben Sie Frau Stein danach noch einmal gesehen?«

»Ja, Herrgott, sie war letzte Woche hier. Hat sich meine Vorstellung angeschaut. Was wollen Sie eigentlich von mir?«

»Herr Grünberg, wo waren Sie am Dienstag zwischen zwei und vier Uhr nachmittags?«

»Das reicht jetzt aber. Wenn Sie mir nicht endlich sagen, was hier los ist, trinke ich mein Bier aus und verschwinde. Ich bin ziemlich erschöpft, und Ihr Verhalten irritiert mich.«

Grünberg hatte recht. Meißner sah ein, dass er mit seiner Tour nicht mehr weiterkam.

»Roxanne, ich meine Frau Stein, sie ist tot«, sagte er.

Grünberg sah ihn an und schüttelte ungläubig den Kopf. Die Frau am Tresen horchte auf.

»Kommen Sie«, sagte Meißner. »Wir setzen uns dort an den Tisch.«

Er nahm Grünbergs Bierglas und schob ihn vor sich her. Der Schauspieler stolperte, sodass ein Stuhl krachend umfiel. Meißner stellte ihn wieder auf und half dem Mann, sich zu setzen.

»Die schöne Roxanne!«, sagte er. »Und was hat die Kripo damit zu tun? Wie ist sie denn gestorben?«

»Sie ist ermordet worden.«

Wieder schüttelte Grünberg den Kopf.

»Aber das kann nicht sein.« Er packte Meißner am Arm. »Das kann doch nicht wahr sein. Wer sollte ihr denn etwas angetan haben? Wer?«

»Wir werden es schon herausfinden«, sagte Meißner. »Haben Sie Roxanne Stein geliebt?«

Grünberg starrte auf die dunkle Fensterfront, in der sich das

Innere des Lokals spiegelte: die Menschen, die Tische samt der Kerzen, die nun auf ihnen brannten, die Säulen, die Lampen. Alles schien sich auf der Straße fortzusetzen.

»Herr Grünberg?« Nun war es Meißner, der an Grünbergs Arm rüttelte.

Plötzlich fiel der Schauspieler mit dem Oberkörper vornüber auf den Tisch. Das Bierglas kippte um, der Inhalt schwappte heraus, Meißner bekam das Glas zu fassen, bevor es vom Tisch rollen konnte, doch die schäumende Flüssigkeit hatte sich schon auf seine Hose ergossen. Als er sie das Bein hinunterlaufen spürte, sprang er auf.

Die Frau am Tresen hatte den Vorfall beobachtet. Sie kam an ihren Tisch, reichte ihm ein Geschirrtuch, und er versuchte, seine Hose damit zu trocknen.

»Was ist denn passiert?«, fragte sie und strich Grünberg, der immer noch vornüber auf dem Tisch lag, liebevoll über das Haar. »Viktor, was ist passiert?«

Der Schauspieler richtete sich auf. Sein Gesicht war nass, von Bier oder Tränen oder von beidem. Er sah sie an, fasste sie um die Taille und sagte: »Roxanne ist tot.« Dann legte er seinen Kopf an ihren Bauch und weinte.

Seine Reaktion wirkte sehr echt, eine Spur zu theatralisch vielleicht. Meißner war auf der Hut. Immerhin hatte Grünberg einen Schlüssel zu ihrer Wohnung.

Grünberg schluchzte noch immer, sodass die Frau ein Taschentuch aus ihrer Jeans fingerte.

»War er es?«, fragte der Schauspieler.

»Wer? Wen meinen Sie?«

»Na, ihr Mann, dieser eifersüchtige Macho.«

»Kannten Sie ihn denn?«

»Immer wieder hat er versucht, Kontakt mit mir aufzunehmen, aber ich konnte keinen Sinn darin sehen. Wie ist es denn passiert? Ich meine, wie hat er … Wie ist sie denn gestorben?«

Meißner sah die Frau, die Grünberg immer noch umschlungen hielt, an. Sie machte sich sanft von ihm los, strich ihm über die Wange und sagte: »Ich bin am Tresen, wenn du mich brauchst.«

»Herr Grünberg, Sie haben meine Frage noch nicht beantwortet: Wo waren Sie am Dienstagnachmittag zwischen zwei und vier?«

»Wie? Am Dienstag? Ich hatte am Montagabend Vorstellung. Dann wird es immer spät. Am nächsten Tag schlafe ich lange, und nach dem Aufstehen gehe ich raus, auf den Viktualienmarkt oder in den Englischen Garten. Ich streune herum und mache meinen Kopf frei für den Abend, rekapituliere meinen Text, arbeite Stellen nach, an denen es noch etwas zu verbessern gibt. Alles im Kopf, verstehen Sie? Aber ich muss mich dazu bewegen, herumgehen.«

»Und zwar allein, nehme ich an?«

»Natürlich, immer allein.«

»Sind Sie irgendwo eingekehrt, haben Sie einen Kaffee getrunken oder mit jemandem gesprochen? Hat Sie jemand gesehen?«

Grünberg zuckte die Achseln und schüttelte dann den Kopf. Die Bedienung kam wieder an ihren Tisch.

»Können Sie Viktor nicht heimbringen?«, fragte sie Meißner. »Er kippt ja gleich um. Die Wohnung ist direkt hier um die Ecke, nur fünf Minuten zu Fuß.«

Meißner nickte. »Kommen Sie.«

Ohne Widerstand ließ sich Grünberg aus dem Lokal führen. Die Frau erklärte Meißner den Weg, nannte ihm die Adresse, bevor sie einen Schlüssel aus Grünbergs Jackentasche nahm und ihn Meißner gab.

Er hakte den Schauspieler unter, der keinen eigenen Willen mehr zu haben schien, und ging los. In der Wohnung zog er ihm die Schuhe aus, bugsierte ihn auf das Sofa im Wohnzimmer und deckte ihn mit einer schwarzen Wolldecke zu, auf der »Süddeutsche Zeitung« stand. Das Licht einer Stehlampe ließ er brennen, dann legte er seine Karte auf den Tisch.

»Ich brauche noch Ihre Telefonnummer.«

Grünberg gab ihm seine Festnetz- und die Handynummer.

Meißner war froh, dass der Schauspieler nicht mehr auf die Frage, wie Roxanne gestorben war, zurückkam. Er stellte ihm noch ein Glas Wasser auf den Tisch, dann verließ er die Wohnung.

Als er auf dem Rückweg sah, dass im »Fraunhofer« noch immer Licht brannte, trat er erneut ein. Die schwarzhaarige Slawin war gerade dabei aufzuräumen und das Lokal zu schließen. Die Gäste waren alle gegangen, trotzdem ging er in den Wirtsraum.

»Danke, dass Sie ihn nach Hause gebracht haben«, sagte sie. »Ich kann ja hier nicht weg. Sie sehen ja, dass ich allein im Lokal bin. Ich heiße übrigens Ludmilla. Schropp.«

»Sind Sie jeden Tag hier?«

»Nur wenn Vorstellungen sind. Ich bin das Theatermädchen für alles.«

»Kennen Sie Herrn Grünberg schon länger?«

Sie nickte. »Ich kannte auch Roxanne. Wie ist das eigentlich passiert?«

Meißner überging die Frage.

»Ist Ihnen am Dienstagabend etwas aufgefallen? War Viktor Grünberg vielleicht anders als sonst?«

»Dienstag? Nein, wieso? Ist das mit Roxanne am Dienstag passiert?«

Meißner nickte.

»Aber er hat es doch eben erst erfahren. Sie glauben doch nicht, dass er irgendetwas damit zu tun hat?« Sie sah ihn ungläubig an. »Viktor ist sanft wie ein Lamm. Und er hing noch immer sehr an Roxanne.«

»Von ihm ist die Trennung also nicht ausgegangen?«

»Dazu müssen Sie ihn schon selbst fragen.« Sie klang bitter. »Ich sperr dann hier mal ab.« Sie löschte im hinteren Teil des Lokals das Licht.

Meißner gab ihr seine Karte. »Rufen Sie mich an, wenn Ihnen noch etwas einfällt.«

Sie nahm die Karte. Zusammen gingen sie zur Tür, dann löschte sie das Hauptlicht und schloss ab.

»Kommen Sie gut nach Hause«, sagte sie, bevor sie ging.

Meißner sah ihr nach, als sie sich noch einmal umdrehte und ihm zuwinkte. Doch als er reagierte und ebenfalls die Hand hob, hatte sie sich schon wieder abgewandt, und er winkte ihrem Rücken nach.

Langsam begann die Geschichte unübersichtlich zu werden. Die Akteure und die Schauplätze wurden immer mehr. Das würde ein richtig schönes Stochern im Heuhaufen werden. Meißner musste die Wohnung noch einmal genauer durchsuchen. Irgendwo mussten doch die Briefe dieses Spinners zu finden sein. Am liebsten wäre er gleich hingefahren. Er sah auf die Uhr: Mitternacht war vorbei. Er würde erst um ein Uhr in Ingolstadt sein, definitiv zu spät. Er dachte, es sei vielleicht keine schlechte Idee, für diesen Fall personelle Verstärkung anzufordern.

Er fuhr über den Altstadtring und die Ludwigstraße stadtauswärts Richtung Autobahn. München war bei Nacht ebenso schön wie am Tag. Vielleicht sogar schöner. Er passierte die beiden Brunnen vor der Geschwister-Scholl-Universität. Rechts ging es zum Englischen Garten hinunter. Ein paar Radler waren noch auf dem breiten Fahrradweg unterwegs. In einem kleinen Bogen umrundeten die drei Fahrspuren das Siegestor, auf dem hoch oben die Bavaria mit ihren vier angespannten Löwen in den Nachthimmel ritt. Auf der Leopoldstraße saßen die Leute noch immer in den Straßencafés. Die Pappeln, die die Straße säumten, glitzerten im Licht der Straßenbeleuchtung wie mit Silber übergossen. Es war eine milde Spätsommernacht Anfang September. Die Wiedergutmachung von Petrus für einen kalten, verregneten August. Meißner fragte sich, wie viel Resturlaub er bis Jahresende wohl noch ansammeln würde.

Kurz nach eins betrat er seine Wohnung, die jetzt noch schlimmer aussah als zu Wochenbeginn. Er ging gleich zu Bett und schlief bald ein. Er träumte von Ludmilla, die mit blutiger Nase in einem Krankenhausbett lag.

FÜNF

Am nächsten Morgen war er der Erste im Büro. Er sprach mit dem Dienststellenleiter und ließ sich Rosner und Holler fest für die Ermittlungsarbeit im Fall Stein zuteilen.

Frau Seebauer, die Schwester der Toten, rief an und fragte, wann die Leiche freigegeben werde. Sie wolle sich um die Beerdigung kümmern.

Als Fischer eintrudelte, setzte Meißner für neun Uhr dreißig eine Teambesprechung an.

Marieluise Rosner war schon da, als Fischer und Meißner in den Konferenzraum kamen. Sie hatte eine Kanne Kaffee und vier Pappbecher mitgebracht. Vor ihr lagen ein Notizblock, ein Kugelschreiber und eine Packung Würfelzucker.

Ein bisschen übereifrig, aber sehr sozial, dachte Meißner und schenkte sich Kaffee ein. Als Letzter stolperte auch Holler mit nichts außer seiner Mütze in der Hand herein.

»Was haben wir bisher?«, fragte Meißner in die Runde.

»Eine weibliche Leiche, deren Identität uns bekannt ist, den Tatort und die Todesursache durch Fremdeinwirkung«, antwortete Rosner wie aus der Pistole geschossen.

Sie hatte sich vorbereitet wie auf den Unterricht in der Polizeischule.

»Und eine Reihe möglicher Verdächtiger«, ergänzte Fischer. »Da ist einmal der cholerische Ehemann, der als cooler, aber verständnisvoller Psychologe auftritt, uns aber dadurch auch nicht sympathischer wird. Im Gegenteil.«

»Wurde sein Alibi schon überprüft?«, fragte Rosner.

»Kommt noch«, sagte Fischer. »Dann ist da noch der verflossene Liebhaber, dieser Schauspieler.«

»Er hat noch immer einen Schlüssel zur Wohnung. Sagt aber, er sei am Tatnachmittag allein spazieren gegangen, im Englischen Garten in München«, sagte Meißner. »Und dann gibt es noch einen unbekannten Briefeschreiber, von dem die Tote ihrer Schwester erzählt hat. Ich werde mir die Wohnung gleich noch einmal genauer ansehen.«

»Neue Erkenntnisse von der Spurensicherung oder der Rechtsmedizin?«, wollte Rosner wissen.

»Bisher nicht. Kümmern Sie sich darum, und finden Sie heraus, wann die Leiche freigegeben wird. Wegen der Reportage, Fischer. Konntest du darüber noch mehr herausfinden?«

Während Rosner sich eifrig Notizen machte, drehte Holler seine Mütze auf dem Tisch von links nach rechts und wieder zurück.

»Sie war wie gesagt an dieser Frauenhaus-Sache dran, der Geschichte mit der Meisinger-Gattin. Der Typ, also ihr Mann, ist Bauunternehmer und CSU-Stadtrat«, sagte Fischer.

»Der Meisinger hat auch ein paar Kieswerke draußen im Feilenmoos«, meldete sich endlich Holler zu Wort und steuerte sein Lokalwissen bei. »Der ist stinkreich, hat überall seine Finger drin. Vielleicht gibt es ein paar krumme Dinger unter seinen diversen Geschäften, aber es war ihm nie etwas nachzuweisen. Der hat Verbindungen überallhin, bis in die hohe Politik.«

»Dann müssen wir uns den auch noch vornehmen«, sagte Meißner. »Aber vorher brauchen wir noch einige Fakten. Holler, du wertest mit Fischer das Pressematerial der Toten aus und recherchierst zu den Geschichten.«

»Wäre Marieluise da nicht besser geeignet? Als Frau, meine ich? Uns lassen die in so ein Frauenhaus doch gar nicht rein«, meinte Fischer.

»Dann nehmt sie eben mit, wenn ihr so weit seid«, schlug Meißner vor. »Haben wir etwas Wichtiges übersehen?«

»Den Ehemann«, sagte Fischer. »Ich habe sein Alibi überprüft. Er war nicht bei diesem Seminar. Die Sekretärin sagt, dass von zehn Angemeldeten vier nicht da waren, aber ein Herr Freyberg sei weder unter den Anwesenden noch unter den Fehlenden gewesen.«

»Na dann«, meinte Meißner, »wirst du da wohl noch mal nachhaken. Was noch?«

»Die Nachbarn in der Beckerstraße«, sagte Rosner. »Wurden die schon befragt?«

»Mit einem haben wir bereits gesprochen, einem gewissen Grote. Ich habe seine Handynummer. Das Alibi muss noch geprüft werden«, sagte Fischer, »die anderen haben wir noch nicht angetroffen.«

»Soll ich mich darum kümmern?«, fragte Rosner.

»Gut«, willigte Meißner ein. »Dann fahren wir zusammen hin. Nächste Besprechung ist wieder hier, sechzehn Uhr dreißig.«

»Äh«, meldete sich Holler zu Wort, »ich hab aber um sechzehn Uhr Dienstschluss.«

»Vergiss es«, sagte Meißner. »Wir fahren in einer halben Stunde los«, wandte er sich an seine junge Kollegin. »Und schönen Dank für den Kaffee.«

Sie errötete leicht.

»Ach ja: Willkommen in der Ermittlungsgruppe!«, rief er ihr noch nach, als sie schon an der Tür war.

Sie drehte sich noch einmal um und strahlte ihn an. »Danke«, brachte sie heraus, dann war sie weg.

Er hätte gern gesehen, ob sie jetzt noch ein bisschen röter geworden war.

»Was soll ich denen vom ›Donaukurier‹ sagen, wenn ich dort anrufe?«, wollte Fischer auf dem Weg zurück ins Büro wissen.

»Keine Einzelheiten. Also nicht, wie es passiert ist. Dass sie tot ist, brauchen wir nicht geheim zu halten, aber ich will keine Sensationsgeschichten in der Zeitung lesen. Finde raus, wer aus der Redaktion am engsten mit ihr zusammengearbeitet hat. Mit dem will ich dann persönlich sprechen.

»Okay.« Fischer setzte sich ans Telefon.

Meißner trat nachdenklich ans Fenster und sah in den sonnigen Spätsommertag hinaus. Ihm fiel ein, dass er noch immer nicht mit der jüngeren Tochter von Roxanne Stein gesprochen hatte. Vielleicht konnte Marieluise das ja übernehmen. Womöglich hatte das Mädchen den ersten Schock schon ein wenig überwunden, oder war sie genauso cool wie ihre kratzbürstige Schwester? Fischer machte ihm ein Zeichen.

»Ich habe jetzt einen Kollegen von Roxanne Stein am Apparat, Pavel Kuska. Soll ich ihn durchstellen?«

Meißner nickte.

»Hören Sie«, legte Kuska los, »ich muss gleich in die Redaktionskonferenz, können wir nicht später telefonieren?«

»Herr Kuska, Sie arbeiten mit Frau Stein zusammen?«

»Ja, das habe ich Ihrem Kollegen doch schon gesagt. Worum geht's eigentlich?«

»Wann haben Sie sie zuletzt gesehen?«

»Wann? Am Montag. Sie hat zwei Artikel abgeliefert, und wir haben ihre nächsten Themen kurz durchgesprochen. Gestern waren wir dann um fünf verabredet, aber sie ist nicht aufgetaucht. Ist irgendetwas mit ihr?«

»Wie ist Ihr Verhältnis zu ihr?«

»Verhältnis? Sie arbeitet mir als Freie zu, also meinem Ressort. Bearbeitet Themen aus der Konferenz oder schlägt selbst welche vor, die wir dann gemeinsam durchsprechen. Manchmal redigiert sie auch fremde Texte, was eben so anfällt.«

»Ist sie eine gute Journalistin?«

»Sie hat ihre Themen und ihre ›Anliegen‹. Ist ein Profi mit guter Schreibe.«

»Haben Sie auch privat Kontakt zu ihr?«

»Na ja, wir gehen schon mal zusammen auf ein Bier, wenn Sie das meinen. Sie ist ja jetzt auch wieder Single, sozusagen. Ist irgendetwas mit ihr? Hat sie etwas angestellt?«

»Sie ist tot, Herr Kuska.«

»Wie?«

»Wann machen Sie heute Schluss?«

»So gegen neunzehn Uhr.«

»Dann komme ich bei Ihnen vorbei.« Meißner notierte sich Kuskas Telefonnummer.

»War es ein Unfall?«, fragte der Redakteur noch.

»Sieht nicht danach aus.«

Rosner holte ihn in seinem Büro ab, und sie fuhren zusammen in die Beckerstraße. Diesmal in ihrem Wagen, einem kleinen Renault Clio, dunkelblau und ziemlich aufgeräumt und sauber. Wie schafften manche Leute das bloß? Vielleicht lag es ja an der

Größe des Autos. Bei so einem großen Audi wie seinem verlor man einfach leichter den Überblick. So viele Ablagen, und überall so viel Platz. Meißner war drauf und dran zu fragen, ob sie ihr Auto selbst putze, und wenn ja, wie häufig. Vielleicht gab es das ja auch als Service an irgendeiner Tankstelle, und er hatte es nur noch nicht mitbekommen? Aber dann behielt er seine Überlegungen doch für sich. Er wollte ja weder als Pedant noch als hilfloser Trottel gelten, der nicht wusste, wie man sein Auto in Ordnung hielt.

»Hoffentlich erwischen wir wenigstens einen der Nachbarn«, sagte Meißner.

»Ich habe mir die Telefonnummern rausgesucht und vorher angerufen. Zwei habe ich erreicht, sie warten auf uns. Von den anderen hab ich die Personalien.«

»Nicht schlecht«, meinte Meißner. »Und Grote?«

»Der kommt mittags heim.«

Rosner fuhr sogar durch die Einbahnstraße in der korrekten Richtung.

»Sind Sie eigentlich waschechte Ingolstädterin?«, fragte Meißner.

»Geboren bin ich in Geisenfeld, Landkreis Pfaffenhofen.«

»Da waren Sie bestimmt auch mal Hopfenkönigin, oder?«

Die Bemerkung sollte ein Scherz sein, doch als er zu ihr hinübersah, dachte er nur: Bingo!

Meißner hielt ihr die Haustür auf. Rosner ging voran, blieb vor dem Briefkasten stehen, probierte die kleineren Schlüssel am Schlüsselbund durch und fand endlich den richtigen. Aus dem offenen Briefkasten fielen ihnen Prospekte und ein Lokalblättchen entgegen, ein Umschlag von der Volksbank und ein mit krakeliger Schrift beschriebener gelber Briefumschlag, auf dem die Marke mit dem Selbstporträt Albrecht Dürers verkehrt herum klebte.

»Bestimmt der Spieler«, vermutete Meißner und drehte den Umschlag um. Kein Absender. Abgestempelt war der Brief in Ingolstadt, aber das Datum war verwischt. Der Hauptkommissar zog Handschuhe aus der Tasche und nahm den Brief mit in die Wohnung, während Rosner bei den Nachbarn klingelte.

Auf Roxannes Schreibtisch fand er einen lackierten hölzernen Brieföffner in Form einer Stockente und machte damit den Umschlag auf. Das Papier roch nach kaltem Rauch.

»Meine Schöne«, las er. »Du hast unser Spiel am Dienstag unterbrochen. Also tritt Teil B unserer Spielregeln in Kraft. Es steht dir jederzeit frei, unser Spiel zu beenden. Es ist nur ein Spiel und funktioniert nur dann, wenn wir beide es wollen. Es endet, sobald einer von uns aussteigt.

Gemäß Teil B unserer Regeln werde ich dir nur noch dieses eine Mal schreiben, um dir eine Fortsetzung des Spiels vorzuschlagen. Gehst du nicht darauf ein, wird es der letzte Brief sein, den du von mir erhältst. Dann ist das Spiel beendet, und ich werde aus deinem Leben verschwinden. Für den Fall, dass du am Dienstag zur verabredeten Stunde nur verhindert warst, oder dir mittlerweile überlegt hast, das Spiel doch noch fortzusetzen, stelle ich dir nun eine neue Aufgabe. Gehst du darauf ein, geht unser Spiel weiter.

Hier also der nächste Spielzug: Zieh ein Kleid in deiner Lieblingsfarbe an. Gehe am Samstagabend ins Stadttheater. Bis zwanzig Minuten vor der Vorstellung, die um zwanzig Uhr beginnt, kannst du an der Abendkasse eine für dich zurückgelegte Karte abholen. Setz dich dann auf deinen Platz. Ich werde dich beobachten und dir ein Zeichen geben.

Dein Prinz von Guastalla.«

Meißner fuhr Roxannes Laptop hoch und gab das bekannte Passwort ein. Was war das für ein Spiel? Verführung auf hohem künstlerischem Niveau?

Er fand die Homepage des Stadttheaters und rief den Spielplan auf. Samstag, 5. September, zwanzig Uhr: Emilia Galotti. Lessing.

Da sein Schulwissen nicht mehr viel hergab, las er sich die Beschreibung des Stückes durch.

Da war er tatsächlich, der Prinz von Guastalla. Ein skrupelloser Playboy, der die unbescholtene Emilia, die einem anderen versprochen ist, entführen lässt, um sich selber an sie ranmachen zu können. Aus Angst, seiner Verführung zu erliegen, bittet Emilia ihren Vater, der sich durch eine List Zugang zu dem Ort ihrer Entführung verschafft hat, sie zu töten, doch er verweigert sich ihrer Bitte. Stattdessen tötet sie sich selbst, in seinen Armen, um ihre Ehre zu retten. Der Sieg der Moral über das Leben? Sollte die Aussage des Stückes eine Botschaft an Roxanne sein? Wenn ja, dann verstand Meißner sie nicht.

Es gab zwei Möglichkeiten. Erstens: Der Spieler hatte nichts mit dem Mord zu tun. Dann wusste er tatsächlich nichts von Roxannes Tod und setzte sein Spiel einfach nach Plan B fort, wie er es im Brief beschrieben hatte. Oder er führte sie, die Ermittler, auf ganz perfide Weise an der Nase herum.

Der Hauptkommissar begann die Schreibtischschubladen nach gelben Umschlägen zu durchsuchen und wühlte sich durch allen möglichen Krimskrams, Metrotickets aus Paris, Fahrkarten des Riesenrads im Wiener Prater, Eintrittskarten für die Hypo-Kunsthalle in München.

Wo bewahrte man persönliche Briefe auf, wenn man sie aufbewahrte beziehungsweise wenn man überhaupt noch welche bekam? Ihm hatte schon seit Jahren niemand mehr einen persönlichen Brief geschrieben. Selbst das Verschicken von Postkarten war schon fast aus der Mode gekommen. Heute sendeten die Leute E-Mails aus dem Urlaub oder eine SMS aufs Handy: »Hi, Grüße aus der Sierra Nevada, aus 3.120 Metern Höhe.«

In einem Ikea-Pappkarton wurde er schließlich fündig und stieß auf weitere vier Briefe auf demselben gelben Papier. Der erste war mit einem Stempel vom 29. Juli versehen. Es klingelte.

»Und?«, fragte er Rosner, die vor der Tür stand.

»Wie es halt so ist in der Großstadt. Man kennt sich nicht, man weiß nichts voneinander, man grüßt sich höchstens im Treppenhaus. Frau Kapusta hat ab und zu ein Päckchen für Frau Stein angenommen, aber am Tatnachmittag war sie nicht zu Hause. Herr Leotidis war zwar hier, aber er ist derzeit arbeitslos und hat dem Geruch nach ein Alkoholproblem. Er hat nichts gesehen oder gehört. Frau Stein hat sich mal wegen seines Saustalls in der Waschküche bei ihm beschwert, worauf er entgegnet hätte, als alleinstehender Mann nicht so viel Wert auf Reinlichkeit zu legen. Ich war mit ihm unten. Es ist wirklich widerlich. Seine Waschmaschine leckt, sein Waschmittelkarton sieht aus wie ein verbeulter Fußball, und das Pulver ist total verklumpt und scheint vor sich hin zu schimmeln.«

Meißner dachte ganz kurz an seine eigene Ecke im Gemeinschaftswaschraum, die nicht nur in den Augen seiner Kollegin wahrscheinlich kaum besser aussah.

»Alles modert und muffelt da unten«, fuhr Rosner fort. »Frau Steins Wäsche hängt übrigens noch auf der Leine.«

Augenblicklich sah der Hauptkommissar ihre Wäscheleine, behängt mit weißen und roten Spitzen-BHs und Slips, vor sich.

»Kennen Sie Emilia Galotti?«, fragte er, um die Gespenster seiner Gedanken zu verscheuchen.

»Lessing? Oje, das ist schon lange her. Wir haben es in der Schule gelesen.«

»Sie werden es sich morgen im Theater ansehen.«

»Tatsächlich? Gut, dass ich sowieso noch nichts anderes vorhatte.«

»Finden Sie heraus, was Roxanne Steins Lieblingsfarbe war.«

Rosner ging ins Schlafzimmer hinüber und öffnete den Kleiderschrank, Meißner folgte ihr.

»Also«, sagte sie, »ihre Klamotten sind in den klassischen Tangofarben gehalten, würde ich sagen: schwarz, weiß, rot. Haben Sie aus der letzten Zeit Fotos gefunden? Ich meine, damit wir wissen, was sie gerne trug?«

Was war er doch für ein Trottel, dass er bisher noch nicht danach gesucht hatte.

Im Regal fanden sie eine digitale Spiegelreflexkamera mit fast voller Speicherkarte. Auf ihr befanden sich hauptsächlich Bilder von Frauen, vielleicht im Frauenhaus aufgenommen. Dann gab es noch einzelne Gesichter, Arme und Beine mit blauen Flecken, Narben und offenen Wunden. Kein schöner Anblick.

Dazwischen hatte Roxanne Stein ihre Töchter fotografiert. Und da war sie selbst, vielleicht von ihrer Schwester aufgenommen, im Park, in einem Café sitzend. Zur Jeans trug sie eine rote Bluse und rote Sandalen. Sie lachte und hielt ihre Cappuccino-Tasse in die Kamera. Sie wirkte so lebendig.

Auch Bilder von Gladiolen fanden sich auf der Speicherkarte. Vielleicht die von dem Feld, das auch Meißner kannte? Was sie jedoch nicht fanden, war auch nur ein einziges Foto von einem Mann.

»Rot also?«, fragte er.

»Darauf möchte ich wetten.«

»Dann suchen Sie sich für morgen ein schönes rotes Kleid aus und besorgen sich auch noch eine dunkle Perücke.«

»Und für wen gebe ich den Lockvogel, für den Spieler?«

Meißner nickte und legte den Brief auf den Tisch.

»Handschuhe?«, fragte er, aber sie hatte bereits ein eigenes Paar aus der Jackentasche gezogen.

»Ich muss jetzt mal raus«, sagte er und klemmte sich den Schuhkarton unter den Arm. »Wie ist es mit Ihnen. Kommen Sie mit?«

»Ich warte noch auf Grote. Er müsste bald hier sein.«

»Gut, in einer Stunde bin ich auch wieder da. Und sehen Sie sich bitte auch seinen Kleiderschrank an, wenn Sie schon mal in seiner Wohnung sind.«

Der Hauptkommissar ging die Fußgängerzone hinauf in Richtung Neues Schloss, setzte sich in ein kleines italienisches Restaurant und bestellte das Tagesgericht: Nudeln mit Basilikum-Pesto.

Danach ging es ihm besser. Er bestellte einen Espresso und öffnete den Schuhkarton, nahm den ersten der gelben Briefe heraus und begann zu lesen.

Als er in die Beckerstraße zurückkam, roch die Wohnung plötzlich bewohnt. Marieluise Rosner hatte wieder Kaffee gekocht.

»Möchten Sie eine Tasse?«, fragte sie.

»Gerne. Übrigens duzen wir uns alle in der Truppe. Wieso sollten gerade wir also eine Ausnahme machen?«

»Okay«, sagte sie lächelnd und schenkte ihm ein. »Milch gibt es leider keine. Zucker?«

Meißner nickte. »Ich heiße Stefan.«

»Meine Freunde nennen mich Marlu«, sagte sie.

Er nahm einen Löffel Zucker. Marlu also, dachte er beim Umrühren. Betonte man den Namen auf der ersten Silbe, klang er fast wie Marlow, das war der Detektiv in dem Chandler-Krimi, den Meißner gerade las. Aber sie selbst hatte ihren Namen auf dem U betont.

»Dieser Grote ist wirklich ein komischer Typ«, sagte sie.

»Sagte Fischer auch schon. Aber es schien, als hätte es etwas mit seinem Beruf zu tun. Was meinst du?«

»Ich weiß nicht. Er ist Kettenraucher und verbreitet einen ziemlich heftigen Schweißgeruch. Zudem schien er nervös zu sein. Übrigens hat er ein paar Krawatten im Schrank hängen. Für Kundenbesuche, hat er gesagt. Gedeckte Farben. Der ganze Typ ist mir unangenehm. Und dazu noch dieser Tick.«

»Was für ein Tick?«

»Er zwinkert mit dem rechten Auge.«

»Wo war er am Dienstagnachmittag?«

»Er sagt, er habe bei Kunden und Computerläden in Augsburg vorbeigeschaut. Ohne feste Termine. Hat es als Akquisetour bezeichnet. Er hat mir ein paar Adressen angegeben, aber bisher habe ich niemanden gefunden, der sich an seinen Besuch erinnern kann. ›Kann schon sein, dass der hier war. Ist immer 'ne Menge im Laden los.‹ Das ist die typische Antwort der Leute.«

»Er hat sagt, er habe keinerlei Kontakt zu seiner Nachbarin gehabt. Gibt es wirklich keine Berührungspunkte zwischen den beiden?«

»Sieht nicht so aus. Die leben beziehungsweise lebten in völlig unterschiedlichen Welten.«

»Also kein Anhaltspunkt. Trotzdem ein komischer Vogel.«

Marieluise, von ihren Freunden Marlu genannt, zuckte mit den Achseln.

»Hast du sonst noch etwas gefunden?«

»Ich hab mir die Fotoordner auf ihrem Mac angesehen. Es gibt einen ganzen Ordner mit dem Namen ›Viktor‹. Das muss ihre große Liebe gewesen sein. Hundertsechsundsechzig Mails in nur zwei Monaten. Das sind zwei bis drei pro Tag.«

»Hat aber auch nicht ewig gehalten, die große Liebe«, meinte Meißner, als sein Handy klingelte.

»Hallo, hier ist Ludmilla, vom ›Fraunhofer‹ in München.«

»Hallo«, sagte Meißner. »Wie geht's Viktor?« Es schien der Tag der Vornamen zu werden.

»Ich mache mir Sorgen um ihn. Ich kann ihn nicht erreichen. Er ist nicht zu Hause und geht auch nicht an sein Handy.«

»Hm. Wahrscheinlich rennt er wieder alleine im Englischen Garten herum?«, meinte Meißner.

»Aber warum hat er dann das Handy ausgeschaltet? Wenn er am Abend eine Vorstellung hat, muss er für uns erreichbar sein. So hat er sich noch nie verhalten.«

»Er wird ganz einfach durcheinander sein. Vielleicht will er eine Weile nicht gestört werden.«

»Von mir aus, aber ich tu ihm ja nichts. Ich bin nur für ihn da, wenn er mich braucht. Ich könnte ihm doch helfen.«

Offenbar brauchte Viktor im Augenblick etwas anderes als Ludmillas Hilfe, aber das sprach der Hauptkommissar nicht aus.

»Versuchen Sie's weiter«, sagte Meißner. »Etwas anderes können wir auch nicht tun. Und halten Sie mich auf dem Laufenden.«

»Aber ich habe ein ganz komisches Gefühl dabei.«

Meißner legte auf. Er wollte sich von diesem komischen Gefühl nicht anstecken lassen.

»Was ist denn los?«, fragte Marlu.

»Viktor Grünberg ist kurzfristig verschwunden oder zumindest unerreichbar.«

»Und was hat das zu bedeuten?«

»Keine Ahnung«, sagte Meißner. »Aber hoffentlich klärt sich das bald auf.« Ein verschwundener Tatverdächtiger würde die Sache auch nicht einfacher machen. »Beschäftigen wir uns also weiter mit dem Spieler. Allmählich gehen mir diese Künstler wirklich an die Nieren.«

Der Hauptkommissar nahm die gelben Kuverts aus dem Karton und legte sie vor Marlu auf den Tisch.

»Lies!«, forderte er sie auf.

Marieluise sortierte die Briefe chronologisch und begann zu lesen.

Meißner ging währenddessen durchs Zimmer und blieb vor dem Bücherregal stehen. Sein Blick war an Dostojewski hängen geblieben: »Schuld und Sühne«. Und daneben: »Der Spieler«! Er nahm den schmalen Band heraus und schlug ihn an einer zufälligen Stelle auf. Als er zu lesen begann, spürte er sofort den Sog der Geschichte:

»Ich war wie im Fieber und schob diesen ganzen Haufen Geld auf Rot – und nun kam ich plötzlich zur Besinnung! Nur dieses einzige Mal im Laufe des ganzen Abends, während meines ganzen Spiels, geschah es, dass mir vor Angst ein kalter Schauder über den Rücken lief und mir die Arme und Beine zitterten. Mit Schrecken erkannte und fühlte ich für einen Moment, was es für mich bedeutete, wenn ich jetzt verlor! Mit diesem Einsatz stand mein ganzes Leben auf dem Spiel!

›Rouge!‹, rief der Croupier – und ich atmete tief auf; ein feuriges Kribbeln ging über meinen ganzen Leib. Die Auszahlung an mich erfolgte in Banknoten; im Ganzen hatte ich also jetzt viertausend Gulden und achtzig Friedrichsdor. Ich war zu diesem Zeitpunkt noch imstande, die einzelnen Rechenexempel auszuführen.

Ich erinnere mich, dass ich dann zweitausend Gulden auf die zwölf mittleren Zahlen setzte und sie verlor; ich setzte mein ganzes Gold, die achtzig Friedrichsdor, und verlor es. Da packte mich die Wut: ich nahm die letzten mir verbliebenen zweitausend Gulden und setzte sie auf die zwölf ersten Zahlen – gedankenlos, aufs Geratewohl, wie es sich gerade traf, ohne jede Berechnung! Aber es trat doch für mich ein Augenblick der Erwartung ein, in welchem meine Empfindung eine gewisse Ähnlichkeit gehabt haben mag mit der Empfindung der Madame Blanchard, als sie in Paris vom Luftballon herabfiel und auf die Erde zustürzte.

›Quatre!‹, rief der Croupier.«

»Er kennt sie also, aber sie kennt ihn nicht«, sagte Marlu. »Hallo?«, fragte sie, als sie keine Antwort bekam. »Spannend?«, riss sie Meißner von seinem Spieltisch im Kasino weg.

Er nickte.

»Würdest du dich auf so ein Spiel mit einem Unbekannten einlassen?«, fragte er sie.

»Neugierig wäre ich schon. Aber ein bisschen unheimlich wäre mir das Ganze auch.«

»Das ist wohl der Grund, warum sie darauf eingegangen ist. Spannung, ein gewisser Reiz, das Ungewisse, ein Hauch von Gefahr. Ein bisschen Rätsel, etwas Märchen und Romantik, oder?«

»So wie du das sagst, hört sich das eher an wie die Werbung für den nächsten Harry-Potter-Band.«

»Immerhin hat sie sich auf dieses Spiel eingelassen. Vom ersten Brief an, der am 29. Juli abgeschickt wurde, bis zum vorletzten, dem aus der letzten Augustwoche.«

»In diesem Brief schreibt er ihr, sie solle ein mitgeschicktes Rätsel lösen. Am Morgen des 31. August, also am Montag, dem Tag vor ihrem Tod, soll sie an den südlichen Stadtrand fahren und in einem Blumenfeld an der Landstraße Richtung Manching für ihn tanzen. Er würde sie dabei filmen. Die Aufnahme, so schreibt er, spiele für alles Weitere eine wichtige Rolle. Am Ende solle sie das Blatt mit ihrer Lösung in die Kasse neben dem Feld werfen. Anscheinend kann man die Blumen selber pflücken. Sonnenblumen oder so.«

»Gladiolen«, sagte Meißner.

»Was?«

»Und Gladiolen.«

»Für den darauffolgenden Dienstag – den Tag, an dem sie starb – hat er ihr eine weitere Aufgabe gestellt.«

Marieluise las aus dem Brief vor: »Du kaufst dir eine rote

Krawatte, gehst damit zu drei verschiedenen Personen und bittest sie, dir beim Binden zu helfen. Die Gespräche, die du dabei führst, nimmst du mit deinem Diktiergerät auf – so etwas hat doch jede gute Journalistin. Um fünfzehn Uhr wirfst du die Kassette mit deinen Aufnahmen in einen blauen Fiat Punto, der dann mit geöffnetem Seitenfenster vor deinem Haus parken wird. Um siebzehn Uhr gehst du über die Fußgängerbrücke in den Klenzepark. Trage Schwarz oder Weiß, wie es deiner aktuellen Stimmung entspricht, aber auf jeden Fall die rote Krawatte. Darum bitte ich dich, meine Schöne.« Marieluise tönte: »Ich fasse es einfach nicht. Dieselbe rote Krawatte, mit der sie ermordet wurde.«

»Ist der Spieler also der Mörder?«, fragte Meißner. »Hat er sie beobachtet und ist ihr dann in die Wohnung gefolgt?«

»Warum?«, fragte Marieluise. »Warum sollte er das Spiel mittendrin beenden?«

»Warum? Warum spielt er überhaupt dieses Spiel, warum gibt er sich nicht zu erkennen? Wenn wir mit dieser Warum-Fragerei nicht endlich aufhören, dann sitzen wir übermorgen noch hier.«

»Ich gehe jetzt jedenfalls mal runter und finde heraus, wo sie die Krawatte gekauft hat. Und wenn ich alle Läden in der Innenstadt abklappern muss.« Marieluise stand auf. Sie schien ein bisschen gekränkt von seiner Ungeduld. »Hast du eine Ahnung, wo dieses Feld sein könnte?«

»Ja«, sagte Meißner.

»Pflückst du dort zufällig öfter Blumen?«

»Ich komme auf dem Weg zur Arbeit an einem vorbei, das in Frage kommt. Meinst du, der Zettel könnte noch in der Kasse liegen? Heute ist immerhin schon Freitag.«

Sie zuckte kühl die Achseln. »Ich mache mich jedenfalls jetzt sofort auf den Weg.«

»Okay«, sagte Meißner. »Und wie kommst du zurück ins Präsidium?«

»Zu Fuß.«

Sie verließen zusammen die Wohnung.

»Denk dran: Besprechung um sechzehn Uhr dreißig«, rief Meißner ihr nach, während sie schon zur Fußgängerzone davonging.

Stefan Meißner überquerte die Donau Richtung Süden. Er versuchte sich daran zu erinnern, ob er am Montagmorgen noch irgendetwas anderes als die tanzende Roxanne bemerkt hatte. Etwa einen Wagen, der auf einem Feldweg parkte. Oder einen Spaziergänger. Aber er erinnerte sich nur an sie und dass er wegen ihr vor der Ampel beinahe einen Auffahrunfall verursacht hatte.

An dem Feld stellte er seinen Audi ab und ging zu dem in den Boden einbetonierten Metallpfeiler, auf dem die Kasse angeschweißt war, worauf er Name und Telefonnummer der zuständigen Gärtnerei fand. Er wählte die Nummer und hatte gleich den Chef selbst in der Leitung. Die Kassen wurden regelmäßig am Donnerstagabend geleert. Er müsse den Fahrer fragen, ob der einen Zettel gefunden und aufgehoben hatte. Normalerweise warfen sie allen Müll aus den Kassen sofort weg, aber in diesem Fall würde er nachfragen und ihm später Bescheid geben.

Der Hauptkommissar erkundigte sich, wie denn die Geschäfte mit solchen Feldern liefen, wo man doch auf die Ehrlichkeit der Käufer vertrauen musste.

»Sie werden es nicht glauben«, sagte der Gärtner, »aber etwa achtzig Prozent der Leute zahlen, und damit rechnet sich das Geschäft. Unser Hauptfeind ist der Regen, nicht der Kunde, der uns bescheißt.«

Meißner ging den Feldweg weiter in Richtung Waldrand. Der Spieler musste Roxanne von irgendwoher beobachtet haben. Hätte er sie umbringen wollen, hätte er es hier draußen nur allzu leicht tun können. Wenn man davon ausging, dass er der Mörder war. Oder war er ihr in die Wohnung gefolgt und hatte sie dort erdrosselt? Nein, dann hätte er mit Sicherheit die Briefe mitgenommen, die einzige Spur, die zu ihm führte. Das ergab doch alles keinen Sinn.

Er ging zum Auto und fuhr in die Stadt zurück. Sechzehn Uhr. Als er vor dem Präsidium ausstieg, meldete sich der Fahrer der Gärtnerei bei ihm, »wegen dem Zettel in der Kasse an der Manchinger Straße«.

Er habe ihn tatsächlich in der Kasse gefunden. Meißner fragte, ob er ihn auf die Dienststelle bringen könne.

»Das war eine komische Sache«, sagte der Fahrer. »Als ich am Donnerstagabend die Kasse leeren wollte, stand plötzlich ein Mann vor mir. Er sagte, jemand habe einen Zettel für ihn eingeworfen, und fragte, ob er ihn nicht haben könne. Ich habe mir das Papier schnell angesehen. Es war ein Kreuzworträtsel. Ich fand das zwar seltsam, aber ich habe ihm den Zettel gegeben. Ich hatte Angst, dass der Typ mich überfallen und mir das Geld abnehmen will.«

»Wie sah der Mann aus?«, fragte Meißner.

»Um die fünfzig, grauhaarig, trug eine moderne eckige Brille mit schwarzem Gestell.«

»Würden Sie ihn wiedererkennen?«

»Ich glaube schon.«

»Hatte er ein Auto dabei?«

»Nein, hab keins gesehen.«

Also hatten sie nun eine Personenbeschreibung, und der Fahrer würde den Spieler wiedererkennen. Damit mussten sie ihn doch morgen im Theater kriegen.

Der Hauptkommissar stürmte in sein Büro und beauftragte Fischer, der schon auf dem Weg in den Besprechungsraum war, sofort beim »Donaukurier« anzurufen.

»Die müssen mit der Meldung von Frau Steins Tod unbedingt bis Montag warten. Sag diesem Redakteur, dass wir einem Verdächtigen auf der Spur sind. Morgen darf auf keinen Fall schon etwas in der Zeitung stehen. Und wenn ihm das nicht passt, dann sag ihm, dass ich, wenn nötig, die Auslieferung der Zeitung stoppen lasse.«

»Dürfen wir das denn überhaupt?«, fragte Fischer.

»Wahrscheinlich nicht. Aber vielleicht glaubt er's ja.«

Meißner ging rüber ins Besprechungszimmer, wo ihn Marlu und Holler schon erwarteten. Nach ein paar Minuten tauchte auch Fischer wieder auf.

»Der ›Donaukurier‹ bringt den Artikel erst am Montag«, sagte er. »Aber dafür will Kuska von dir ein paar ›echte Infos‹, wie er sich ausgedrückt hat.«

»Soll er haben«, sagte Meißner. »Vielleicht haben wir bis dahin ja auch schon den Mörder. Also, Leute, ich fange mal mit meiner Zusammenfassung an. Erstens: Der Schauspieler Viktor Grünberg ist vorübergehend verschwunden. Zweitens: Der Spieler hat gestern einen neuen Brief an die Tote abgeschickt.«

»Der hat vielleicht Nerven«, meinte Fischer.

»Er hat sie für morgen Abend ins Theater eingeladen.«

»Na dann viel Spaß!«

»Weil wir nicht wissen, welche Art von Spiel er sich da erlaubt, und ich ihn gerne kennenlernen möchte, schicken wir einen Lockvogel mit Perücke hin. Und dabei habe ich nicht an dich gedacht, Fischer.«

Alle Augen wanderten zu Marieluise.

»Respekt!« Das war Holler.

»Ihr dürft trotzdem mitkommen, in angemessener Kleidung natürlich«, sagte Meißner. »Ich will den Kerl kriegen. Personenbeschreibung: circa fünfzig, grauhaarig und schwarze eckige Brille.«

»Hört sich nach dem Intendanten an«, meinte Fischer, bevor er den strafenden Blick von Meißner auffing. »Okay, Entschuldigung!«

»Drittens und viertens: der Ehemann und dieser Nachbar, Grote.«

»Grotes Alibi ist nicht hieb- und stichfest. Eine Akquisetour ins Schwäbische, nach Augsburg. Ohne feste Termine und mit angeblichen Gesprächspartnern, die sich nicht erinnern können, dass er an dem Tag wirklich da war«, sagte Marlu. »Wir könnten es genauer überprüfen, per Handy-Ortung zum Beispiel, aber dafür gibt es noch keinen zwingenden Anlass. Oder sehe ich das falsch?«

Meißner winkte ab.

»Mit dem Ehemann oder Witwer habe ich auch noch einmal gesprochen«, fuhr sie fort. »Er hat uns bezüglich seines Alibis angelogen. Eine Notlüge, sagt er, weil es ihm peinlich gewesen sei, dass er selber eine Therapie macht. ›Krisenintervention‹ nennt er das, obwohl die Ehekrise nun ja auch nicht mehr ganz so taufrisch war. Ich habe die Telefonnummer seiner Therapeutin in München.«

»Fünftens, die Meisinger-Sache. Hast du da was rausgekriegt, Holler?«

»Dass der Meisinger ein Grobian ist, ist aktenkundig. Einmal haben die Nachbarn schon die Polizei gerufen. Damals gaben die Eheleute ›Meinungsverschiedenheiten‹ zu Protokoll. Ein Hausangestellter hat ihn mal angezeigt, weil er ihn geohrfeigt hatte. Das Verfahren wurde aber eingestellt, die Parteien haben sich außergerichtlich geeinigt. Im Juli folgte dann die Sache mit dem Frauenhaus. Die Meisinger ist wohl dort aufgetaucht, um sich beraten zu lassen, nicht um einzuziehen. Trotzdem ist die Sache irgendwie durchgesickert. Es gab einen anonymisierten Artikel im ›Donaukurier‹, aber die Leute wussten schon, wer mit ›dem Unternehmer‹ gemeint war. Es hätte ein riesiger Skandal werden können, wurde dann aber niedergebügelt.«

»Und was hatte die Tote nun genau mit dieser Sache zu tun?«, wollte Meißner wissen.

»Sie hat über häusliche Gewalt recherchiert, ist im Frauenhaus gewesen, hat mit einigen Opfern gesprochen, hat Fotos gemacht und dort auch von der Meisinger-Sache erfahren«, berichtete Fischer. »In ihren Mails habe ich mehrere von einer Frau gefunden, die wohl ihre Hauptinformantin war. Eine gewisse Rebecca Reim. Vielleicht eine Sozialarbeiterin.«

»Mit so einem Thema macht man sich als Journalistin zwar nicht unbedingt Freunde«, meinte Meißner, »aber wird man deshalb gleich umgebracht?

»Der Meisinger ist ein skrupelloser Geschäftsmann«, sagte Holler, »aber so dumm oder so kriminell, dass er gleich eine Journalistin umbringt, ist der nicht. Außerdem ist Ingolstadt nicht Moskau.«

»Okay. Ich treffe heute noch den Redakteur vom ›Donaukurier‹«, meinte Meißner. »Vielleicht erfahre ich von ihm ja mehr. Ach ja, und was ist bei deiner Krawattensuche herausgekommen, Marlu?«

Holler und Fischer bekamen große Augen, als Meißner die junge Kollegin beim Vornamen, ja eigentlich sogar beim Kosenamen nannte. Marieluises Gesichtsfarbe wechselte prompt ins Rosige.

»Zur Vorgeschichte«, sagte sie, räusperte sich und klärte ihre beiden Kollegen dann über den vorletzten Brief des Spielers auf.

»Das ist unser Mann!«, sagte Fischer. »Der hat sie doch nicht mehr alle. Der ist doch krank.«

»Keine voreiligen Schlüsse«, warnte Meißner. »Wir haben immerhin mehr als einen Verdächtigen. Hast du also irgendwas herausbekommen, Marlu?«

»Sie hat die Krawatte am späteren Vormittag in einem Bekleidungsgeschäft in der Innenstadt gekauft. Die Verkäuferin hat sich genau daran erinnert, weil Frau Stein sagte, sie brauche sie für sich selbst, und sich ein kräftiges Rot aussuchte, ziemlich ungeeignet für Anzüge in gedeckten Farben.«

Meißner staunte. Marlu schien ein echter Glückstreffer für die Kripo Ingolstadt zu sein.

»Außerdem konnte sie mir Roxanne Stein gut beschreiben, weil die sie noch darum bat, ihr beim Binden der Krawatte zu helfen. Bevor sie den Laden verließ, habe sie die Krawatte jedoch wieder abgelegt und in ihre Umhängetasche gesteckt. Die Verkäuferin war also Person Nummer eins – und wenn sich das Opfer an die Anweisungen des Spielers gehalten hat, müsste das Diktiergerät dabei angeschaltet gewesen sein. Wahrscheinlich hatte sie es entweder in der Umhänge- oder in der Jackentasche versteckt. Vielleicht hat sie anschließend noch die Personen Nummer zwei und drei auf der Straße angesprochen, und eine folgte ihr in ihre Wohnung? Oder sie bekam Besuch, nachdem sie ihre drei Aufnahmen gemacht hatte?«

»Das Diktiergerät habt ihr aber nicht in der Wohnung gefunden, oder?«, fragte Holler.

»Wir haben noch nicht gezielt danach gesucht«, sagte Marlu. »Bei der Leiche lag es jedenfalls nicht, und der Spieler wird es auch nicht bekommen haben, denn um fünf, als Roxanne Stein die Kassette in den blauen Wagen vor ihrer Tür werfen sollte, war sie bereits tot.«

»Es sei denn, er hat es mitgenommen, als er bei ihr in der Wohnung war und ihr selbst beim Krawattenbinden half«, mutmaßte Fischer.

»Oder einer der anderen, die als Mörder in Frage kommen. Vielleicht lief das Gerät zu dem Zeitpunkt ihres Mordes ja noch?«, sagte Meißner.

»Das wird ja immer gruseliger! Stellt euch mal die Geräusche vor, die darauf zu hören wären.« Fischer verzog das Gesicht.

»Ihr beide«, sagte Meißner zu seinen männlichen Kollegen, »fahrt noch mal in die Wohnung und sucht nach diesem Diktiergerät. Und zwar mindestens eine Stunde lang, dann könnt ihr Feierabend machen. Ich brauche die Nummer von dieser Therapeutin in München, Fischer. Und du«, er wandte sich an Marlu, »siehst zu, dass du diese Rebecca Reim oder sonst jemanden vom Frauenhaus erwischst. Am besten gehst du noch heute Abend oder gleich morgen zu ihr hin. Morgen Mittag treffen wir uns dann zur nächsten Besprechung. Ich weiß, morgen ist Samstag, also sagen wir um dreizehn Uhr, das ist eine familienfreundliche Zeit. Und haltet euch alle den morgigen Abend frei, ihr wisst ja, wir machen einen Betriebsausflug ins Theater. Und lasst eure Handys eingeschaltet.«

Halb sechs. Noch vom Büro aus rief Meißner Herrn Freybergs Therapeutin an und landete bei der automatischen Ansage: »Bitte rufen Sie jeweils zehn Minuten vor der vollen Stunde an.«

Genervt wählte er die Handynummer von Frau Steins jüngerer Tochter, mit der er immer noch nicht gesprochen hatte.

»Hallo?«, meldete sich eine junge Frau.

»Spreche ich mit Alba Freyberg? Stefan Meißner hier, von der Kripo Ingolstadt. Ich würde mich gerne ein wenig mit Ihnen unterhalten.«

»Und wann?«, fragte sie.

»Wie sieht's noch heute Abend aus?«

»Da bin ich auf einem Konzert im ›Paradox‹.«

»Ist das ein Club?«

»Eher ein Musikcafé. In der Nähe des Klinikums.«

»Ab wann sind Sie da?«

»So ab neun.«

»Gut, dann komme ich dort vorbei. Sie haben doch noch diese, äh, Locken wie im Sommer?«

»Die heißen Dreads«, sagte sie. »Und ja, die hab ich immer noch.«

»Okay, dann bis später.«

Er rief Fischer an. »Kennst du das ›Paradox‹?«

»Klar, das ist beim Klinikum draußen. Ist aber nicht unbedingt das Richtige für deine Altersgruppe, Stefan. Lauter Jungvolk.«

»Ich suche ja auch nicht meine neue Lebensabschnittspartnerin in diesem Etablissement. Trotzdem danke.«

Dann versuchte er es noch einmal bei der Therapeutin. Es war zehn Minuten vor sechs, und er hatte Glück. Dr. Karin Wittmann ging persönlich ans Telefon.

»Meißner, Kripo Ingolstadt. Ich hätte eine Frage zu einem Ihrer Patienten, Herrn Freyberg.«

»Sie müssten wissen, Herr …«

»Meißner«, half er ihr aus.

»Herr Meißner, dass wir Psychotherapeuten genauso der Schweigepflicht unterliegen wie andere Ärzte auch.«

»Ich möchte auch keine Details über Herrn Freybergs Krankheiten oder Probleme erfahren, sondern nur wissen, ob er am letzten Dienstag um sechzehn Uhr bei Ihnen war.«

»Ich behandle nicht Herrn Freybergs Krankheiten, wie Sie das nennen. Was wir machen, nennt sich Krisenintervention. Es geht um eine akute Lebenskrise, nicht um psychosomatische Beschwerden oder Ähnliches.«

»Sie haben meine Frage noch nicht beantwortet.«

»Ja, natürlich war er hier. Hat er das nicht gesagt?«

»Frau Dr. Wittmann, war die Stunde am Dienstag irgendwie anders als sonst? Ist Ihnen etwas an Ihrem Klienten aufgefallen? War er besonders nervös, aufgeregt oder durcheinander an dem Tag? Kam er zu spät?«

»In der Mitschrift der Stunde kann ich keine Besonderheiten feststellen. Wir bearbeiteten einen Traum des Patienten.«

»Über den Sie mir wahrscheinlich nichts erzählen werden.«

»Genauso ist es.«

»Wann hat er den nächsten Termin bei Ihnen?«

»Nächsten Dienstag, um sechzehn Uhr.«

»Dann rufe ich Sie am Dienstagabend wieder an.«

»Moment«, sagte sie, als er schon dabei war, aufzulegen. »Wollen Sie mir denn nicht sagen, worum es geht?«

»Laufende Ermittlungen. Da kann ich leider keine weiteren Auskünfte geben.«

Dr. Wittmann legte auf.

Meißner rief noch einmal bei Fischer an. »Habt ihr das Diktiergerät gefunden?«

»Noch nicht, aber wir wissen immerhin, dass sie eins besaß. Wir haben eine Kiste mit mehreren beschrifteten Kassetten gefunden. Wahrscheinlich Interviews, davon einige mit Frauen aus dem Frauenhaus.«

»Okay, ihr könnt dann für heute Schluss machen.«

Für neunzehn Uhr hatte er sich mit Pavel Kuska in der Redaktion verabredet. Marlu telefoniert gerade, als er in ihr Büro trat. Er sah ihr dabei zu, bis sie ihren Bürostuhl mit einer Vierteldrehung von ihm weg Richtung Wand bewegte. War es ihr unangenehm, wenn er sie beobachtete?

»Morgen früh treffe ich mich mit Rebecca Reim«, sagte sie, nachdem sie aufgelegt hatte. »Sie ist Soziologin. Hat promoviert über … Warte, ich hab's mir notiert: ›Versuchte und vollendete Tötungsdelikte an Frauen durch Täter aus dem sozialen Nahbereich‹. Und das umfasst fast zwei Drittel aller Tötungsdelikte an Frauen. Wusstest du, dass in Deutschland jährlich circa fünfzigtausend Frauen mit ihren Kindern in ein Frauenhaus fliehen?

Das wäre halb Ingolstadt! Ich war echt geschockt. Ich habe nicht gedacht, dass es so viele sind. Die Reim hat mir auch erzählt, dass nach einer Studie des Familienministeriums jede dritte bis vierte Frau mindestens ein Mal in ihrem Leben von Gewalt durch einen Beziehungspartner betroffen ist.«

»Ist Frau Reim Feministin?«

»Wundert dich das etwa?«

»Wie gut kannte sie Roxanne Stein?«

»Sie hat in den letzten Monaten wohl eng mit ihr zusammengearbeitet. Hinter ihrem Tod vermutet sie ein ›politisches Motiv‹.«

»Der Meisinger?«

»Dazu hat sie sich nicht konkret geäußert.«

»Na, dann hast du ja einen aufregenden Tag vor dir. Aber lass dich nicht aufhetzen.«

»Wogegen?«

»Gegen uns Männer. Wir sind nämlich nicht alle Schweine. Egal, ich fahre jetzt mal zum ›Donaukurier‹.« An der Tür drehte er sich noch einmal um. »Übrigens bin ich froh, dich im Team zu haben.«

Da war es wieder, dieses unschuldige Erröten, das er sich zum Abschied noch gewünscht hatte. Irgendwie passte es so gar nicht in die heutige Zeit.

Der Hauptkommissar fuhr auf der Konrad-Adenauer-Brücke über die Donau. Das moderne Verlagsgebäude mit der Glasfront, in der sich die frühe Abendsonne spiegelte, lag am Brückenkopf, gegenüber der Altstadt. Die Pforte war besetzt, am Freitagabend herrschte selbst um neunzehn Uhr noch lebhafter Betrieb.

Kuska holte ihn an der Pforte ab. Er war groß, schlaksig, das wenige Resthaar auf dem Schädel hatte er abrasiert.

Mit dem Fahrstuhl fuhren sie in den dritten Stock, wo von einem langen Gang die Redaktionsbüros abgingen. Da alle Zimmertüren offen standen, sah Meißner, dass die meisten Büros noch besetzt waren. Vom Gangende her arbeitete sich eine dreiköpfige Putzkolonne Richtung Aufzug vorwärts.

Kuskas Büro entsprach dem Klischee, das Meißner von einem Journalistenbüro hatte. Zimmerhohe Regale standen zu beiden Stirnseiten des Raumes. Gefüllt waren sie mit Büchern, Zeitschriften, Druckerzeugnissen aller Formate, Ablagen mit Fotos, Andrucken und Seitenabzügen. Auf dem Monitor des noch laufenden Computers saß eine Stoffente, deren Körper mit Wörtern bedruckt war, und ließ ihre breiten orangefarbenen Füße über den Rand des Bildschirms hängen.

»Paula, die Zeitungsente«, stellte sie Kuska vor, der Meißners Blick gefolgt war. »Erzählen Sie mir, was mit Roxanne passiert ist. Wenn es kein Unfall war, was dann?«

»Mord«, sagte Meißner.

Kuska schwieg, stand auf und öffnete das Fenster. Dann zog er eine Packung Lucky Strike aus der obersten Schublade seines Schreibtischs und zündete sich eine Zigarette an.

»Welches Schwein macht denn so etwas? Sie war eine so tolle Frau!« Er blies den Rauch zum Fenster hinaus. »Wie ist es denn passiert?«

»Sie ist erdrosselt worden. Dienstag, früher Nachmittag. In ihrer Wohnung.«

»In der Wohnung? Dann kann es ja nur jemand gewesen sein, den sie kannte.«

»Möglich, aber Genaues wissen wir noch nicht. Haben Sie von Frau Steins Recherchen im Frauenhaus gewusst?«

»Das? Ja, klar. Wir wollten demnächst eine größere Reportage zu dem Thema bringen. Sie war da sehr engagiert. Anscheinend eine Herzensangelegenheit. Ihr Thema, verstehen Sie? Etwas, was einen aus irgendeinem Grund packt und eine Zeit lang nicht mehr loslässt. Ähnlich einer Liebesaffäre.«

»Gab's dabei irgendwelche Probleme? Ich meine, hatte jemand etwas gegen ihre Arbeit oder dagegen, dass Sie ihre Ergebnisse veröffentlichen würden?«

»Von der politischen Richtung passt das natürlich einigen Leuten nicht in den Kram, wenn Sie das meinen. Das sind die, die auch gegen die Einrichtung eines Kinderhorts stimmen, weil sie meinen, dass es der natürlichen Ordnung entspricht, wenn die Mütter sich nachmittags selbst um ihre Kinder kümmern und mit ihnen über den Hausaufgaben sitzen. Die denken, dass mit mehr Horten weniger Frauen zu Hause bleiben. Diese Leute vertreten auch die Meinung, dass wir keine Frauenhäuser brauchen, weil es entweder keine häusliche Gewalt gibt oder die Caritas-Beratungsstellen und die Gemeindehelferinnen schon damit fertigwerden. Die bloße Existenz einer solchen Einrichtung ist für die schon eine gesellschaftliche Schande. Sie wissen ja, wer den Menschen einen Spiegel vorhält, kann schon mal als Nestbeschmutzer und Denunziant gelten, da muss er selbst gar nichts angestellt haben. Trotzdem: Mörder sind diese Leute nicht.«

»Irgendwelche Promis, die fürchten mussten, wegen Frau Steins Geschichten bald im Rampenlicht zu stehen?«

»Sie denken da an den Meisinger? Ja, der war tatsächlich fuchsteufelswild, als er erfuhr, dass Roxanne mit seiner Frau gesprochen hatte. Rief hier beim Chefredakteur an und hat Druck gemacht.«

»Und? Hat der Chefredakteur den Druck an Sie weitergegeben?«

»Nicht wirklich. Er hat mich informiert und angemahnt, dass alles sorgfältig recherchiert und absolut wasserdicht sein muss, was wir bringen. Die Aussagen aller Informantinnen haben dokumentiert und nachweisbar zu sein, weil wir auf Gegenwind gefasst sein müssen.«

»Das war alles?«

»Das war alles. Unser Chefredakteur sieht das Ganze eher sportlich. Schlechter Journalismus regt ihn viel stärker auf als schlechte Publicity vonseiten einiger Politiker.«

»Hat Meisinger ihm gedroht?«

»Davon weiß ich nichts. Hätte er mir aber auch nicht gesagt. Ist nicht sein Stil.«

»Gäbe es denn für einen wie Meisinger die Möglichkeit, eine freie Mitarbeiterin abzuschießen?«

»Nur, wenn sie wirklich Mist baut. Aber das wäre Roxanne nicht passiert. Sie ist ein Profi. – War.«

»Wissen Sie von ihren privaten Problemen und Konflikten. Von Auseinandersetzungen?«

»Sie meinen die Trennung? Darüber war sie manchmal schon noch ziemlich unglücklich. Alles zurückzulassen, was man sich in fast zwanzig Jahren aufgebaut hat, das ist ja auch nicht leicht. Eigentlich habe ich sie dafür bewundert. Sie hat hartnäckig um den Kontakt zu ihren Kindern gekämpft, hat ihrem Mann alles überlassen, den ganzen gemeinsamen Besitz. Außer ein paar persönlichen Dingen hat sie nichts in ihr neues Leben mitgenommen. Sie hat mit ganz wenig wieder von vorne angefangen und mit der Zeit gemerkt, wie schön es sein kann, wenn das Gepäck leicht ist, mit dem man reist. Wenn man sich an einem Sonnentag einfach auf eine Parkbank setzen kann, statt den Rasen mähen oder die Hecke schneiden zu müssen. Solche simplen Freiheiten eben. Ich persönlich glaube ja, dass sie einfach komplett ausgebrannt war. Familie, Haus, Beruf und dazu noch ihre eigenen Ambitionen – das war irgendwann nicht mehr zu schaffen.«

»Mit ›Ambitionen‹ meinen Sie das Schreiben?«

Kuska nickte. »Bei ihrem Talent und ihrer Disziplin hätte sie es vielleicht noch zu etwas bringen können.«

»Haben Sie vielleicht irgendeine Idee, einen Verdacht, wer sie umgebracht haben könnte?«

»Nein, gar nichts, keine Ahnung. Wahrscheinlich war es eine Liebe-Rache-Eifersucht-Geschichte. Oder einfach ein Wahnsinniger. Er klingelt an ihrer Tür, sie macht auf, und er erwürgt sie, weil er gerade nichts Besseres zu tun hat oder einen Anfall bekommt, einen psychotischen Schub, was weiß ich …«

Der Redakteur drückte die Zigarette an der Unterseite des Fensterbretts aus und steckte die Kippe in einen Mini-Aschenbecher, der wie ein Gasfeuerzeug aussah, aber aufklappbar und innen hohl war.

»Hat mir mein Sohn gekauft«, sagte Kuska. »Wenn ich schon rauchen muss, soll ich wenigstens meine Kippen nicht in die Botanik werfen.« Kuska rieb sich die Augen mit den Handballen.

»Haben Sie Lust, mit in die Stadt zu kommen und eine Kleinigkeit zu essen?«, fragte Meißner.

Kuska winkte ab. Er wirkte erschöpft. »Ich will heute noch mit dem Nachruf anfangen. Bin morgen den ganzen Tag unterwegs, und am Sonntag muss der Artikel fertig sein. Er soll schließlich gut werden. Das bin ich Roxanne schuldig.«

Meißner stellte das Auto beim Schwimmbad ab. Durch den Torbogen des Taschenturms betrat er die innerhalb der gut erhaltenen Stadtmauer liegende Altstadt. Er hielt sich rechts und war bald darauf am »Ölbaum« angekommen. Durch die Glasfront spähte er in den noch spärlich besetzten Gastraum mit seinen einfachen hellen Holzmöbeln. Er betrat das Lokal, setzte sich an einen kleinen Tisch und bestellte ein Glas Weißwein. Die Speisekarte war ebenso schlicht wie die Einrichtung: ein Pluspunkt des Lokals. Meißner hatte hier noch nie etwas gegessen, was ihm nicht geschmeckt hätte. Im »Ölbaum« war das Spektrum angenehm überschaubar: Gambas oder Lammspieß mit Rosmarin, Weiß- oder Rotwein. So einfach konnte das Leben sein. Als die Bedienung an seinen Tisch kam, klingelte sein Handy. Er zeigte in der Speisekarte auf die Gambas und nahm das Gespräch an.

»Hier Ludmilla, hallo. Ich habe gerade einen Ersatz für die heutige Vorstellung organisiert und einen Moment Luft.«

»Viktor ist tatsächlich nicht wieder aufgetaucht?«, fragte Meißner erstaunt.

»Er liegt im Krankenhaus.«

»Was ist denn passiert?

»Er hat sich vor einen U-Bahn-Zug geworfen.«

Meißner versuchte zu begreifen.

»Heute Nachmittag«, ergänzte Ludmilla.

»Und wo?«

»Am Odeonsplatz. Er liegt im Schwabinger Krankenhaus.«

»Wie haben Sie davon erfahren?«

»Ich habe es irgendwann nicht mehr ausgehalten und bei seiner Mutter angerufen. Die Nummer habe ich für den Notfall. Außerdem musste ich ja wissen, was mit der Vorstellung ist. Die Mutter war gerade vom Krankenhaus angerufen worden.«

»Und wie geht es ihm? Waren Sie schon dort?«

»Nein, ich kann hier im Moment nicht weg. Aber die Ärzte sagen, dass er durchkommt. Morgen Vormittag fahre ich hin.«

»Wann?«

»So zwischen neun und zehn vielleicht.«

»Ich komme mit. Wir treffen uns um halb zehn im Krankenhaus.« Nach einer Pause fragte er: »Wissen Sie, warum er das getan hat?«

»Viktor würde Ihnen jetzt wahrscheinlich einen ergreifenden Monolog halten, und am Ende würden Sie wahrscheinlich ahnen, dass es etwas mit Liebe zu tun haben muss«, sagte sie.

»Und was glauben Sie?«, fragte Meißner.

»Ich will gar nicht darüber nachdenken. Es würde mich wahrscheinlich sehr traurig machen.«

»Sie meinen, dass er Roxanne Stein noch immer geliebt hat?«

»Sie haben doch gesehen, wie er reagiert hat, als Sie ihm von ihrem Tod erzählt haben.«

War es Liebe gewesen, was er gesehen hatte? Meißner war sich nicht sicher. Auf der Bühne hatte er einen wunderbaren Schauspieler erlebt. Schauspieler, unglücklich Liebende, Verlassene, Eifersüchtige, Verschmähte, sie alle konnten auch zu Mördern werden. Jeder von ihnen.

Als seine Bestellung gebracht wurde, begann er gegen die Erschöpfung anzuessen. Von seinem Platz aus schaute er auf einen gelben Vorhang mit grünen und schwarzen Oliven, der den Küchenbereich vom Lokal abtrennte. Der Hauptkommissar dachte an die trockene rote Erde in den Mittelmeerländern, die Reihen von Olivenbäumen mit ihrem zart-fedrigen Grün, an gedrungene Baumstämme mit schrundiger Haut und Löchern, in denen Wiedehopfe wohnten. Rosmarin- und Thymianduft, Salbei, Minze. Seine Schwester lebte in Istrien, in einem ehemaligen Fischerdorf am Meer. Mit ihrem Mann betrieb sie dort ein Lokal und eine Pension. Er war immer willkommen, zum Auftanken, Fischessen, am Familienleben mit den Kindern teilzunehmen. Wann war er zum letzten Mal da gewesen?

»Möchten Sie noch ein Glas?«

»Nein danke, geht leider nicht.«

Viktor Grünberg. Ein Selbstmörder? Ein Mörder? Ein doppelter Espresso, dann zahlen. Draußen sog der Hauptkommissar die kühler gewordene Luft ein. Die Häuser innerhalb der Stadtmauer waren klein und zweistöckig. Es waren alte Handwerkerhäuser. Ein paar Kneipen gab es hier, einen Spanier, einen Türken. Durch die Goldknopfgasse ging Meißner zur Hohen Schule, in der über dreihundert Jahre lang die Universität untergebracht gewesen war. Die erste bayrische Uni, die 1826 endgültig nach München verlegt wurde. Die Humanisten hatten hier Theologie, Recht, Philosophie und Naturwissenschaften gelehrt. Ein Stück weiter, in der Alten Anatomie, hatte Frankenstein einen künstlichen Menschen geschaffen. Zumindest in dem Roman von Mary Shelley. Es gab so schöne Ecken in Ingolstadt. Man sah sie, wenn man mit offenen Augen und von außen kam. Und die meisten der hundertfünfundzwanzigtausend Ingolstädter wohnten auch außerhalb des historischen Stadtkerns. Man musste nur die Augen aufmachen und in das alte Gesicht dieser Donaumetropole sehen und den alten Geschichten zuhören, die die Stadt zu erzählen hatte.

Auf seinem Rundweg gelangte er wieder zum Parkplatz am Schwimmbad und fuhr über die Ringstraße nordwestlich hinaus zum Audi-Kreisel und Richtung Friedrichshofen, Klinikum. Nachdem er einige Minuten gesucht hatte, fand er die richtige Straße. Um kurz vor neun war das Lokal so gut wie leer. Der Hauptkommissar sah sich interessiert im Café um. Der Konzertraum schien im Untergeschoss zu sein.

»Hey, Mister!«, rief ihm ein junger Mann mit Ziegenbärtchen zu, als er die Treppe hinuntergehen wollte. »Das macht acht Euro Eintritt.«

Meißner zog seinen Ausweis aus der Tasche.

»Ach so«, sagte der junge Mann. »Suchen Sie jemanden?«

»Ich komme schon allein zurecht, danke«, sagte Meißner im Weggehen.

Einige Mitglieder der Band waren bereits auf der rot ausgeleuchteten Bühne beim Soundcheck. Vor der Bühne standen zwei

Pärchen. Meißner erkannte Alba Freyberg sofort: Sie trug ihre rot gefärbte Mähne von Dreadlocks mit einem Gummiband gebändigt. Trotz ihrer wilden Rasta-Aufmachung sah sie sehr verwundbar aus.

Nachdem Meißner sich vorgestellt hatte, gingen sie nach oben ins Café. Alba bestellte einen Kirschsaft.

»Ich bin hier, weil mein Freund in der Band spielt. Es ist ihr erster Auftritt vor zahlendem Publikum«, sagte sie.

»Was für ein Instrument spielt denn Ihr Freund?«

»Schlagzeug.«

»Wie geht es Ihnen eigentlich?«, fragte Meißner. »Ich meine, das muss doch sehr schwer für Sie sein.«

Das Mädchen nahm einen Schluck von dem Saft und sah an ihm vorbei in das leere Lokal. Aus dem Keller drangen schwere Bassrhythmen zu ihnen hinauf. Der Boden des Raumes, in dem sie saßen, vibrierte leicht.

»Das Schlimmste für mich ist, dass der Mensch, der das getan hat, noch immer frei da draußen herumläuft«, sagte sie. »Das ist total unheimlich. Richtig bedrohlich. Es fühlt sich an, als stünde er hier irgendwo herum und würde uns beobachten.« Sie drehte sich um und sah zur Tür.

Eine Gruppe Jugendlicher war hereingekommen. Einer von ihnen schubste den, der vor ihm ging, Richtung Bar, als würde er sich selbst nicht trauen.

»Der Mord lässt mir keine Ruhe. Ich kann an nichts anderes mehr denken. Nur bis zu dem Moment, wenn Sie ihn finden«, sagte Alba.

»Bis wir ganz genau wissen, was passiert ist«, fügte Meißner hinzu. Er konnte das Mädchen gut verstehen. Die Angehörigen waren zuerst einmal in einem seltsamen Schwebezustand gefangen und wie gelähmt. Alltägliche Verrichtungen wurden für die Menschen mit einem Mal sinnlos. Der Alltag schien mit einem Schlag aufgelöst, praktisch nicht mehr existent zu sein. Wenn sie nicht völlig aus ihm herausfielen, dann konnten sie ihn allenfalls mechanisch weiterführen. Aber die Sinnlosigkeit saß ihnen dabei immer in den Knochen wie eine große Kälte. Dennoch war das alles nur Vorspiel und vielleicht Schutz gegen das wahre Gefühl der Trauer, das noch auf Eis lag, aber irgendwann über sie hereinbrechen würde.

Alba drehte sich aus bröseligem Tabak eine Zigarette.

»Auch eine?«, fragte sie.

Er schüttelte den Kopf.

»Ich komme mir vor wie ein Zombie«, sagte sie. »Ich mag nicht mehr nach Hause gehen. Jetzt schlafe ich bei meinem Freund. Seine Eltern sind sehr nett. Sie kümmern sich um mich.«

»Aber Sie halten schon den Kontakt mit Ihrem Vater und Ihrer Schwester, oder?«, fragte er.

»Plötzlich sind wir alle ganz allein«, sagte sie.

»Sie hatten ein gutes Verhältnis zu Ihrer Mutter?«

»Schon.«

»Waren Sie ihr sehr böse, als sie ausgezogen ist?«

»Natürlich war das hart. Wobei die Jahre davor auch nicht toll waren. Immer mussten wir die Auseinandersetzungen zwischen unseren Eltern miterleben. Ich glaube, es war richtig, dass sie ausgezogen ist, und vielleicht wäre es sogar besser gewesen, wenn sie es früher getan hätte. Uns Kindern wäre damit eine Menge Stress und Ärger zu Hause erspart geblieben. Das glaube ich.«

»Kennen Sie die neuen Freunde und Bekannten Ihrer Mutter?«

»Ein paar, aber nicht alle. Wir haben ja nicht mehr zusammengewohnt und uns nicht mehr täglich gesehen. Ich war häufiger mit meinem Freund zusammen.«

»Hatten Sie in letzter Zeit irgendwann einmal das Gefühl, dass sich etwas verändert hat, dass Ihre Mutter anders war, dass sie Sorgen hatte? Hat sie vielleicht etwas erzählt, was Ihnen merkwürdig vorkam?«

»Nein, ich glaube nicht.«

»Kennen Sie Viktor Grünberg?«

»Den Schauspieler? Ja, der ist nett. Er weiß ziemlich viel.«

»War er der Freund Ihrer Mutter?«

»Früher schon. Wegen dem ist sie ja ausgezogen.«

»Haben Sie ihm das nie vorgeworfen?«

»Was hätte ich ihm denn vorwerfen sollen? Er hat mir meine Mutter doch nicht weggenommen. Ich gehöre nicht zu den Leuten, die Anlass und Ursache verwechseln.«

Damit, dachte Meißner, meint sie wohl solche Leute wie ihren Vater, der sich in seiner Gekränktheit einzementiert hat und darüber hinaus nichts mehr wahrnehmen kann.

»Hat sie Ihnen mal von einem Mann erzählt, der ihr Briefe schrieb, in denen er ihr Rätsel stellte oder ein Spiel vorschlug?«

»Nein.«

»Hat sie sonst in letzter Zeit einen neuen Freund erwähnt?«

Alba schüttelte den Kopf.

Langsam trudelten immer mehr junge Leute ein. Sie holten sich am Tresen ihr Bier und gingen dann in den Konzertraum hinunter. Als die Band zu spielen anfing, zog Alba einen Geldschein aus der Tasche.

»Das übernehme ich«, sagte Meißner. »Gehen Sie nur. Und rufen Sie mich an, wenn Ihnen noch etwas einfällt.« Er gab ihr seine Karte und sah ihr nach, wie sie vorsichtig die Treppen hinunterging, dünnhäutig und zerbrechlich, wie sie im Moment war.

Dann bestellte sich der Hauptkommissar noch einen Espresso. Von der Band hörte er nicht viel mehr als die Bässe und das Schlagzeug. Zweiundvierzig ist definitiv kein gutes Alter zum Sterben, dachte er. Vor allem, wenn man Kinder hatte. Bei Alba hatte er sie gespürt, die Lücke, die ihre Mutter hinterlassen hatte, und die nicht aufzufüllen war von etwas oder jemand anderem. Albas Kindern, wenn sie je welche bekam, würde die Großmutter fehlen. Und Alba ihre Mutter. Aber irgendwann würde sie begreifen, dass es wichtiger war, dass sie ihre Mutter überhaupt gehabt hatte, als dass sie sie verloren hatte. Wie alle anderen Menschen auch würde sie das lernen müssen. Doch dafür brauchte es Zeit. Und diese Jahre hatte Alba erst noch vor sich.

Meißner dachte an Grünberg im Schwabinger Krankenhaus. Er fand, dass der Selbstmordversuch eigentlich nicht zu dem

Mann passte, aber was wusste er schon von ihm? Er konnte sich kein Bild machen. Bisher waren es nur Splitter, die sie zu diesem Fall zusammengetragen hatten. Noch immer sammelten sie nur Details, bissen sich daran fest, suchten Spuren, denen sie folgen konnten. Manche von ihnen würden in einer Sackgasse enden – wie immer. Das Mosaik musste erst noch gelegt werden. Vorerst tat er einfach seine Arbeit. Aber jetzt war er nur noch müde.

Als die Saaltür im Untergeschoss geöffnet wurde, riss ihn die Musik aus seiner Grübelei. Die Band spielte jetzt ein ruhigeres Stück, das man zu seiner Jugendzeit Ballade genannt hätte. Hieß das heute immer noch so?

Alba kam die Treppe hoch und sah sich nach ihm um.

»Schön, das Lied«, sagte er, als sie auf ihn zukam.

»Kennen Sie es nicht von früher?«, fragte sie.

»Doch«, sagte er, »ich glaube, Nancy Sinatra hat es damals gesungen. Ist Ihnen noch etwas eingefallen?«

»Meine Mutter hat mir erzählt, dass sie in letzter Zeit öfter im Frauenhaus war«, meinte Alba. »Ich musste gerade daran denken. Ihre Fotos von den Frauen hab ich auch gesehen. Sie hat gesagt, dass es für die Frauen, die dort leben, schon schwierig genug ist, überhaupt auf die Straße hinauszugehen. Und obwohl die Adresse nirgendwo bekannt gemacht wird, finden die Männer sie doch heraus. Dann lauern sie zum Teil ihren Frauen auf und versuchen mit ihnen zu reden. Sie wollen sie zurückholen. Meine Mutter hat gesagt, dass Frauen dabei schon auf offener Straße angegriffen und verprügelt worden sind. Deshalb gehen viele auch nur in Begleitung der Sozialarbeiterinnen aus dem Haus. Ich weiß nicht, warum mir das gerade jetzt eingefallen ist, aber ich dachte, vielleicht sind Sie noch da.«

Sein Bauch reagierte bereits, bevor sein träger Kopf in Gang gekommen war. Augenblicklich wusste er, dass das, was Alba ihm gerade erzählt hatte, wichtig war.

»Irgendwie denke ich, dass es einfach niemand gewesen sein kann, der meine Mutter richtig gekannt hat. Als Mensch, meine ich.«

Meißner nickte. »Denken Sie, sie hat sich im Frauenhaus bedroht gefühlt?«

Alba schüttelte den Kopf. »Ach, egal. Es ist nur so eine Idee von mir oder ein Gefühl. Irgendwie denke ich an so ein krankes Hirn. Vielleicht habe ich auch nur zu viel Stephen King und solche Sachen gelesen, aber es laufen doch viele Verrückte einfach frei herum, oder?«

Meißner zuckte mit den Achseln. Er musste vorsichtig sein, denn er wollte sie nicht noch mehr beunruhigen. Das Mädchen hatte schließlich vor nicht einmal einer Woche seine Mutter verloren.

»Sie haben sie nicht gekannt, oder?«, fragte sie plötzlich.

Sie sah ihn mit einem Röntgenblick an, der ihn in seinem Innersten traf. Es war, als habe jemand die Tür nach draußen aufgerissen. Ihm wurde kalt. Sie wartete immer noch auf eine Antwort.

»Nein«, sagte er, »leider nicht.« Und damit log er Alba nicht einmal an. Er hatte sie gesehen, ja, drei Mal. Aber beim zweiten Mal war sie bereits tot gewesen. Er hatte in ihren Heften gelesen und ihren Computer durchsucht. Aber das war es nicht, was ihre Tochter meinte. Nein, er hatte sie nicht gekannt.

Als Alba gegangen war, fühlte Meißner sich wieder wacher. Ein Verrückter, dachte er. Also vielleicht doch der Spieler? Er zahlte und fuhr nach Hause.

Seine Wohnung roch, als sei er eine Woche weg gewesen. Kurz entschlossen fing er an, das Geschirr zu spülen. Morgen Abend würde er sowieso nicht dazu kommen. Er räumte sein Schlafzimmer auf, sortierte die schmutzige Wäsche, dann duschte er und ging zu Bett. Sein Chandler-Krimi, in dem er sporadisch las, ging ihm auf die Nerven. Manchmal konnte er den Zauber nachvollziehen, den der Kult-Detektiv mit seiner Schnoddrigkeit verbreitete, aber meistens erschien ihm dessen Coolness einfach nur aufgesetzt und künstlich. Natürlich musste ein Krimi nicht immer und in allen Bereichen realistisch sein, aber manchmal war das wahre Leben eindeutig spannender, und dann musste

Meißner seine Gedanken und Gefühle einfach beieinander halten und wollte gar nicht so viel Zerstreuung. Und sei es mit einem Krimi. Er legte das Buch weg und löschte das Licht.

Seine Gedanken verhedderten sich in einer imaginären Mind Map von Fakten, Vermutungen, Ahnungen, von Verdächtigen und möglichen Querverbindungen zum Opfer und seinem Umfeld. Details, von denen er dachte, dass er sie sich unbedingt merken sollte, blitzten kurz auf, bevor sie ihm wieder entglitten. Er hatte das Gefühl, dass in all den Einzelheiten irgendwo der Schlüssel und mit ihm ein Ausweg aus dem Chaos verborgen sein müsse. Wenn er nur alles in seiner Erinnerung abspeicherte, dann würde er irgendwann den Zugang zur Lösung finden. Über dieser fruchtlosen Grübelei schlief er ein.

SECHS

Als er am Samstagmorgen erwachte, war ein leichtes Kopfweh alles, was ihm von den Gedanken in der Nacht zuvor geblieben war. Die Wölkchen seiner imaginären Mind Map trieben schmutzig grau in seinem Hirn herum – so wie die Fettaugen im Abspülwasser vom Abend vorher. Er öffnete weit das Fenster, als könne die herbstlich anmutende kühle Morgenluft für mehr Klarheit sorgen, und ließ sich eine Tasse Kaffee aus der Saeco.

Um halb neun war er Richtung Autobahn unterwegs. Es würde wieder ein schöner Spätsommertag werden. Die A 9 war selbst am Samstagvormittag gut befahren. Holländer, Schweden, Tschechen, Polen, alle Nationalitäten waren hier unterwegs. Trotzdem kam Meißner gut durch. In München bog er am Parzivalplatz rechts ab zum Schwabinger Krankenhaus. Grünberg, so erfuhr er an der Pforte, war von der Intensiv- in eine Wachstation verlegt worden.

Meißner meldete sich bei der Stationsschwester und erkundigte sich nach dem Zustand des Schauspielers.

»Sind Sie ein Verwandter?«, wollte die Schwester wissen.

Meißner zückte seinen Ausweis.

»Den Weg hätten Sie sich sparen können. Herr Grünberg hat mittelschwere bis schwere äußere und innere Verletzungen. Wir haben ihn zwar gestern wieder zusammengeflickt, aber er ist noch immer stark narkotisiert, nicht ansprechbar.«

»So etwas wie ein künstliches Koma?«

Sie nickte. »Morgen sieht es vielleicht schon anders aus, wenn alles gut geht.«

»Aber er wird doch durchkommen?«

»Ja, er hat Glück gehabt.«

»Können Sie mir sagen, wann das gestern genau passiert ist?«

Sie blätterte in ihren Unterlagen. »Der Notarzt kam um zwölf Uhr dreißig zur Unfallstelle, U-Bahn Odeonsplatz. Eingeliefert wurde er hier um zwölf Uhr neunundfünfzig.«

»War schon jemand bei ihm, ich meine, hatte er schon Besuch?«

»Eine Dame ist gerade gekommen«, sagte sie.

Meißner gab ihr seine Karte. »Rufen Sie mich doch bitte an, wenn Herr Grünberg wach ist.«

»Worum geht's denn eigentlich? Und warum kümmert sich die Kripo Ingolstadt um ihn?«

»Wir ermitteln in einem Mordfall.«

»Na ja«, sagte sie, »der Grünberg läuft Ihnen bestimmt nicht weg. Auf potenzielle Selbstmörder passen wir besonders gut auf. Wollen Sie mit der Psychologin sprechen, wenn Sie schon mal hier sind? Sie wird ihn mitbetreuen, solange er hier ist.« Sie schrieb ihm eine Telefonnummer auf. »Frau Hohenester hat am Wochenende Rufbereitschaft.«

Als der Hauptkommissar an die Tür zum Wachraum klopfte, öffnete ihm Ludmilla.

»Hallo«, sagte sie leise und ging zurück an Viktors Bett. Grünberg hatte Schrammen und Blutergüsse im Gesicht und trug einen mächtigen Kopfverband. Seine Augen waren geschlossen, der linke Arm eingegipst. Um sein Bett standen eine Reihe von Maschinen, die Atem- und Herzfrequenzen sowie die Hirnströme überwachten. Unter der Decke zeichnete sich ein Gipsbein ab. Es war ebenfalls das linke.

»Ich bin so froh, dass er überlebt hat«, flüsterte Ludmilla, als hätte sie Angst, Viktor aufzuwecken.

»Hätten Sie ihm einen Selbstmord zugetraut?«

Sie schüttelte den Kopf. »Einen Selbstmord nicht. Und schon gar keinen Mord, wenn das Ihre nächste Frage ist. Viktor ist ein feiner Kerl, einer, der sein Unglück eher in sich hineinfrisst. Der schreit nicht rum oder wird wütend. Dafür hat er die Bühne. Eine Gewalttat passt überhaupt nicht zu ihm.«

»Schön und gut, aber was können wir schon über einen anderen Menschen wissen, über das, wozu er fähig ist, wenn ...« Er winkte ab. Einfach grauenhaft, was er hier daherfaselte.

»Wenn was?«, fragte Ludmilla interessiert nach.

»Na, wenn die Frau, die er liebt, ihn zurückweist. Wenn sie mit dem Nagel ihres kleinsten Fingers die Seifenblase zum Platzen bringt, in die er seine Vorstellung von einer gemeinsamen Zukunft hineingeträumt hat.«

Ludmilla lachte leise auf und fuhr mit der Hand durch die Luft über seinem Kopf.

»Tatsächlich«, sagte sie. »Alles voller Seifenblasen hier. Aber Viktor lebt, und das ist das Wichtigste. Gehen wir jetzt zusammen einen Kaffee trinken?«

Sie verließen das Zimmer.

»In der Cafeteria oder draußen, in der bösen Welt?«, fragte Ludmilla.

»Ich möchte noch mit der Psychologin sprechen, die sich in der nächsten Zeit um Viktor kümmern wird.«

»Also Cafeteria. Ich geh schon mal voraus.«

Er sah Ludmilla nach, wie sie den Gang entlangging. Die Sohlen ihrer flachen Schuhe quietschten auf dem blank gebohnerten Linoleum. Ihre Jeans saß lässig auf den schmalen Hüften, die kurzen Haare unterstrichen das Knabenhafte ihrer Erscheinung, doch ihr weiblicher, federnder Gang rückte das Bild wieder zurecht. Ihr Becken war etwas nach vorne gekippt, und die Hüfte schwang bei jedem Schritt so weit aus wie bei den Models auf dem Laufsteg. Das muss sie gelernt haben, dachte Meißner fasziniert. Mit so einem Gang kommt man nicht auf die Welt.

Beim dritten Klingeln ging die Psychologin ans Telefon.

»Sie haben mich aus der Dusche hervorgeholt«, beschwerte sie sich, nachdem Meißner sich vorgestellt hatte.

»Sie betreuen einen Patienten im Schwabinger Krankenhaus. Sein Name ist Viktor Grünberg. Er ist noch nicht wieder bei Bewusstsein, deshalb konnte ich auch nicht mit ihm sprechen.«

»Das sollten Sie auch nicht«, sagte sie, und es schien, als ob sie beim Sprechen beinahe das Handy verlor. War sie gerade dabei, sich abzutrocknen? »Solche Leute wie wir sind extra dafür ausgebildet«, fuhr sie fort. »Also überlassen Sie uns das. Was wollen Sie überhaupt von ihm?«

»Er gehört zu den Verdächtigen in einem Mordfall. In Ingolstadt ist am Dienstag eine Frau ermordet worden, die seine Freundin, eventuell auch seine Geliebte war. Ich frage mich jetzt, ob dieser Suizidversuch von Herrn Grünberg eine Verzweiflungstat oder eine Art Selbstjustiz war.«

»Sie können davon ausgehen, dass es sich in jedem Fall um eine Verzweiflungstat handelt. Vorausgesetzt natürlich, es war überhaupt ein Suizidversuch.«

»Was soll es denn sonst gewesen sein?«, fragte Meißner und kam sich dabei reichlich dämlich vor.

»Na ja, im Verkehrswesen gibt es bekanntlich immer auch Unfälle, oder irre ich mich da?«

Meißner schnappte nach Luft. Doch bevor er noch etwas antworten konnte, übernahm sie schon wieder das Kommando. »Geben Sie mir Ihre Nummer, dann rufe ich Sie an, sobald ich mit ihm gesprochen habe. Ich werde ein Gespräch mit ihm führen, wenn er mich an sich ranlässt. Kein Verhör, wohlgemerkt. Das müssen Sie dann schon selbst in die Hand nehmen, sobald sein Zustand dafür stabil genug ist.«

»Machen Sie sich darüber nur keine Gedanken«, sagte er, »dafür bin ich schließlich ausgebildet.«

Er gab ihr seine Nummer, legte auf und machte sich auf die Suche nach der Cafeteria.

Ludmilla saß an einem der hinteren Tische, auf dem bereits zwei Tassen Cappuccino standen.

»Ich habe Ihnen schon mal einen mitbestellt.«

»Wunderbar«, sagte Meißner. »Wieso wissen Frauen eigentlich immer so genau, was Männer gerne haben?« Er setzte sich.

»Ich glaube, das ist gar nicht der Punkt. Wir denken eben praktisch. Sie sehen so aus, als würden Sie lieber Espresso als Filterkaffee trinken. Die Entscheidung hat eher etwas mit Lebenspraxis als mit einer besonderen Intuition zu tun.«

»Sie haben bestimmt nie daran gedacht, sich umzubringen, oder?«

»Stimmt«, sagte sie. »Ich persönlich hatte nie diesen Gedanken. Vielleicht sind wir Frauen wirklich die lebenstüchtigeren und auch die lebenswilligeren Menschen. Oder nur die Pflichtbewussteren? Was sagen denn Ihre Polizeistatistiken dazu?«

»Etwa ein Drittel aller zu Ende gebrachten, also geglückten Suizide wird von Frauen begangen. Bei den Selbstmordversuchen, bei denen man überlebt, liegen die Frauen hingegen mit zwei Dritteln eindeutig vorne.«

»Und was heißt das nun? Sind Frauen feiger und schrecken vor dem letzten Schritt zurück?«, fragte Ludmilla.

»Vielleicht geben sie auch ihrem Umfeld einfach eine Chance mehr als die Männer. Oder es hängt mit den Todesarten zusammen, die sie wählen. Bei Tabletten sind die Chancen, entdeckt und gerettet zu werden, relativ hoch.«

»Und was ist die häufigste Todesart?«, wollte Ludmilla wissen, bevor Meißner das eher unschöne Thema wechseln konnte.

»Erhängen. Und das ist eine sehr schnelle, gründliche und männliche Tötungsart. Dabei gibt es praktisch keine Rettung. Aber lassen Sie uns von etwas anderem reden. Wie haben Sie denn jetzt Ihr Theaterproblem gelöst?«

»Ach, ich habe einen wunderbaren Ersatz gefunden. Jörg Huber ist jetzt unser neuer Affe. Er hat die Rolle früher oft gespielt, und die nächsten Vorstellungen sind praktisch ausverkauft.«

»Wie haben Sie denn das geschafft?«

»Huber war mein Lehrer an der Falckenberg-Schule, und ich hatte noch etwas bei ihm gut.«

»Und Sie? Treten Sie in nächster Zeit auch auf?«

»Ich arbeite an einem Virginia-Woolf-Projekt. Es soll Elemente aus Leben und Werk der Schriftstellerin aufgreifen und zueinander in Beziehung setzen. Es wird ›Ein eigenes Zimmer‹ heißen. Würden Sie es sich ansehen?«

»Warum nicht? Obwohl Virginia Woolf ja auch eine Selbstmörderin war, oder?«

»Stimmt, daran habe ich noch gar nicht gedacht.«

»Macht ja nichts. Wann wird denn die erste Vorstellung stattfinden?«

»Das weiß nur der Himmel. Meine Partnerin ist mitten in der Vorbereitung schwanger geworden. Jetzt sitzt uns der Geburtstermin im Nacken. Wie und wann es hinterher weitergeht, wissen wir noch nicht. Sie freut sich jedenfalls sehr auf das Kind. Ich mich übrigens auch.«

»Haben Sie Kinder?«, fragte Meißner.

»Hat sich nicht ergeben«, sagte sie. »Und Sie?«

»Ich komme schon mit mir selbst nicht immer klar. Heute Abend bin ich übrigens im Stadttheater in Ingolstadt.«

»Allein?«, fragte sie.

»Mit Kollegen. Ein Einsatz, leider. Von Emilia Galotti werde ich wohl nicht so viel mitbekommen.«

»Hört sich trotzdem spannend an.«

»Wissen Sie, ob Viktor während seiner Zeit in Ingolstadt einen Freund oder Freunde am Theater hatte?«, fragte Meißner, einer plötzlichen Eingebung folgend.

»Er hatte schon Freunde dort, natürlich. Einer war dabei, so ein älterer Kollege, der wollte ihn wohl irgendwie unter seine Fittiche nehmen.«

Meißner horchte auf.

»Kennen Sie ihn?«

»Nein. Viktor hat mir nur von ihm erzählt. Der Typ war ihm irgendwie nicht ganz geheuer. Er hatte den Verdacht, dass er schwul sein könnte und deshalb einen engeren Kontakt zu ihm suchte.«

»Ein Schauspieler?«

»Da bin ich mir nicht sicher. Könnte auch eine andere Person aus dem Theater gewesen sein.«

»Meinen Sie, dieser Jemand könnte auch Roxanne Stein gekannt haben?«

»Suchen Sie ihren Mörder etwa im Theater?«

»Wäre das denn so abwegig?«

»Na ja, es heißt doch, dass Gott in den Künstlern träumt.«

»Ach so? Den Spruch habe ich noch nie gehört. Aber vielleicht hat Gott ja auch ab und zu einen Alptraum. Und was ist mit uns Normalos, in uns träumt Gott nicht?«

»Nein, in den übrigen Menschen schläft er.«

»So was Ähnlichen hab ich mir schon gedacht. Ich muss jetzt los. Was haben Sie für den Cappuccino bezahlt?«

»Es war mir ein Vergnügen, Herr Hauptkommissar.«

Sie verabschiedeten sich auf dem Gang. Meißner steuerte den Ausgang an, während Ludmilla noch einmal nach Viktor sehen wollte, ehe sie ging.

Der Hauptkommissar fuhr zurück nach Ingolstadt. Auf dem Weg zu seiner Wohnung blieb er bei Minimal stehen, der über Nacht zu einem REWE-Markt geworden war. Statt Rot-Grün herrschte jetzt nur noch Rot vor, und das Logo sah auch irgendwie anders aus, aber er konnte sich an das Minimal-Logo schon gar nicht mehr erinnern. Aus den Augen, aus dem Sinn. Hier passte wenigstens einmal das Sprichwort, das er ansonsten hasste wie die Pest. Weil es einfach nicht stimmte, weder auf Menschen noch auf andere Dinge bezogen. Mit Ausnahme von Minimal vielleicht. Innen sah der Supermarkt so aus wie zuvor, wenigstens das.

Zu Hause machte er sich einen Teller tiefgefrorene Shrimps »provenzalisch« mit Salat und Weißbrot und las dazu die Zeitung. Kein Artikel über den Mord in der Beckerstraße. Er verkniff sich das Glas Weißwein, nach dem er und die Meeresfrüchte sich sehnten, und trank brav sein Mineralwasser. Er musste wach und nüchtern bleiben.

Um halb eins fuhr er ins Präsidium. In den Cafés der Innenstadt standen noch immer die Tische und Stühle im Freien, der Sommer schien kein Ende zu nehmen. Die Menschen kamen vom samstäglichen Stadtbummel zurück, viele Radfahrer waren unterwegs. Auf der Schlosslände, fast schon in Höhe des Stadttheaters, kreuzte eine Radfahrerin vor ihm die Straße. Ihr mittellanges blondes Haar war zu einem Zopf geflochten, eine Jeanslatzhose spannte sich über ihren runden Bauch. Erst als er sie überholte, erkannte er sie. Es war Carola, seine Exfreundin, und sie war eindeutig schwanger! Siebter oder achter Monat. Seine Carola! Die Extrem-Joggerin, die niemals Kinder haben wollte, schon wegen der Fitness und um ihren makellosen Körper nicht zu ruinieren.

Er nahm den Fuß vom Gas und betrachtete sie im Rückspiegel. Wann genau hatten sie sich getrennt? In der Woche nach Fasching, Ende Februar. Vor fast sechs Monaten! Konnte man in nur sechs Monaten derartig hochschwanger werden? Das war doch unmöglich! Er zögerte. Er konnte doch jetzt nicht einfach weiterfahren, so etwas passierte einem doch nicht täglich. Was sollte er jetzt tun? Da hörte er hinter sich erst Bremsen quietschen, dann ein vernehmliches Krachen. Sein Audi machte einen Satz wie ein bockiges Pferd, er stand halb in der Einmündung der nächsten Querstraße, und der Motor war abgestorben. Carola fuhr auf dem Rad an ihm vorbei, warf ihm einen besorgten Blick zu, blieb aber nicht stehen. Natürlich musste sie ihn erkannt haben. Ihn und sein Auto. Das Kennzeichen war doch eindeutig. Aber sie drehte sich einfach weg und fuhr weiter. Beim Einbiegen in die nächste Querstraße sah Carola sich noch einmal nach ihm um, erschrocken, ängstlich, vielleicht auch ein bisschen schuldbewusst, dann war sie weg. Das Ende ihres blonden Zopfs auf der offenen grauen Sportjacke war das Letzte, was Meißner von ihr sah.

Vor seinem Audi stand ein brüllender und wild gestikulierender junger Mann, der gegen das Wagenfenster hämmerte. Der Hauptkommissar holte tief Luft und stieg aus.

»Wieso steigst du bloß auf freier Strecke ohne Grund auf die Bremse? Hast du vielleicht keinen Innenspiegel. Denkst wohl, du bist ganz allein auf der Straße, wie?«

Meißner fiel auf, dass der Typ ihn duzte, und das passte ihm gar nicht. Er ging um das Auto herum, um sich den Schaden zu besehen. Stoßstange und Kofferraum waren eingedrückt, beide Rückscheinwerfer im Eimer. Die Vorderfront des anderen Wagens, ein nagelneuer VW-Touran, silbermetallic, sah auch nicht besser aus.

»Wie regeln wir das jetzt?«, wollte der andere wissen.

»Ich rufe meine Kollegen an«, sagte Meißner und zog schon das Handy aus der Tasche.

Der andere pfiff durch seine Zahnlücken und tat, als ginge ihm ein riesiges Licht auf. Zumindest war er erst einmal ruhig. Für Meißner war klar, dass er die Besprechung um eins vergessen konnte. Er rief Marlu an, um ihr zu sagen, dass sie ohne ihn beginnen sollten. Er käme dann nach, aber sie sollte unbedingt auf ihn warten.

Wieder dachte er an Carola. Seit ihrer Trennung hatte er sie noch zweimal gesehen. Das zweite Mal hatte sie nur schnell ihre restliche Post abgeholt und ihm ihren Wohnungsschlüssel in die Hand gedrückt. Da musste sie schon gewusst haben, dass sie schwanger war. Er setzte sich ins Auto und kramte im Handschuhfach nach den Versicherungsunterlagen.

Die Trennung. Für ihre Trennung gab es zwei Versionen. Eine offizielle und eine inoffizielle. Die offizielle Version lautete: Sie hatten sich nach fünf Jahren getrennt. Einfach so. Das klang irgendwie erwachsen, gleichberechtigt, in gegenseitigem Einverständnis, bla, bla, bla. Die inoffizielle und etwas realistischere Version lautete: Carola hatte sich von ihm getrennt. Und er hatte ihr einen Grund – oder einen Anlass, wie Alba Freyberg so schön gesagt hatte – dafür gegeben. Carola behauptete, er habe sie betrogen, und er konnte ihr nicht widersprechen. Es war auf einem Faschingsball passiert. Eine Haremsdame aus Großmehring. Carola war bekennender Faschingsmuffel und mit ihren Freundinnen an dem Abend zu ihrem Flamenco-Kurs gegangen. Er hatte zu viel getrunken und die Dame nach Hause begleitet, warum, wusste er hinterher auch nicht mehr. Dann war er auf ihrer Couch eingeschlafen. Auf jeden Fall hatte er die Nacht bei ihr verbracht. Und während er auf dem Weg nach Hause noch überlegte, was er Carola erzählen sollte, zog sie ihm sofort, als er zur Tür hereingekommen war, ohne große Umstände die Wahrheit aus der Nase. Für ihn war es okay, gleich reinen Tisch zu machen. Sie anzulügen war sowieso nicht in Frage gekommen. Allerdings passierte, womit er nicht gerechnet hatte. Carola war sehr gekränkt und beleidigt und zog sich vor ihm zurück. Schließlich betrog sie ihn mit einem Bekannten aus ihrem Lauftreff. Aber was als Racheakt gedacht war, wuchs sich zu etwas ganz anderem aus. Nach vier Wochen zog sie bei Meißner aus und bei Roland, dem Läufer, ein. Sie wohnte immer noch bei ihm, und nun war sie auch noch schwanger.

Danach hatten sie noch ein paar Mal wegen irgendwelcher Rechnungen telefoniert. Aber sie war weg und kam nicht mehr zurück. Und jetzt fuhr sie diesen Bauch auf ihrem Fahrrad spazieren. So schnell konnte es also gehen. Natürlich, Carola war Ende dreißig, sie hatte nicht mehr alle Zeit der Welt, aber Kinder waren in ihren fünf gemeinsamen Jahren überhaupt nie ein Thema gewesen.

Endlich trafen die Kollegen von der Streife ein. Winter füllte das Unfallprotokoll aus, und Buchberger machte die Fotos.

Der Unfallgegner hatte sich noch immer nicht abgeregt. Er sei nicht schnell gefahren, er habe nur nicht damit gerechnet, dass der vor ihm einfach »den Stempel reinhaue«, ganz ohne Grund. Sein Auto war bestimmt Vollkasko versichert.

Aber was war in Wirklichkeit passiert? Er hatte Carola gesehen, im hochschwangeren Zustand. Er verpasste gerade seine Besprechung, und sein Audi war ramponiert. Nachdem Meißner seinen Wagen zur Seite gefahren hatte, half er den Kollegen, die Glassplitter an die Bordsteinkante zu kehren.

Kurz vor halb drei traf er endlich im Präsidium ein. Holler und Fischer waren schon weg, aber Marlu saß in ihrem Büro. Sie schenkte ihm einen Kaffee ein, als er eintrat.

»Schlimm?«, fragte sie.

Meißner winkte ab.

»Wie ist es denn passiert?«

»Gott träumt halt in den Künstlern, in den Kripobeamten schläft er nur.«

»Was?«

»Ach, vergiss es! Wie war die Besprechung?«

»Nichts Bahnbrechendes, würde ich sagen. Wir haben viel Material ausgewertet, und ich habe anschließend meine Maskerade für heute Abend vorbereitet. Und was hast du getrieben, außer Auffahrunfälle zu produzieren?«

»Viktor Grünberg im Krankenhaus besucht.«

»Den Schauspieler? Was fehlt ihm denn?«

»Konnte er mir nicht erzählen. Er liegt im Koma. Selbstmordversuch. Hat sich vor eine U-Bahn geworfen.«

Marlu sah ihn entgeistert an. »Soll das eine Art von Geständnis sein?«

»Soweit sind wir noch nicht.«

»Aber die Aktion heute Abend wird nicht abgeblasen?«

»Nein. An unserer Ausgangslage ändert auch Grünbergs Suizidversuch nichts.«

»Du meinst, wir müssen weiter im Heuhaufen herumstochern?«

»So ungefähr. Die Jagd auf den Spieler findet jedenfalls trotzdem statt. Er hat uns herausgefordert, und wir werden parieren. Wir spielen sein Spiel mit, und an dem Punkt, an dem er sich die geringste Blöße gibt, beenden wir das Ganze. Und da es in diesem Sechziger-Jahre-Theaterbau keine fünf- oder sechsstöckigen Ränge oder Balkone gibt, kann er sich auch nicht aus großer Höhe hinunterstürzen. Also sind unsere Chancen, ihn lebend zu kriegen, gar nicht so schlecht.«

»Was genau wissen wir von unserem Jagdopfer?«

»Wir haben die Personenbeschreibung von dem Fahrer der Gärtnerei.«

»Aber ist er Zuschauer, oder steht er auf der Bühne? Arbeitet er hinter der Bühne? Sitzt er vielleicht an der Abendkasse, oder ist er einer der Platzanweiser? Ich glaube, es gibt viel mehr als nur eine Möglichkeit. Wir müssen doch wissen, wo wir ihn suchen sollen.«

»Er wird dir ein Zeichen geben. So hat er es im Brief angekündigt.«

»Aber vielleicht erkennt er mich sofort als Fake. Vielleicht geht er mir an die Gurgel, wenn er merkt, dass ich nicht Roxanne Stein bin?«

»Das glaube ich nicht. Das ist doch ein intelligenter Mensch. Der hat sich unter Kontrolle.«

»Ach ja? Und ich dachte die ganze Zeit, wir suchen nach einem Mörder.«

Und für diese Erkenntnis bleibst du eigentlich ganz schön cool, dachte Meißner.

»Die Rolle des Lockvogels ist nicht gerade die, von der ich mein ganzes Leben lang geträumt habe«, sagte sie eine Spur leiser.

»Wovon hast du denn geträumt?«, wollte Meißner sie vom Thema und von ihrer Angst ablenken.

»Stell dir vor: Irgendwann habe ich mal vom Heiraten und Kinderkriegen geträumt.«

»Ach, wie originell!«

»Da war ich ungefähr zwölf oder dreizehn. Danach haben sich meine Eltern getrennt, und ich habe von einer Leichtathletikkarriere geträumt. Ich war eine gute Läuferin, Weitspringerin. Aber dann hatte ich mehrere Knieverletzungen hintereinander, und das war's dann. Und nach dem, was mir die Soziologin vom Frauenhaus heute erzählt hat, werde ich mir das Thema Heiraten auch noch mal reichlich überlegen. Weißt du, wie viele Frauenhäuser es in Deutschland gibt?«

»Um die vierhundert, glaube ich. Aber ich war noch nie in einem drin.«

»Keine Insassin verlässt das Haus in der ersten Zeit alleine. Sehr personalintensiv, das Ganze. Und trotzdem werden ihnen von Jahr zu Jahr die Zuschüsse gestrichen.«

»Gibt es eigentlich irgendeinen persönlichen Bezug, den Frau Stein zum Frauenhaus hatte, oder war ihr Interesse rein beruflich?«

»Sie hat zumindest nie selbst in einem Frauenhaus gewohnt, wenn du das meinst. Das habe ich nachgeprüft.«

»Kannte sie eine der Frauen persönlich oder vielleicht einen Mann, dessen Frau dort war? Gibt es irgendwelche Querverbindungen?«

»Du meinst die Meisinger? Die hat sie erst während ihrer Recherchen kennengelernt.«

»Hat sie etwas beobachtet, ist sie in etwas hineingezogen worden, das über ihre journalistische Arbeit hinausging?«

Marlu zuckte mit den Achseln.

»Ich möchte eine Liste aller Frauen, die im Frauenhaus lebten, während Roxanne Stein dort recherchiert hat. Und eine Liste der Ehemänner oder Partner.«

»Geht in Ordnung. Dann rufe ich Frau Reim gleich noch mal an. Ach, und Frau Steins Schwester möchte mal wieder wissen, wann die Leiche freigegeben wird. Sie will sich jetzt unbedingt um die Beerdigung kümmern.«

Die Beerdigung. Meißner hätte den Fall gerne vorher aufgeklärt, aber er konnte die Freigabe nicht ewig hinauszögern. Den Spieler würden sie am Abend kriegen, aber hatten sie damit auch den Mörder? Viktor Grünberg würde morgen oder übermorgen aufwachen, aber auch mit dem konnten sie wie mit all ihren Verdächtigen komplett auf dem Holzweg sein. Auf wundersame Zufälle konnten sie zwar hoffen, aber nicht mit ihnen rechnen.

»Ich versuche gleich noch, Kern zu erreichen.« Meißner stand auf. »Könntest du mir die Nummer des Theaterintendanten oder eines anderen Verantwortlichen heraussuchen? Wir sollten sie vor unserer Aktion informieren, sonst fühlen die sich wahrscheinlich ziemlich auf den Schlips getreten.«

Von seinem Büro aus rief der Hauptkommissar Dr. Kern in der Rechtsmedizin in München an.

»Ah, die Ingolstädter! Hast du ein Glück, dass wir personell unterbesetzt sind, sonst würd ich das Wochenende an einem schöneren Platzerl verbringen als in meinem Keller. Habt's euren Mörder schon g'funden?«

»Kommt schon noch«, sagte Meißner. »Meinst du etwa, wir haben so viel Personal?«

»Ach, geh, wie viele Mordfälle habt's denn da draußen im Jahr, einen, zwei? Da könnt's euch doch wirklich net beklagen. Überarbeiten werdet's euch damit schon nicht, oder? Eure Verbrecher haben wahrscheinlich noch gar nicht gemerkt, dass ihr euch seit Kurzem auch Großstadt schimpfen dürft.«

Kern hatte recht. In den vergangenen zwei Jahren waren es genau je zwei Mordfälle gewesen. Aufklärungsquote: hundert Prozent. Meißner wusste das und Kern auch. Der Mediziner studierte die jährlichen Polizeistatistiken des Freistaates immer sehr genau.

»Letztes Jahr habt's ihr doch den vom andern Ufer g'habt, der sein Gspusi durch den Fleischwolf gedreht hat. Wenn dann mal was los ist bei euch, dann müsst ihr gleich wieder übertreiben. Es war doch ein Fleischwolf, oder täusch ich mich?«

Er täuschte sich nicht. Es war eine ziemlich unappetitliche Geschichte gewesen, die aber auch ihre anrührenden Seiten gehabt hatte.

»Der Clou bei der Sache«, sagte Meißner, »war ja der: Während der Mörder die Leiche seines Lebensgefährten in mühevoller Handarbeit zerstückelte, hat er sich die ganze Zeit liebevoll um seine pflegebedürftige Oma gekümmert, mit der er sich eine Wohnung teilte. Die hat von den Geschehnissen die ganze Zeit über nichts mitbekommen.«

»Sie hat wohl gedacht, dass ihr Enkelkind in der Küche tagelang Marmelade einkocht oder Sauerkraut hobelt. Und gerochen hat sie auch nichts? Stell dir doch mal vor, wie das gestunken haben muss. Bah!«

»Kern, wie sieht's jetzt aus?«, unterbrach Meißner ihn, weil er auf die Vorstellung von solchen Gerüchen gut und gern verzichten konnte. »Können wir die Leiche freigeben? Hast du noch etwas gefunden?«

»Die Hautspuren unter ihren Fingernägeln stammen nicht von ihr. Es ist nicht viel, aber für einen Abgleich und die Überführung des Täters wird's wohl ausreichen. Wobei – dazu musst du erst einmal einen haben, gell? War's nicht sowieso der verlassene Ehemann oder ihr Liebhaber? Mensch, Meißner, das kann doch nicht der allerschwierigste Fall deiner Karriere sein!«

»Wenn du mittendrin steckst in der Ermittlungsarbeit, dann ist jeder Fall gleich schwer. Einer von den beiden hat uns jedenfalls angelogen, und der andere sagt zurzeit gar nichts. Der liegt nämlich lieber im Wachkoma. Der Gärtner war's jedenfalls nicht.«

»Na, da bist du doch schon ganz schön weit. Gratuliere! Also, von mir aus könnt's die Leich' haben. Bei mir wird sie ja auch nicht frischer.«

»Gut, dann verständige ich die Angehörigen. Kann sein, dass ich dich noch mal brauche.«

»Is scho recht, Meißner. Die Ingolstädter Leichen sind eh die feschesten.«

Als Meißner Frau Seebauer, die Schwester von Roxanne Stein, anrief, fragte sie ihn nach Alba. Hatte er mit ihr gesprochen? Wie ging es ihr?

»Sie kommt wohl erst zur Ruhe, wenn wir den Täter haben«, sagte er.

»Das Mädel hat Angst, dass es sein Vater gewesen sein könnte. Ist das nicht schrecklich?«

Darauf wusste selbst Meißner keine Antwort. »Hatte Ihre Schwester eigentlich außer zu Viktor Grünberg noch andere Kontakte zu Theaterleuten?«

»Sie ist immer viel ins Theater gegangen, am häufigsten, als er hier das Engagement hatte. Das hat ihr viel bedeutet. Aber sie hatte bestimmt auch andere Kontakte neben Viktor. Haben Sie mit ihm gesprochen?«

»Habe ich.«

»Und?«

»Er ist zusammengebrochen, als ich ihm vom Tod Ihrer Schwester erzählt habe. Ich hatte den Eindruck, dass er immer noch sehr viel für sie empfunden hat.«

»Ja, er hing sehr an ihr. Ich weiß gar nicht, wieso die beiden nicht zusammengeblieben sind.«

»Hat Ihre Schwester eigentlich mal selbst auf der Bühne gestanden?«

Es war einer dieser Gedanken, die ohne Vorbereitung und Anstoß von außen von irgendwoher kamen und sich aus eigener Kraft Raum verschafften. Mit einem Kribbeln im Magen wartete Meißner auf die Antwort.

»Ja, sie hatte mal eine kleine Nebenrolle. Warten Sie mal ... Ich glaube, es war in dem Fleißer-Stück ›Pioniere in Ingolstadt‹. Oder war es doch ›Fegefeuer in Ingolstadt‹? Egal, es war wie gesagt nur eine kleine Rolle, aber sie war sehr stolz darauf, dass man sie überhaupt gefragt hatte. Und es hat ihr sehr viel Spaß gemacht. Ich glaube, es hätte ihre nächste Leidenschaft werden können.«

»Wann war das?«

»Dieses Jahr. Im Frühjahr oder im Frühsommer. Mai, Juni etwa. Wieso?«

»Hat sie in dieser Zeit von einem Mann, einer Bekanntschaft vom Theater erzählt, von einem väterlichen Freund, einem etwas älteren Mann?«

»Ich glaube nicht, aber sie hat mir auch nicht von jedem erzählt, mit dem sie mal ausgegangen ist. Ich bin da auch etwas konservativer eingestellt. Mein Leben verläuft in ruhigeren Bahnen als ihres verlaufen ist. Vor allem im letzten Jahr.«

Sie machte eine Pause, als wolle sie dem nachspüren, was sie eben gesagt hatte. Das bewegte Leben ihrer Schwester, jetzt war es aus und vorbei. Warum?

Während des Telefonats hatte ihm Marlu einen Zettel hingelegt: »Intendant Martin Hahn, Festsaalverwalter Walter Lorenz«, darunter standen mehrere Telefonnummern zur Auswahl.

Meißner informierte den Intendanten über die Aktion, von der er selbst noch keine rechte Vorstellung hatte, versprach ihm aber, möglichst wenig Aufsehen zu erregen und diskret vorzugehen. Einen Verzicht auf den Einsatz von Schusswaffen konnte er allerdings nicht gewährleisten. Er konnte seine Leute ja nicht unbewaffnet da reinschicken.

»Sie dürfen weder die Vorstellung stören noch jemanden aus dem Ensemble oder dem Publikum gefährden.«

Meißner seufzte. Das wusste er selbst, schließlich waren sie keine Anfänger.

Er trat ans Fenster und sah auf den Hof hinaus. Sein Blick fiel auf das ramponierte Heck von einem dunkelblauen A 4 mit ausgeschlagenen Rückscheinwerfern, den er etwas verwundert als seinen eigenen identifizierte. Noch einmal hatte er das Bild der blonden Schwangeren auf dem Fahrrad vor Augen, die sich nach dem Abbiegen erschrocken nach ihm umdrehte. Carola, dachte er, wessen Kind fährst du da eigentlich durch die spätsommerliche Stadt?

Er ging an den Computer und rief die Website des Ingolstädter Theaters auf. Das einzige Fleißer-Stück, das auf dem diesjährigen Spielplan stand, hieß »Der starke Stamm«. Es war von April bis Anfang Juli gespielt worden.

Er sah sich die Liste der Mitwirkenden und die dazugehörigen Fotos an. Es waren einige Schauspieler um die fünfzig und älter dabei, grau meliert, grau- oder weißhaarig. Keiner von ihnen trug eine schwarze Brille, aber nicht jeder hatte ein Bild von sich eingestellt. Er las sich das Rollenbuch jedes Einzelnen durch und fand drei, die auch in »Emilia Galotti« auftraten. Von dem einen gab es kein Foto, der zweite, der den Prinzen spielte, war zu jung, aber der dritte, Emilias Vater, verursachte wieder dieses Kribbeln in Meißners Bauch, da, wo seine polizeilichen Instinkte beheimatet waren. Der Mann hieß Gunter Naum und war vielleicht Anfang fünfzig. Im Fleißer-Stück hatte er den »Metzgerjackl« gespielt. Einen Wiener.

Meißner sah auf die Uhr. Sechzehn Uhr zehn. Er ging hinüber zu Marlu, aber sie telefonierte. Als er mit zwei Bechern Kaffee vom Automaten zurückkam, hatte sie aufgelegt.

»Frau Reim ist gerade dabei, die Liste zu erstellen. Sie verlangt aber, dass wir die Infos streng vertraulich behandeln. Sie ackert wie eine Wilde.« Marlu stand auf und nahm ihm einen Becher aus der Hand.

»Was ist denn mit dir los?«, fragte sie. »Du verschüttest noch den ganzen Kaffee, wenn du nicht mit dem nervösen Fußwippen aufhörst.«

»Komm mit«, sagte er und lief voraus.

In seinem Büro zeigte er auf den Bildschirm. Marlu sah das markante Gesicht eines grau melierten und intellektuell wirkenden Herrn. Er hätte BWL-Dozent an der FH oder ein Kollege ihres Vaters sein können, der Dozent an der Wirtschafts-Uni Eichstätt-Ingolstadt war.

»Ich glaube, dass das unser Spieler ist, mit dem du heute Bekanntschaft machen wirst.«

»Vorausgesetzt, er reißt mir nicht gleich den Kopf ab, wenn er merkt, dass ich nicht die bin, die er erwartet hat. Bist du dir sicher?«

»Er könnte es sein.«

»Wie kommst du darauf?«

Als er ihr alles erzählt hatte, sagte sie kurz und knapp: »Genial, Herr Hauptkommissar.«

»Es ist nur eine Hypothese.«

»Aber dein Instinkt sagt, dass es mehr ist, und meiner ganz spontan auch.«

»Na dann. Was hältst du davon, wenn ich dich noch auf einen Lammspieß in den ›Ölbaum‹ einlade und anschließend zum Einkleiden nach Hause fahre?«

»›Ölbaum‹? Kenn ich gar nicht. Gibt's den schon länger?« Sie trank ihren Kaffee aus und ging in ihr Büro zurück.

Meißner druckte noch das Foto des Schauspielers aus und fuhr den Computer runter. Dann holte er Marlu ab und fuhr mit ihr zum Taschenturm, wo er wie üblich den Wagen abstellte.

Meißner kannte die Speisekarte praktisch auswendig und konnte sogar eine Empfehlung aussprechen. Das machte sich gut, fand er. Und auf die spanische Köchin im »Ölbaum« war schließlich immer Verlass. Marlu schien das Lokal in seiner Schlichtheit zu gefallen. Sie war noch nie hier gewesen. Irgendwie war doch jeder Bewohner seiner eigenen kleinen Insel und bewegte sich im immer gleichen Dunstkreis um dieses Fleckchen Erde herum. Sogar in einer Stadt wie Ingolstadt, die nicht gerade zu den unüberschaubaren Metropolen dieser Welt zählte. Der Wirt, der ein stiller Mann war, und seine ehrliche Köchin hätten allerdings ein paar Gäste mehr gut vertragen können. Die Männer an der Theke, die hier ihr Nordbräu-Bier tranken, machten den Braten bestimmt nicht fett.

»Lass mich raten, warum du genau hierher zum Essen kommst«, sagte Marlu plötzlich. »Weil es schlicht eingerichtet ist, funktional und nicht verschnörkelt oder verkitscht?«

Meißner nickte amüsiert.

»Weil es hier nicht laut und überfüllt ist. Weil man hier auch ganz gut alleine sitzen und vor sich hin sinnieren kann?«

Er fühlte sich ertappt und überlegte, ob ihre Vermutungen eventuell unangenehm für ihn enden könnten.

»Weil man mitten in Ingolstadt sitzt und sich ganz woanders hinträumen kann?«

Langsam wurde sie ihm unheimlich.

»Noch etwas?«, fragte er unsicher.

»Ja«, sagte sie, »und weil die Speisen und Getränke alle auf eine einseitige DIN-A5-Speisekarte mit leerer Rückseite passen und somit die Qual der Wahl entfällt.«

»Ich fühle mich total durchschaut«, sagte er.

»Keine Angst«, lachte sie. »Im Grunde weiß ich gar nichts von dir.«

Es wurde Zeit, zu Marlus Wohnung in die Sebastianstraße, in der Nähe der Fachhochschule, zu fahren.

»Bei mir ist nicht gerade aufgeräumt«, sagte sie locker, als sie die Wohnungstür aufschloss. »Hab ja nicht gewusst, dass ich heute noch Herrenbesuch bekomme.«

Es war eine kleine Wohnung. Auf dem Küchentisch stand noch das Frühstücksgeschirr und darüber lag die achtlos zusammengelegte Tageszeitung, was ihr nicht im Geringsten etwas auszumachen schien. Vielleicht ist mein eigentliches Problem ja nicht die Unordnung, dachte er, sondern das Aufheben, das ich darum mache. Vielleicht muss ich einfach lernen, souveräner damit umzugehen. Vielleicht hat es ja auch etwas mit dem Alter zu tun. Jungen Menschen gesteht man ihre Unordnung eher zu als älteren. Eigentlich diskriminierend.

Als Marieluise im Schlafzimmer verschwunden war, öffnete er die Tür zum Balkon, der auf den Innenhof hinausging. Sie waren mitten in der Stadt, und von der Stadtmauer wie auch vom »Graben« umschlossen, der den Altstadtkern wie ein Ring nach Norden hin begrenzte. Es war kein Verkehrslärm zu hören. Hinter den modernen Wohngebäuden um den Innenhof herum war sogar der Turm der Sebastianskirche zu sehen. Die Kombination von Alt und Neu hatte durchaus ihren Reiz, aber Meißner wusste nicht recht, ob er sie schön finden sollte. In der Altstadt zu wohnen, hatte er sich idyllischer vorgestellt. Es gab Wohnungen, die direkt in die Stadtmauer hineingebaut waren und über kleine Gärten verfügten. Sogar die ehemaligen Wehrtürme waren mittlerweile bewohnt. Marlus Wohnlage hingegen war historisch nicht unversehrt. Hier, wie an mehreren anderen Stellen der Innenstadt, war viel abgerissen und neu gebaut worden. Manches ging auf das Konto des Krieges, aber nicht alles. Einige Gebäude wie etwa das Neue Rathaus waren unverzeihliche Bausünden der sechziger Jahre, als den Architekten und Planern kurzfristig der Sinn und das Gespür für Geschichte abhandengekommen war. Der Hauptkommissar ging wieder zurück in die Küche und wartete dort auf Marlu.

Eigentlich waren diese kleinen, zweckmäßigen Singlewohnungen ja deprimierend. Schon für einen einzelnen Gast, der länger als eine Nacht blieb, waren sie zu eng. Jeder pendelte sich in ihnen auf seine eigene kleine Welt ein. Man gewöhnte sich an die eigene Ordnung oder Unordnung und gab dem Ganzen damit einen Sinn. Der Gedanke, dass hier eine zweite Person länger als fünf Tage wohnen würde, verursachte nichts als Panik. Es war eine perfekte kleine, abgezirkelte Welt. Hier gab es keinen Raum für Austausch, dies hier war eher ein Ort für den Rückzug, und die breiten Betten blieben meist uneingelöste Versprechen.

Aus dem Augenwinkel sah er Marlu vom Schlafzimmer ins Badezimmer gehen. Sie hatte die Tür offen gelassen, und er warf einen kurzen Blick auf ihr circa ein Meter vierzig breites Singlebett. Es war ungemacht, was ihn schon nicht mehr überraschte.

Er hätte sich jetzt einbilden können, dass er heute Abend mit dieser jungen attraktiven Frau ins Theater ging. Der Gedanke gefiel ihm. Er war jahrhundertelang nicht mehr im Theater gewesen, und das gar nicht einmal absichtlich. Es war einfach so passiert. Wie so vieles im Leben geschieht oder nicht geschieht, ganz ohne eigenes Zutun. Wenn man jung war, dachte man, man wäre der Steuermann auf der Brücke, der immer als Erster das Land am Horizont entdeckt. Später beschlich einen dann gelegentlich das Gefühl, als sei man in den Maschinenraum abgestiegen, um dort unten mehr oder weniger freudlos seine Arbeit zu verrichten. Gott sei Dank hatte er einen immer wieder spannenden Beruf, tolle Kollegen und noch sympathischere Kolleginnen.

Er merkte, dass Marlu wieder ins Zimmer getreten war, und starrte sie an wie eine Erscheinung aus einer anderen Welt.

Sie trug ein ärmelloses rotes Kleid mit einem Volantsaum, der ihre Knie berührte und vorne in einem Schlitz bis zur Mitte der Oberschenkel hinaufwanderte. Auch am tiefen Ausschnitt flatterten kokett Volantrüschen, die auf jeden Fall mehr herzeigten als versteckten. Marlu streckte die Arme zur Seite und drehte sich auf den hohen Absätzen ihrer schwarzen Pumps einmal um die eigene Achse.

»Wow! Du siehst fantastisch aus.« Meißner räusperte sich.

»Hab ich mir mal für eine Tango-Milonga gekauft, zu der ich dann nie hingegangen bin.«

»Warum nicht?«

»Weil mir kurz vorher mein Partner verlorengegangen ist. Kannst du Tango tanzen?« Sie streckte die Arme nach ihm aus.

»Nicht einmal im Traum«, sagte er. »Leider.«

»Ja, genau das ist das Problem«, sagte Marlu. »Es gibt einfach zu wenige Männer, die Tango tanzen können. Zumindest bei uns.«

»Die Finnen sollen ja gute Tangotänzer sein.«

»Das hilft mir im Moment auch nicht weiter.«

Marlu ging noch einmal ins Schlafzimmer und kam mit einer dunklen Lockenpracht zurück.

»Ist das nicht ein bisschen zu üppig?«, fragte er.

»Ich kann die Haare ja hochstecken, dann tragen sie auch nicht so auf.«

»Und ich sehe neben dir aus wie dein Chauffeur«, sagte Meißner, der eine schwarze Jeans, ein beiges Hemd und eine Wildlederjacke trug. »Oder wie dein Vater.«

»Nein«, lachte sie, »mein Papa sieht ganz anders aus als du. Er hat ungefähr meine Größe, dafür aber zwanzig Kilo mehr auf den Rippen. Und er würde sich freuen, wenn er noch so viele Haare auf dem Kopf hätte wie du. Färbst du die eigentlich?«

Er fand die Frage indiskret.

»Mein Spezialshampoo heißt ›Renature‹. Die Wirkungsweise ist ein bisschen kompliziert. Ich kann dir das gern mal genauer erklären, aber als Färben würde ich das auf keinen Fall bezeichnen«, behauptete er.

Sie lachte.

Er konnte nicht anders, als sie anzustarren. Sie bemerkte seinen Blick, der auf ihren Brüsten lag.

»Genau das ist das Problem bei diesem Kleid«, sagte sie. »Ich kann keinen BH darunter anziehen, die Träger würden rausschauen, und der Ausschnitt ist zu weit.«

»Und wo ist das Problem dabei?«, hörte Meißner sich mit einer fremd klingenden Stimme fragen, während in seinem Kopf gleichzeitig ein paar Alarmsirenen ansprangen. Doch als er die Hand hob und mit der Spitze des rechten Zeigefingers die Rundung ihrer Brust nachzeichnete, wurden die Sirenen leiser und leiser, und irgendwann vernahm er nur noch ein leises, fast zärtliches Geheul wie von sehr weit her. Sie beugte sich ein wenig vor und kam ihm mit ihrem Oberkörper entgegen. Als er die harte Spitze ihre Brust berührte, seufzte sie. Sie drehte sich um, und er spürte, wie sie ihren Po an ihn drängte. Er schlang die Arme um sie und fasste ihre Brüste mit beiden Händen. Dann war Schluss mit allen Kopfgeräuschen, und er hörte, roch und spürte nur noch sie und wollte auch gar nichts mehr darüber hinaus wahrnehmen.

Sie liebten sich kurz und heftig. Als er aus dem Taumel wieder erwachte, war ihm fast übel von dieser unerwartet heftigen Leidenschaft. Einen Moment lang fühlte er sich ganz schwach. Ein unangenehmes Gefühl, dass er für alles, was auf diesen kurzen Kontrollverlust folgen würde, geradestehen musste, machte sich in ihm breit. Es war ihm peinlich, dass er seinem Hormonansturm nichts entgegenzusetzen gehabt hatte.

Marlu verschwand wortlos im Bad, während Meißner sich anzog und das Gesicht unter den Wasserhahn in der Küche hielt. Er ging ins Badezimmer, als sie fertig war. Sie sahen sich verlegen an. Wie sollte es jetzt weitergehen? Würde es überhaupt weitergehen?

Es war schon fast sieben, und sie mussten sich beeilen. Sie stellten das Auto in der Tiefgarage des Theaters ab. Marlu warf noch einen Blick in den Spiegel und zog sich die Lippen nach. Er beobachtete sie dabei und war im Grunde noch nicht wieder in dieser Realität angekommen. Diese Frau mit der dunklen Mähne und dem sexy Tangokleid: War das überhaupt seine Kollegin Marieluise Rosner? Sie war es und war es aufgrund ihrer Verkleidung doch nicht so ganz. »Unschuldig, Eurer Ehren«, das war es, was er für sich so dahinfantasierte. Eine seltsame Scheu hatte sie beide ergriffen.

»Los jetzt«, sagte er und strich ihr eine Strähne des falschen Haares aus der Stirn. Er wusste gar nicht, woher er diese Ruhe nahm.

Sie schien ein bisschen erschrocken über seine Gelassenheit. Vielleicht dachte sie ja, er sei tatsächlich so cool und routiniert? Traute sie ihm das zu?

»Keine Angst, Marlu. Du schaffst das. Und ich werde dich nicht aus den Augen lassen.«

Marlu stieg aus und verschwand in dem Gang der Tiefgarage, der direkt ins Theaterfoyer hinaufführte. An der Kasse war tatsächlich eine Karte auf den Namen Roxanne Stein hinterlegt und bezahlt worden. Reihe 6, Platz 26.

Sie sah sich im Foyer um, das noch ziemlich leer war, kaufte sich ein Programmheft, setzte sich in einen der braunen Sessel und versank fast ganz darin. Sie wollte ihre private Verwirrung für die nächsten zwei, drei Stunden vergessen, schließlich musste sie ihre Arbeit tun. Über alles andere würde sie hinterher nachdenken können, redete sie sich ein.

Während sie im Programm blätterte, sah sie sich möglichst unauffällig im Foyer um. Sie rechnete nicht damit, dass der Schauspieler, wenn er denn überhaupt ihr »Spieler« war, ihr die Vorstellung vorenthalten und schon jetzt mit ihr in Kontakt treten würde. Wenn er den Schwindel nicht sowieso schon durchschaut und seine Aktion längst abgebrochen hatte.

Weiter unten, im Kassenraum, stand Meißner mit Fischer und Holler. Holler trug eine grau-schwarze Anzugkombination mit weißem Hemd. Fischer hingegen hielt nichts davon, möglichst unauffällig auszusehen. Sein Nadelstreifenanzug war dunkelbraun und ziemlich eng, doch das gelbgrundige Hemd mit Retromuster war noch einen Tick schriller. Eine wandelnde Psychedelic-Tapete aus den siebziger Jahren. Fehlten nur noch Rüschenkragen und Goldknöpfe. Oder Plateausohlen. Fischer wirkte wie der völlig aus der Art geschlagene Sohn oder kleine Bruder einer seiner beiden Begleiter – oder auch wie deren Intimpartner.

Marieluise versuchte irgendetwas von dem, was sie im Programm las, aufzunehmen, aber ihre Konzentration reichte nicht aus, um einen Satz von Anfang bis Ende zu erfassen. Sie musste daran denken, was vorhin in ihrer Wohnung passiert war. Stefan war ein ziemlich attraktiver Mann, das hatte sie nicht erst heute bemerkt. Aber heute war ihr sein schmales Gesicht mit den dunklen Brauen und den graublauen Augen so nahe gekommen, dass sie es mit ihren Fingern und Lippen berührt hatte.

Als sie auf einem Szenenfoto Gunter Naum erkannte, brachte das ihre Gedanken zurück zum Theater, zu ihrem Auftrag. Er war mittelgroß und wirkte schmächtig. Vergeistigt, hätte man auch sagen können, aber vielleicht lag das auch nur an der Rolle. Jedenfalls sah er nicht im Mindesten aus wie ein Mörder. Stefan hatte die Weisung »Zugriff auf jeden Fall« ausgegeben. Naum war im Moment ihr Hauptverdächtiger, und die Aktion war sowohl mit dem Chef als auch mit dem Ermittlungsrichter abgesprochen. Sie würden ihn auf jeden Fall nach der Vorstellung zur Vernehmung mit ins Präsidium nehmen und dortbehalten, wenn er kein wasserdichtes Alibi vorweisen konnte.

Als der Gong ertönte, hatte sich das Foyer gefüllt. Viele Jugendliche waren im Publikum, wahrscheinlich aus einem der Ingolstädter Gymnasien. Leistungskurs Deutsch. Hoffentlich war ihre Mutter nicht als Lehrerin dabei. Marlu war sicher, dass sie ihre Tochter trotz der Maskerade sofort erkennen würde – und dass sie ihren Mund nicht würde halten können.

Die meisten Jugendlichen trugen Jeans und T-Shirt, wenn auch nicht unbedingt die Gammelsorte. Auf der Toilette sah Marlu, wie die Mädchen sich prüfend vor den großen Spiegelwänden im Waschraum beäugten. In diesem Alter war alles so wichtig: der richtige Sitz der Hüfthose, das enge Oberteil, das knapp über dem Bund endete, Frisur und Make-up, die auf keinen Fall nach Frisur und Make-up aussehen durften.

Hoffentlich erkennt mich keiner, dachte Marlu. Es wäre unmöglich gewesen, eine halbwegs vernünftige Erklärung für ihren Aufzug – vor allem für die Perücke – abzugeben. Sie betrat den Theatersaal über den linken Eingang und nahm ihren Platz ein. Reihe 6, Platz 26 lag relativ mittig. Die Reihen des Zuschauerraums waren ansteigend, sodass die Sicht eigentlich von jedem Platz aus gut war. Sie war froh, nicht ganz vorne zu sitzen und ein wenig Deckung zu haben. Sie schaute sich in dem schmucklosen Sechziger-Jahre-Bau um, ohne einzelne Personen aus dem Publikum genauer zu fixieren. Nur nicht auffallen. Die Betongalerie war unbesetzt. Stefan und die Kollegen waren nirgendwo zu sehen. Marlu bekam plötzlich so starkes Lampenfieber, als hätte sie selbst gleich einen Auftritt.

Die Bühne war zum Greifen nah. Als Zuschauer fühlte man sich, als befände man sich zusammen mit den Schauspielern mitten im Stück, auf einer Ebene mit dem Spiel und den Spielenden.

Die Bühne, eingespannt zwischen den rohen Sichtbetonwänden, glich einer Festung aus Acryl. Den Hintergrund bildete eine etwa vier Meter hohe Wand, die aus großen weißen Plastikquadern zusammengesetzt war. Dazwischen gab es schmale Durchgänge aus transparentem Acrylglas: das Atelier des Malers Conti, bei dem der Prinz von Guastalla ein Porträt seiner Geliebten, der Gräfin von Orsini, in Auftrag gegeben hatte: Das war es, was Marlu im Programmheft nachgelesen hatte. Der Auftrag für das Porträt liegt drei Monate zurück, und mittlerweile steht die schöne Gräfin nicht mehr in der Gunst des Prinzen an erster Stelle. Sein Herz gehört einer anderen: Emilia Galotti. Auch von ihr hat der Maler zufällig ein Porträt angefertigt, und als der Prinz das Bild entdeckt, entbrennen seine Gefühle und mit ihnen der Wunsch, die junge Frau zu besitzen, die bald verheiratet werden soll. Die strengen Regeln von Moral und Ehre gelten für ihn, den Mächtigsten in diesem Spiel, nicht. Leichtfüßig setzt er sich über sie hinweg und lässt Emilia entführen. Mit Hilfe einer List lockt er sie in sein Lustschloss, wobei ihm jedes Mittel recht ist. Auch als bei der Entführung der zukünftige Ehemann Emilias den Tod findet, wankt Guastalla nicht. Der Erfolg seiner Verführungsstrategie ist nicht sicher, erscheint jedoch möglich und greifbar.

Im ersten Teil des Stückes war Gunter Naum als Emilias Vater nur kurz zu sehen. Marlu hielt den Atem an, als er die Bühne betrat. Was für ein Zeichen würde er ihr geben? Verdammt, darüber hatte sich keiner von ihnen Gedanken gemacht. Dazu gab es keine einzige Hypothese.

Vorsichtig sah sie sich um. Rechts außen, nahe am Eingang, machte sie Holler ausfindig. Stefan und Elmar Fischer konnte sie nicht entdecken. Vielleicht hatten sie sich ja oben auf der Galerie bei den Beleuchtern postiert.

Auf der Bühne wirkte Gunter Naum überhaupt nicht wie einer, der Roxanne Stein die gelben krakeligen Briefe geschrieben haben könnte. Doch natürlich konnte es auch die Rolle des gestrengen Vaters und Wächters der Ehre seiner Tochter sein, die ihn so starr und unnahbar erscheinen ließ. Sein Auftritt war kurz. Er bezichtigte seine Gattin, ihre Aufsichtspflicht gegenüber der Tochter vernachlässigt zu haben, indem sie sie allein in die Messe gehen ließ, wo der Prinz sich ihr in ungebührlicher Weise genähert hatte. In seiner Rolle wirkte Naum altmodisch, hölzern, richtig unsympathisch, und sosehr Marlu auch aufpasste, sie konnte kein noch so unscheinbares Zeichen erkennen. Er sah noch nicht einmal in ihre Richtung oder überhaupt in Richtung des Zuschauerraumes.

Als Meißner in der Pause ins Foyer kam, stand Marlu in der Schlange vor der Bar und kam schließlich mit einem Glas Sekt zurück. Sie stellte sich an einen der Stehtische. Als er hinter ihr vorbeiging, flüsterte er ihr zu: »Du bist im Dienst – auch wenn du nicht danach aussiehst.«

Er selbst ging in den Kassenraum hinunter und blätterte in einer Theaterzeitschrift herum. Sie folgte ihm an ihrem Sektglas nippend.

»Und?«, fragte Meißner. »Hast du irgendetwas bemerkt?«

»Nichts«, sagte sie. »Wo versteckt ihr euch?«

»Oben auf der Galerie. Wir haben alles im Blick. Er hat seinen großen Auftritt erst am Ende des Stückes.«

»Hast du mal überlegt, was das für ein Zeichen sein könnte, das er mir geben will?«

»Da fällt mir leider nichts Originelles ein«, sagte Meißner. »Bin halt eher der fantasielose Typ. Bulle eben. Aber dafür weiß ich, dass ich ihn kriegen werde, egal wo, und wenn nötig am Hinterausgang. Fischer wird ihn dort abfangen, wenn er aus irgendeinem Grund auf deine Gesellschaft verzichten und lieber morgen ein gelbes Briefchen mit falschherum aufgeklebter Marke verschicken möchte.«

»Na, na«, sagte Marieluise. »Solange wir nichts gegen ihn in der Hand haben, solltest du ein wenig zuvorkommender mit ihm umgehen. Was hast du so plötzlich gegen ihn?«

»Ich bin nervös. Und ich fühle mich von ihm zum Narren gehalten. Es juckt mich regelrecht in den Fingern, die Schere zu zücken und dem Puppenspieler die Fäden durchzuschneiden, an denen er seine Marionetten aufgehängt hat.«

»Spielverderber.«

Sie hätte ihn gerne berührt, aber das ging nicht. Würde es überhaupt irgendwann gehen? Marieluise stöckelte zurück zu den Tischen und stellte ihr leeres Glas ab, bevor sie wieder ihren Sitzplatz ansteuerte.

Im zweiten Teil des Stückes hatte Gunter Naum seinen wichtigeren Auftritt. Der Vater, der die Unschuld seiner Tochter verloren glaubt, nachdem ihn die Gräfin über die wahren Zusammenhänge ihres Aufenthalts auf dem fürstlichen Lustschloss in Kenntnis setzt, stopft sich verzweifelt die Messer aus dem Besitz der mordlustigen Gräfin in seine Manteltaschen. In dem Augenblick, als seine Verwirrung den Höhepunkt erreicht und er sich zu dem grausamen Entschluss durchringt, seine Tochter zu töten, um ihr weitere Schmach zu ersparen, hielt Naum inne und blieb stumm, dem Publikum zugewandt, stehen. Marlu erstarrte, als sie seinen Blick auf sich ruhen spürte. Genau in diesem Augenblick schwebte etwas von der Decke auf die Bühne. Wie die Lichtspur einer verglühenden Sternschnuppe sank ein kleiner weißer Punkt im Scheinwerferlicht auf den Bühnenboden. Ein Papierschnipsel, der von sich aus zu leuchten schien?

Die Zuschauer folgten noch der Bahn des Lichtpunktes mit den Augen, als in die Stille hinein Emilia auf der Bühne erschien. Der Vater stürzt sich auf sie. Umarmt sie. Will er sie töten? Sie spricht zu ihm, und er erkennt, dass ihre Ehre noch nicht verloren ist. Er ist glücklich, die schreckliche Tat nicht begehen zu müssen, und umfängt seine Tochter, hinter ihr stehend, den Dolch noch in seiner Hand. Doch Emilia, aus Angst, der Verführung durch den Prinzen nicht widerstehen zu können, packt seine Hand und stößt sich den Dolch in den Leib. Der Vater wiegt sein totes Kind noch im Arm, als das Licht schon erloschen ist.

Höflicher, gemäßigter Applaus. Das Publikum, die jungen Leute, schienen ein wenig schockiert zu sein. Der Schluss wirkte wenig zeitgemäß und erfüllte doch seinen Zweck. Er rüttelte wach, er verstörte. Naum kam noch zweimal auf die Bühne, verbeugte sich, sah noch mal in Marlus Richtung.

Der Applaus verebbte, und die Zuschauer verließen durch die beiden Seitenausgänge den Saal. Marlu beeilte sich nicht. Naum musste sich umziehen, vielleicht noch duschen. Die Menschen drängten sich im Foyer an ihr vorbei Richtung Ausgang. Vor der jetzt geschlossenen Kasse blieb sie stehen. Holler wartete am Ausgang, Stefan im Gang zu den Toiletten. Sie zog eine Packung Zigaretten aus der Tasche, rote Gauloises, die sie in Roxannes Wohnung liegen gesehen hatte, und zündete sich eine an. Sie schmeckte grässlich, aber sie beruhigte doch ein wenig. Mit dem Blick Richtung Kasse rauchte sie ihre Zigarette zu Ende. Als sie sie im Aschenbecher ausdrückte, sah sie aus den Augenwinkeln einen Mann durch das nun fast leere Foyer auf sie zukommen. Hoffentlich hatten ihre Kollegen ihn bemerkt.

»Meine Schöne«, sagte Emilia Galottis Vater in leichtem Wiener Tonfall. »Sie sind also gekommen!«

Marlu drehte sich zu ihm um.

»Wer sind Sie?«, fragte er erstaunt.

»*Game over*, Herr Naum.« Meißner stand mit entsicherter Pistole hinter ihm.

»Was wollen Sie von mir?«

Holler war schon bei ihm und durchsuchte ihn nach Waffen. Nichts.

»Kommen Sie bitte mit«, sagte Meißner und ließ seine Pistole wieder verschwinden. Marieluise drückte er seinen Autoschlüssel in die Hand.

»Du willst dich sicher umziehen.« Er sah sie kaum an, ganz Kriminalbeamter.

Naum protestierte, als Holler ihm die schriftliche Vorladung zur Vernehmung unter die Nase hielt.

»Jetzt hören Sie mal. Sie behandeln mich ja wie einen Schwerverbrecher. Wollen Sie mir nicht endlich sagen, was los ist? Was werfen Sie mir denn überhaupt vor? Was habe ich denn angestellt? Und was sollte diese Maskerade?«

Meißner hatte keine Lust zu antworten. Er war nur froh, dass sie ihn nun endlich hatten.

»So reden Sie doch gefälligst mit mir! Kann ich nicht eine Erklärung verlangen, wenn ich als unbescholtener Bürger einfach festgenommen werde?«

»Sie sind nicht festgenommen, wenigstens vorläufig. Wir laden Sie nur zur Vernehmung ins Präsidium vor.«

»Aber Sie müssen mir doch den Grund nennen!«

»Nein, das muss ich im Augenblick nicht. Ich muss Sie nur ins Präsidium mitnehmen. Aber ich kann auch andere Maßnahmen ergreifen, wenn Sie sich weigern mitzukommen.«

»Ich weigere mich doch nicht. Ich will nur den Grund wissen.«

»Den werden Sie noch früh genug erfahren. Haben Sie ein wenig Geduld.«

»Geduld? Na, hören Sie mal! Wir leben doch in einem freien Land, oder? In einer Demokratie, nicht wahr? Das, was Sie hier anstellen, nenne ich pure Willkür.«

»Nennen Sie es, wie Sie wollen«, meinte Meißner trocken.

Naum stieß einen Fluch auf Wienerisch aus, den Meißner nicht verstand. Immerhin hielt er danach den Mund, was Meißner als Wohltat empfand. Sie gaben Fischer Bescheid und fuhren dann ins Präsidium.

Meißner überließ es seinem jungen Kollegen, Gunter Naums Personalien festzustellen, während Holler sich um den Kaffee kümmerte.

»Und nun?«, fragte Naum.

»Nun warten wir, bis meine geschätzte Kollegin zurückkommt.«

»Nur nichts überstürzen, wie?«

Meißner blätterte in seinen Unterlagen, als Holler mit drei Bechern Kaffee zurückkam. Naum lehnte ab.

Nach einer Viertelstunde einmütigen Schweigens tauchte Marlu auf. Ohne Perücke und in bequemen Schuhen, Jeans und Pullover. Sie sah auch so nicht unattraktiv aus, aber Meißner wusste, dass in diesem Outfit rein gar nichts zwischen ihnen passiert wäre.

»Was sollte die Kostümierung?«, wandte sich Naum an Marlu.

»Können wir uns zuerst einmal darauf einigen, dass wir hier die Fragen stellen?«, fragte Meißner.

»Na, dann schießen Sie doch endlich los.«

»Herr Naum, wo waren Sie am Dienstagnachmittag zwischen vierzehn und sechzehn Uhr?«

»Am Dienstag? Zu Hause wahrscheinlich. Abends hatten wir Probe.«

»Waren Sie allein?«

»Ja.«

»Und am Montag, am späten Nachmittag, so gegen neunzehn Uhr?«

»Montagabend? Da bin ich spazieren gegangen.«

»Wo?«

»Was heißt hier ›wo‹? Irgendwo draußen natürlich.«

»Ich kann Ihnen genau sagen, wo. Am südlichen Stadtrand, an der B 13, kurz vor Unsernherrn.«

Naum schwieg.

»Sie haben auf den Mann von der Gärtnerei gewartet und ihn um einen Zettel aus der Kasse gebeten. Herr Naum, was war das für ein Spiel, das sie da mit Frau Stein gespielt haben?«

»Hat sie sich etwa an die Polizei gewandt?«

»Wann haben Sie Frau Stein zuletzt gesehen?«

»Bis gerade eben dachte ich noch, heute, im Theater, Reihe 6, Platz 26.«

»Es geht auf Mitternacht zu, und ich bin zu müde zum Lachen«, sagte Meißner.

»Gut. Es ist schon länger her, dass ich sie gesehen habe.«

»Sie waren am Dienstagnachmittag nicht in Frau Steins Wohnung?«

»Ich war noch nie in ihrer Wohnung.«

»Aber Sie haben gewusst, wo sie lebt. Sie haben ihr Briefe geschrieben. Zuletzt den vom Montag.«

»Was fragen Sie denn noch, wenn Sie es eh schon wissen? Wo ist Roxanne, warum ist sie heute nicht gekommen?«

»Sie ist tot, Herr Naum. Und Sie stehen unter dem dringenden Verdacht, ihr Mörder zu sein.«

Naum schüttelte den Kopf. »Tot?«, fragte er ungläubig.

»Wie kamen Sie auf die Idee mit der roten Krawatte?«, fragte Holler. »Was war das für ein kranker Einfall?«

»Ein Spiel, nichts weiter.« Naum starrte auf seine Hände, als könnten sie ihm etwas Wichtiges mitteilen. »Warum fragen Sie nach der Krawatte?«, fragte er.

»Frau Stein wurde erdrosselt. Mit eben jener Krawatte.«

Naum schlug die Hände, die er eben noch angestarrt hatte, vors Gesicht.

»Wir brauchen eine DNA-Probe von Ihnen. Bekommen wir sie freiwillig?«, fragte Meißner.

»Was?«

»Wir brauchen einen Abstrich von Ihrer Mundschleimhaut. Tut nicht weh.«

Naum nickte. »Ich habe sie verehrt«, sagte er. »Es war doch alles nur ein Spiel.«

»Ach ja?«, fragte Meißner. »Sieht fast so aus, als hätte Ihr Spiel sie das Leben gekostet.«

Naum ließ sich ohne Widerstand die Speichelprobe abnehmen. Er wirkte auch noch apathisch, als Meißner ihn in eine der Zellen im Untergeschoss brachte.

»Mehr haben Sie uns nicht zu sagen?«, fragte er, als er die Gittertür abschloss.

Naum schüttelte den Kopf und drehte ihm den Rücken zu.

»Und?«, fragte Holler, als der Hauptkommissar in den zweiten Stock zurückkam.

»Jetzt gehen wir erst mal nach Hause«, sagte Meißner. »Und wenn du wissen willst, was ich von ihm halte: gar nichts. Wir warten einfach das Ergebnis der Probe ab, dann wissen wir mit Bestimmtheit mehr.«

»Dann haben wir ihn, oder wir suchen weiter.«

»Genau.«

Meißner bot Marlu an, sie nach Hause zu fahren, aber sie lehnte ab. Sie wollte lieber noch ein paar Meter zu Fuß gehen.

Das ist gescheit von ihr, dachte er. Wer weiß, was sonst noch alles passieren würde.

In seiner Wohnung schenkte er sich ein Glas von dem offenen Toscanella ein. Er schmeckte so bitter, dass er den Schluck, den er genommen hatte, ins Spülbecken spuckte. Er fühlte sich zugleich aufgekratzt und erschöpft. Er hatte ein Bild vor Augen, das er nicht mehr verscheuchen wollte: Er sah seine Hände, wie sie das rote Tangokleid über Marlus Oberschenkel bis zur Hüfte nach oben schoben. Dazu ihre nackten Füße, die in den hochhackigen Schuhen steckten. Und dann fiel ihm auch noch ein, dass sie keinen Slip angehabt hatte. War das wirklich so gewesen? Er drehte den Wasserhahn auf und spülte das Weinglas aus. Nein, sie hatte nichts druntergehabt. Keinen BH, keinen Slip. Er war zu erschöpft, um weiter darüber nachzudenken.

Die Theateraktion war immerhin geglückt. Sie hatten den Spieler. Das Wochenende würde er im Präsidium verbringen, um dort in Ruhe über alles nachdenken zu können, was er angerichtet hatte.

Beim Zähneputzen kam ihm Viktor Grünberg in den Sinn. Sie mussten noch Geduld haben. Ein paar Steinchen in diesem Fall passten nun schon zueinander, aber die meisten fehlten noch immer. Es ergab sich noch kein wirklich vollständiges Bild. Ganz wie im richtigen Leben, dachte er.

Im Bett fiel ihm Carola wieder ein, Carola mit ihrem dicken Bauch. Er neigte dazu, ihr die Verantwortung für ihre Trennung und sein daraus folgendes Alleinleben zuzuschieben, aber ihre Schwangerschaft brachte ihn jetzt völlig aus dem Tritt. Sein Singleleben war Reaktion und Folge ihrer Trennung. Er hatte es sich nicht ausgesucht. Aber ihr Zustand war etwas anderes, etwas Lebendiges, Aktives. Er war neues Handeln. Das Ruder herumzureißen, dem Leben noch einmal eine Wende und eine neue Bedeutung zu geben, das war fast beneidenswert. Sich einzulassen und durchzustarten. War ihm deshalb die Sache mit Marlu passiert?

Carola hatte ihm auf ziemlich schamlose Weise vorgeführt, was das Leben sein konnte, wenn man aufhörte, sich zu verkriechen und wie ein scheckiges Pony im Hippodrom seine immergleichen Runden zu drehen.

Er kroch aus dem Bett und machte sich eine Flasche Burgenländer Welschriesling auf.

Vielleicht hatte sich Roxannes Ehemann ja genauso gefühlt, als sie ihn verlassen hatte. Fast zwanzig Jahre gemeinsames Leben. Und dann fing sie noch einmal von vorne an, noch dazu mit einem neuen Partner. Oder nein, sie hatte nicht von vorne angefangen, sie hatte einfach an einer anderen Stelle wieder eingesetzt und war in eine neue Richtung davongegangen, während er in seinem alten Leben kleben blieb und dort weitermachen musste, wo sie den großen Schnitt gemacht und den Graben gezogen hatte. Er lebte einfach weiter, nur eben jetzt ohne sie. In dem Haus, das sie gemeinsam ausgebaut und bewohnt hatten, mit den

Kindern, die sie gemeinsam gezeugt und großgezogen hatten. Ein Lebensraum, in dem es nun von so vielen blind gewordenen Flecken wimmelte und durch dessen ausgelegte Fangschlingen er stolpern musste. Wie konnte man an einem solchen Ort weiterleben, unter diesen Gegenständen einer gemeinsamen Vergangenheit, die noch ihre Fingerabdrücke trugen, von ihren Vorlieben und Abneigungen sprachen, die stumm waren und doch unaufhörlich von der Vergangenheit erzählten? Was bedeutete es für ihn, dass seine Frau tot war? Dass nun zwischen ihnen für immer alles so bleiben würde, wie es zuletzt gewesen war. Dass es keine Entwicklungen und Veränderungen, keine Annäherungen, nichts Neues mehr geben würde? Dass alle Erinnerungen wie in einem plötzlichen Frost konserviert bleiben würden. So lange er lebte.

Sicher, seine Erinnerungen würden verblassen, er würde sie einsortieren, vielleicht sogar verarbeiten und neue Einsichten gewinnen. Aber er musste all das allein tun. Sie konnte ihm dabei nicht mehr helfen, konnte nichts mehr für ihn tun, selbst wenn sie es gewollt hätte.

Ihr Tod machte für ihn in Wirklichkeit nichts leichter. Vielleicht gab es einige Ausnahmen: Er musste nun seine Rente nicht mehr mit ihr teilen, und das Haus blieb ihm allein. Genauso wie die Kinder, die nun nur mehr seine waren. Aber auch die würden irgendwann weggehen, ihr eigenes Leben leben und nicht mehr wiederkommen.

Meißner stand am Fenster und sah in die Dunkelheit hinaus. Er musste mit Carola reden. Er musste etwas tun. Alles war besser, als hier allein herumzugrübeln.

Er trank sein Glas aus und ging noch einmal ins Badezimmer. Im Spiegel entdeckte er die Ringe unter seinen Augen. Das sah vielleicht interessant aus, machte ihn aber auch nicht jünger. Fünfundvierzig, dachte er und starrte in das Gesicht mit den Kerben zwischen Nase und Mundwinkeln, die immer schärfer wurden. Wie zum Trost strich er sich mit der Hand über das Kinn.

Er wollte noch eine Nacht darüber schlafen und am nächsten

Morgen entscheiden, ob er Carola oder jemand anderen anrufen sollte, mit dem er reden konnte. Eventuell auch über Marlu.

Im Bett schlug er seinen Chandler-Krimi auf. »Der große Schlaf«. Der Titel hatte ihm gefallen, doch als er die Seite mit seinem Lesezeichen aufschlug, konnte er sich weder an die Personen noch an die Handlung erinnern. Nur an den Detektiv mit seinen coolen Sprüchen, an eine verworrene Geschichte mit jeder Menge Leichen und den durchgeknallten Töchtern eines greisen Generals. Er zwang sich zum Weiterlesen, hielt aber nicht weiter als bis zur nächsten Seite durch. Dann löschte er das Licht und versuchte einzuschlafen.

SIEBEN

Als er am Morgen erwachte, erinnerte er sich an ganze Serien von Traumbildern. Mit noch geschlossenen Augen sah er ein Baby vor sich, ein Neugeborenes, das im Wasser schwamm, nein, eher tauchte wie ein Fisch. Es kam Meißner so vor, als kenne er dieses Kind mit den dunklen Haaren. Ein Junge. Er schwamm nicht in einer Badewanne, sondern draußen in einem See voller Pflanzen. Das Kind bewegte seine Ärmchen und Beinchen so schnell und wendig wie Flossen. Es schwamm und tauchte Richtung Ufer und blieb dort zwischen zwei aus dem Wasser ragenden Stängeln hängen. Meißner riss die Augen auf, als er erkannte, worum es sich bei den dünnen Ästchen handelte: Es waren die Beine eines Graureihers, der im flachen Uferbereich stand und mit seinem langen, spitz zulaufenden Schnabel auf das Wasser zielte, genau auf den Kopf des Jungen.

Er sprang aus dem Bett, um das Traumbild abzuschütteln. Als er aus dem Badezimmer kam, klingelte das Telefon. Carola wollte wissen, wie es seinem Auto ging.

»Ach, um das Blech und Glas wird sich die Werkstatt kümmern«, sagte er locker.

»Bin ich daran schuld?«, fragte Carola.

»Eher die Neuigkeit, die du vor dir herträgst. Wie weit bist du denn schon?«

»Sechster Monat.«

»Da hast du aber nicht lange gezögert nach unserer Trennung.«

»So viel Zeit habe ich auch nicht mehr, Stefan.«

»Jedenfalls hast du gestern toll ausgesehen.« Ups, das hatte er eigentlich gar nicht sagen wollen. »Du bist ziemlich erschrocken, als du mich im Auto erkannt hast, oder?«

Sie verneinte.

»Und wer ist der glückliche Vater?«, fragte er schließlich und bildete sich ein, ihren schneller gehenden Atem durch das Telefon zu hören. Sie zögerte mit ihrer Antwort.

»Roland und ich werden heiraten und das Kind gemeinsam aufziehen.«

Es war so, als habe er eine Ohrfeige bekommen. Das Ohr, an das er den Hörer hielt, fühlte sich taub an.

»Und wenn ich der Vater bin?«

»Du könntest es natürlich sein«, gab sie zu, »aber ich kannte Roland damals auch schon.«

»Du hast mit ihm geschlafen, als wir noch zusammen waren?«

»Ja«, sagte sie. »Genau wie du mit dieser, dieser Verkäuferin aus Großmehring.«

»Weiß er es?«, fragte Meißner, der keine Lust hatte, die alten Geschichten aufzuwärmen.

»Ja«, sagte sie knapp.

»Und ich weiß es nur, weil wir uns zufällig in der Stadt begegnet sind. Offenbar habe ich nichts mehr zu sagen.«

»Sag alles, was du willst.«

»Es wird ein Junge. Ich glaube, ich habe heute Nacht von ihm geträumt. Er konnte tauchen wie ein Fisch.«

»Das mit dem Jungen stimmt sogar«, sagte Carola. »Beim letzten Ultraschall habe ich es sehen können.«

Da klingelte sein Handy. Es war Marlu. Er ging kurz ran und versprach, sie gleich zurückzurufen.

»Wie früher«, sagte Carola. »Der Herr Hauptkommissar ist jederzeit im Dienst. Auch sonntags. Wer war es denn dieses Mal? Lass mich raten: vielleicht eine junge Kollegin?«

Obwohl Carola das überhaupt nichts mehr anging, fühlte Meißner sich ertappt. Wieso musste Marlu auch gerade jetzt anrufen, während er mit Carola telefonierte?

»Melde dich mal wieder«, sagte er möglichst ruhig. »Ich möchte, dass wir in Verbindung bleiben.«

»Gut. Dann bleiben wir in Verbindung.«

Er legte auf und machte sich einen doppelten Espresso. Für Cappuccino war er wie immer zu ungeduldig und vor allem zu faul, die Düse des Milchschäumers hinterher wieder sauber zu machen.

Eine halbe Stunde später betrat er das Präsidium. Mit Gunter Naum sei alles in Ordnung, berichtete der diensthabende Beamte. Die Prüfung seiner Personalien hatte nichts Besonderes ergeben. In dem Fall schienen sie es mit lauter unbescholtenen Bürgern zu tun zu haben, jeder von ihnen war ein kriminalistisch unbeschriebenes Blatt. Aber warum machten selbst solche Leute so merkwürdige Sachen wie anonyme Briefe zu schreiben oder sich vor einen Zug zu werfen?

Meißner rief in der Rechtsmedizin in München an, doch Dr. Kern hatte frei.

Es sei schließlich Sonntag, erinnerte ihn der Assistent freundlich und deutete an, dass er schon froh sein müsse, dass der Sonntags- und Feiertagsnotdienst noch nicht gänzlich eingestellt worden sei. Im Zuge der Sparmaßnahmen, so der Assistent, könne das nämlich als Nächstes passieren. Noch leiste man sich diesen Luxus, aber wer weiß, was die Zukunft brächte. Und ja, die DNA-Probe sei angekommen, aber sie werde mit Sicherheit erst morgen untersucht.

Marieluise saß in ihrem Büro am Computer. Wie jung sie war! Wieder hatte sie ihre Haare zu einem Zopf geflochten, mit dem sie zwar immer noch nicht wie die Unschuld vom Lande aussah, aber doch sehr mädchenhaft.

Sie lächelte ihm zu. Ihre braunen Augen hatten bernsteinfarbene Einschlüsse, die ihm vorher noch nie aufgefallen waren. Für einen Moment presste sie die Lippen zusammen, als müsse sie etwas zurückhalten, was herauswollte, aber nicht durfte.

»Hallo«, sagte sie dann nur. Es klang etwas verlegen. »Rebecca Reim hat mir eine erste Liste von den Insassinnen des Frauenhauses seit Juni und, soweit bekannt, ihrer Partner geschickt. Ich bin dabei, das Material auszuwerten und mit unseren Daten abzugleichen.«

»Hast du am Wochenende nichts Besseres vor?«

»Sonntag ist Aufräum- und Putztag«, sagte sie. »Nicht so schlimm, dass der heute ausfällt. Und du?«

Meißner winkte ab. Er fand, dass Sonntage kein wirklich gutes Thema waren, über das es sich lohnen würde, sich zu unterhalten.

Er ließ Naum aus seiner Zelle bringen. Der Schauspieler wirkte sehr ruhig, fast apathisch. Dass er in seiner Wäsche hatte schlafen müssen und sich am Morgen nicht hatte rasieren können, schien ihm gleichgültig zu sein. Er kam ihm weich und widerstandslos vor, also setzte Meißner die Vernehmung vom Vorabend fort.

»Wann haben Sie Frau Stein kennengelernt?

»Im Frühjahr. Sie war die Freundin eines Kollegen.«

»Von Viktor Grünberg.«

»Genau, Viktor. Sie kennen ihn auch?«

»Haben Sie noch Kontakt zu ihm?«

»Nein«, sagte Naum. »Er spielt jetzt an kleineren Theatern in München. Schlägt sich halt so durch.«

»Waren Sie Freunde?«

»Nicht wirklich. Er war nur für eine Saison hier in Ingolstadt.«

»Und was hat Sie als gebürtigen Wiener hierher verschlagen, in die oberbayrische Theaterprovinz?«

»Na ja, mit der Karriere am Burgtheater ist es halt nichts geworden. Irgendwann streckt man sich nach der Decke und nimmt ein festes Engagement an, wenn man es kriegen kann. Und es gibt ja durchaus Schlimmeres als das Ingolstädter ›Öltheater‹. Sie wissen sicher, dass es in den Sechzigern, als es gebaut wurde, wegen des Geldes aus der Erdölindustrie so genannt wurde?«

»Das weiß ich, aber es tut überhaupt nichts zur Sache. Wann haben Sie eigentlich angefangen, Viktor Grünberg die Freundin auszuspannen?«

»Aber gehn S'«, winkte Naum ab. »Wir sind doch alle erwachsen. Wir befinden uns doch nicht auf dem Bazar. Wo leben Sie denn?«

»In Ingolstadt. Genau wie Sie.«

»Roxanne, Frau Stein, hat nicht den Mann fürs Leben gesucht.

Von dem hatte sie sich doch gerade getrennt. Sie wollte leben, sich ausprobieren, Grenzen überschreiten.«

»Im Frühsommer hat sie selbst Theater gespielt. In einem Fleißer-Stück haben Sie zusammen auf der Bühne gestanden.«

»Schau, schau, da haben Sie ja schon brav herumrecherchiert. Ja, während der Proben sind wir uns ein bisschen nähergekommen.«

»Und sie hat Ihnen offenbar gefallen. Aber warum sind Sie dann auf diese umständliche Art der Verführung verfallen, statt sie einfach zu einem Glas Wein einzuladen oder ins Kino?«, fragte der Hauptkommissar.

»Die nächstbeste Methode muss nicht immer die beste sein. Schon gar nicht beim weiblichen Geschlecht. Ich bin Künstler, und ich gebe meine Kreativität nicht an der Theatergarderobe ab. Schon gar nicht an der Ingolstädter Theatergarderobe.«

Arroganter Depp, dachte Meißner.

Marlu ging an der Tür zum Vernehmungsraum vorbei und machte ihm ein Zeichen, dass sie von außen der Vernehmung lauschen würde.

»Hat Frau Stein eine Ahnung gehabt, wer hinter den gelben Briefen steckte?«, fragte Meißner weiter.

»Nein, woher denn? Ich habe nie etwas über mich geschrieben.«

»Aber irgendwann hätten Sie doch ein Treffen arrangiert?«

»Ja, das hätte gestern im Theater stattfinden sollen.«

»Hatten Sie keine Angst, dass sie enttäuscht gewesen wäre?«

»Nein, nicht wirklich. Jedes Spiel ist einmal zu Ende, nicht wahr? Und ich war noch nie ein schlechter Verlierer.«

»Was war es, was Sie dabei angetrieben hat: Liebe?«

»Ach, geh, Herr Kommissar, was für ein großes Wort! Sie war eine attraktive, interessante Frau. Sagen wir mal so: Sie hat meine Neugierde geweckt und meinen Spieltrieb angeregt. Ansonsten bin ich kein Narr, auch wenn das vielleicht Ihr Eindruck von mir sein mag. Ich habe sie nicht umgebracht. Warum hätte ich das tun sollen?«

»Weil sie Ihr Spiel nicht mehr mitmachen wollte?«

»Aber das stimmt doch gar nicht. Sogar die rote Krawatte hat sie sich doch anscheinend gekauft. Jetzt sehen Sie mich halt nicht so an. Wie hätte ich denn wissen können, dass das so ein Ende nimmt?«

»Ich will es Ihnen sagen. Sie haben sie am Dienstag beobachtet. Wie sie in den Laden ging, wie sie herauskam, einen Passanten bat, ihr beim Binden der Krawatte zu helfen, und dabei ihr Diktiergerät einschaltete. Dann sind Sie ihr in ihre Wohnung gefolgt, haben geklingelt. Sie hat aufgemacht und Sie hineingelassen. Sie kannten sich ja noch vom Theater. Dann haben Sie ihr offenbart, dass Sie der Spieler, der anonyme Briefschreiber sind, und sie hat Sie einfach ausgelacht. Sie hat sich über Sie lustig gemacht, Sie abgewiesen. Vielleicht waren Sie ihr zu alt? Sie hat Sie gebeten, ihr keine weiteren Briefe mehr zu schicken. Sie waren verletzt und gekränkt, und da sind Sie durchgedreht, sind auf sie losgegangen und haben sie mit dieser absurden roten Krawatte erdrosselt.«

Naum schüttelte den Kopf. »Der Spieler«, sagte er. »Diesen Namen haben Sie mir gegeben?«

Meißner antwortete nicht.

»Das ehrt mich wirklich«, sagte Naum, »aber mit Ihrem Mordszenario irren Sie sich gewaltig. Ich halte mich an meine Spielregeln. Ich habe sie nicht beobachtet, bin ihr nicht gefolgt und schon gar nicht in ihre Wohnung. Mittags habe ich mir den Wagen von einem Freund ausgeliehen, einen blauen Fiat Punto, Sie erinnern sich? Ich selbst habe nämlich kein Auto. Den Fiat habe ich kurz nach zwölf in der Beckerstraße, schräg gegenüber von Roxannes Haus, dort, wo es zum Altersheim hinübergeht, abgestellt. Mit geöffnetem Fenster auf der Beifahrerseite. Dann bin ich gegangen. Zu Fuß. Ich wohne nur drei Straßen weiter, aber das werden Sie ja auch schon herausgefunden haben.«

»Wann haben Sie das Auto wieder abgeholt?«

»Abends, als es dunkel war. So gegen neun. Ich sah hoch zu den Fenstern ihrer Wohnung, aber es brannte kein Licht.«

»Und dazwischen, am Nachmittag oder früheren Abend, haben Sie nicht nach dem Auto gesehen?«

»Nein, am späteren Nachmittag hatten wir Probe, und ich kam erst kurz vor neun aus dem Theater raus.«

»Und Sie fanden kein Diktiergerät im Auto?«

»Nein.«

»Was haben Sie gedacht?«

»Ich war natürlich enttäuscht. Aber mit der Möglichkeit, dass sie irgendwann keine Lust mehr haben würde, musste ich ja immer rechnen.«

»Und?«

»Nichts und. Ich schrieb ihr einen Brief und schlug ihr ein weiteres Treffen vor. Im Theater. Aber das wissen Sie ja.«

»Sie wollten ihr ein Zeichen geben«, sagte Meißner.

»Haben Sie es nicht gesehen?«, fragte Naum.

»Wie haben Sie es angestellt, dass der Papierschnipsel – oder was es war – von oben auf die Bühne schwebte?«

»Der Beleuchter ist ein guter Freund von mir. Ich hab ihm gesagt, dass ich an der Stelle immer Probleme mit dem Text habe. Das sollte mir auf die Sprünge helfen. Ein schönes Zeichen, oder etwa nicht? Es war übrigens ein dünnes Metallplättchen, kein Papier. Wie eine Schneeflocke, die vom Himmel fällt.«

Meißner fand seinen Narzissmus abstoßend. »Sie bleiben also dabei, dass Sie mit dem Mord an Frau Stein nichts zu tun haben?«, fragte er.

»Nicht das Geringste.«

»Und Sie können sich auch nicht vorstellen, wer es gewesen sein könnte?«

Naum schüttelte den Kopf.

»Bei Ihren Beobachtungen und Vorbereitungen ist Ihnen nichts Seltsames aufgefallen? Kontakte, Begegnungen mit anderen Männern?«

»Ich habe ihr nie nachspioniert, wenn Sie das meinen.«

»Wo ist der Film, den Sie am Montagmorgen aufgenommen haben, an der B 13?«

»In meiner Kamera, die liegt in der Wohnung.«

»In der Schulstraße?«

Naum nickte.

»Den Schlüssel«, forderte Meißner.

»Den haben Sie doch bereits. Genauso wie mein Geld und mein Handy. Hören Sie, wie lange wollen Sie mich hier eigentlich noch festhalten?«

»Sie haben kein Alibi für die Tatzeit. Wir warten noch die Auswertung des DNA-Tests ab.« Damit ließ Meißner Naum in die Zelle zurückbringen.

»Fährst du mit in seine Wohnung?«, fragte er Marlu und kam sich wie ein Trottel vor, als sie ihm einen Korb gab.

»Ich muss erst noch die Liste von Frau Reim durchgehen. Wenn du dann noch dort bist, kann ich ja nachkommen.«

»Was machen eigentlich Fischer und Holler heute, Sonntagsspaziergang?«, fragte er.

»Die beiden statten der Villa Meisinger einen Besuch ab, draußen in Gerolfing. Wolltest du dabei sein?«

»Nein, danke.« Er winkte ab.

Der bemitleidenswerte Zustand seines Wagens veranlasste ihn, zu Fuß Richtung Innenstadt zu gehen.

Die Wohnung in der Schulstraße war die eines ordentlichen Junggesellen. Mini-Spülmaschine, Mini-Waschmaschine, die gleichzeitig ein Trockner war, dazu ein blitzender High-Tech-Herd, der aussah wie ein Computer. Einzig der frei stehende rote Kühlschrank schien eine Geschichte zu haben. Er brummte und sah aus wie ein Verwandter von Axel Hackes »Bosch«.

Nur die großformatigen Fotos aus Theaterstücken gaben überhaupt einen Hinweis darauf, dass der Bewohner Künstler und nicht Fernsehkoch war. Vom ordentlichen Schlafzimmer mit den penibel sortierten Schrankschubladen aus sah man hinüber zu den wuchtigen Türmen des Liebfrauenmünsters, einer ziegelroten spätgotischen Hallenkirche, die eher wie eine Burg aussah. Viele Großbauten in Ingolstadt hatten diesen Festungscharakter. In der Wohnküche fand Meißner im Bücherregal Naums Videokamera.

Er setzte sich an den antiken Sekretär, der aus K-und-K-

Zeiten stammen musste. Naum war ein Pedant, der sogar seine Schreibtischschubladen ordentlich aufgeräumt hatte. Meißner fand das gelbe Briefpapier, die Umschläge, einen Bogen Briefmarken mit dem berühmten Selbstporträt Dürers mit dem langen Haar, außerdem eine Mappe mit weiteren Theaterfotos, alle in Klarsichthüllen abgelegt und nach Stücken oder Vorstellungen sortiert. Er blätterte sich durch die Mappe und fand Aufnahmen aus dem »Starken Stamm« vom letzten Mai. Naum und Roxanne Stein standen zusammen auf der Bühne, in Kostüm und Maske. Es gab Szenenfotos und eines vom Schlussapplaus, auf dem die Schauspieler Hand in Hand am Bühnenrand standen, lächelnd und sich verbeugend.

Er schaltete die Kamera an. Die erste Aufnahme war vom 25. August, sechzehn Uhr. Der 25., das war genau eine Woche vor Roxannes Tod.

Ein Park war zu sehen. Ein großer Spielplatz mit Kindern auf Schaukeln, Wippen und Klettergerüsten. Mütter, die auf Bänken saßen und sich unterhielten. Im Hintergrund ein auffälliges Gebäude. Meißner erkannte das Reduit Tilly, in dem das Armeemuseum untergebracht war. Der Klenzepark also, am rechten Donauufer.

Dann kam ein Café ins Bild, anscheinend mitten im Park gelegen, mit weiß lackierten Metalltischen, die auf einer Kiesfläche standen. Meißner hatte es noch nie gesehen. Den Sommer über war er nicht ein Mal in dem Park gewesen. Was hatte er eigentlich die ganze Zeit gemacht? Durchgearbeitet?

Jetzt wechselte der Standort des Filmenden, und ins Blickfeld rückte vor allem der breite Kiesweg, der zum Café führte. Eine Radfahrerin kam den Weg entlanggeradelt. Es war Roxanne. Sie trug ihr Haar offen, sodass es wie eine Fahne hinter ihr herflatterte. Sie trug weiße Shorts und ein buntes T-Shirt in Rosa und Grün. Beim Heranzoomen erkannte Meißner, dass auf dem Shirt Seerosen mit rosa Blüten wuchsen.

Sie stellte ihr Fahrrad ab und setzte sich an einen der Tische. Naum musste bei der Aufnahme hinter ihr gestanden haben, denn nun waren nur noch ihr Rücken und die dunkle Lockenmähne zu erkennen. Sie bestellte, und wenig später brachte der Kellner einen Campari. Er stellte das rote Fläschchen vor ihr auf den Tisch und öffnete es. Ein paar Sekunden später schenkte sie sich selbst ein, dann endete der Filmabschnitt. Es musste eine ihrer geplanten »Verabredungen« gewesen sein.

Die nächste Sequenz, beginnend um sechzehn Uhr zweiundvierzig, zeigte eine Straße in der Innenstadt. Meißner bemerkte im Hintergrund die Spitalkirche. Die Kamera nahm ein zweistöckiges Haus ins Visier, das ihm bekannt vorkam. Natürlich, das war das Frauenhaus! Vor dem Gebäude war ein Fahrrad abgestellt. War Naum Roxanne Stein dorthin gefolgt?

Die Kamera filmte die Straße, erst in nördlicher, dann in südlicher Richtung. Man hörte Geklapper von Absätzen, bevor die Kamera einer blonden Frau Mitte dreißig folgte, die in Richtung Kreuztor davoneilte. Plötzlich blieb ein Auto neben der Frau stehen. Der Fahrer sprang heraus und rannte auf die Frau zu, hielt sie am Arm fest und redete wild gestikulierend auf sie ein. Der Mann war nur von hinten, einmal kurz im Halbprofil zu sehen, die Kamera war zu weit weg, aber Meißner kam es so vor, als habe er den Typen schon einmal gesehen. Aber wo?

Die Frau machte sich von dem Mann los und lief nun weiter die Straße entlang. Als er wieder in sein Auto stieg, bog sie rechts in eine Seitengasse, die zur Fußgängerzone führte. Das Auto folgte der Einbahnstraße, bis es aus dem Bild verschwand. Die Kamera schwenkte noch einmal zurück zu dem Gebäude und die nun leere Straße hinunter, dann war auch diese Sequenz zu Ende.

Meißner sah sich noch einmal den Anfang der Szene an und notierte sich das Kennzeichen des Wagens, das in der Vergrößerung zu erkennen war. Es war ein dunkelblauer VW Passat, ein älteres Modell mit Ingolstädter Kennzeichen.

Die nächste Sequenz begann um siebzehn Uhr zweiundzwanzig. Naum hatte die Position gewechselt und stand nun etwas weiter südlich Richtung Münzbergstraße. Von hier aus hatte er wieder den Eingang des Frauenhauses im Visier, in dem Roxanne Stein jetzt mit einer jüngeren Frau stand. Die Frau war klein, zierlich und hatte streichholzkurzes Haar, wie bei einem Männerhaarschnitt. Die unauffällige dunkle Hose und das lockere helle Hemd, das sie darübertrug, verliehen der zierlichen Person etwas Knabenhaftes. Roxanne sperrte ihr Fahrradschloss auf und schob das Rad neben sich her. Gemeinsam gingen die beiden Frauen die Straße hinunter. Die Aufnahme stoppte.

Meißner legte die Kamera weg und holte sich ein Glas Leitungswasser. Er öffnete die Tür zum Balkon, der auf die Straße hinausging und nicht so aussah, als würde er viel benutzt werden. Naum war also nicht nur ein Pedant, er war noch dazu ein Spanner. Und wie entrüstet hatte er getan, als Meißner ihm unterstellte, er habe Roxanne nachspioniert! Aber genau das hatte er getan. Die Rolle des Spions passte im Grunde genommen am besten zu ihm. Viel besser als die des Spielers oder gar des verliebten Galans. Liebe als Motiv war für diesen Mann am allerwenigsten denkbar. Das wäre zu einfach, zu geradlinig, zu direkt für ihn. Es musste etwas anderes sein, was ihn antrieb. Aber was?

Er ging zurück in die Wohnung, rief Marlu an und gab ihr das Autokennzeichen durch.

»Finde heraus, ob der Fahrer beziehungsweise seine Frau oder Freundin irgendetwas mit dem Frauenhaus zu tun hat. Vielleicht waren es nur irgendwelche Passanten, die Naum da aufgenommen hat, aber wir müssen es prüfen. Und veranlasse bitte, dass bei den Kollegen in Wien nachgefragt wird, ob sie etwas über Naum vorliegen haben.«

»Was ist denn sonst noch auf diesen Videos drauf? Irgendeine heiße Spur?«

»Ich bin noch nicht sehr weit gekommen. Jedenfalls hat er gelogen, als er sagte, er habe Roxanne Stein nicht nachspioniert. Was ist denn bei dir im Hintergrund los?«

»Die Kollegen kommen gerade von ihrem Besuch bei den Meisingers zurück. Sie sehen ziemlich mitgenommen aus.«

»Gib mir mal bitte Holler.«

Marlu reichte den Hörer weiter.

»Na, was spricht der Herr Bauunternehmer?«

»Der gehört zu der Sorte von Hunden, die erst furchtbar bellen und dann auch noch zubeißen. Sitzt da auf seinem Anwesen, das gesichert ist wie Fort Knox, mit hohem Metallzaun, dazu noch dicht bewachsen, sodass man die Villa von der Straße aus überhaupt nicht sehen kann. Und dann brüllt er auf uns ein, als wären wir das Dienstmädchen, das einen silbernen Serviettenring gestohlen hat. Der hat uns einen Vortrag über Moral und die Ehe als Hort christlicher Lebensführung gehalten, das war wirklich geschmacklos. Vor allem, wenn man bedenkt, was er …«

»Und das habt ihr euch gefallen lassen?«

»Als ich ihn gefragt habe, wo er am Dienstagnachmittag war, hat er uns rausgeschmissen.«

»Na, bravo! Wisst ihr, ob er Frau Stein je persönlich begegnet ist? Hat er sie vielleicht auch so zur Sau gemacht?«

»Er behauptet, er habe sie nie getroffen. Für solche Kinkerlitzchen habe er gar keine Zeit.«

»Und was sagt er zu dem Vorfall mit seiner Frau?«

»Gar nichts. Er meint, das ginge uns nichts an.«

»Okay. Solange wir ihm keine konkrete Verbindung zum Opfer nachweisen können, können wir ihn auch nicht vorladen. Das ist klar. Ach, Holler, wenn du schon mal da bist, kannst du gleich bei unseren österreichischen Kollegen in Wien anrufen. Marlu wird dir erklären, worum es geht. Und Fischer soll das Kennzeichen prüfen, das ich ihr durchgegeben habe. Ruft mich an, wenn ihr irgendetwas habt.«

Die nächste Aufnahme war vom Donnerstag, 27. August, neunzehn Uhr dreißig. Man sah die Fassade des Hauses in der Beckerstraße und in einem Schwenk die Oberhäußerstraße hinunter in Richtung Fußgängerzone. Dann folgte ein Schnitt.

Ein Tanzstudio in der Nähe des Theaters. Meißner wusste, wo es war: in der Manggasse. Wahrscheinlich war Naum wieder Roxanne gefolgt. Die Kamera wanderte weiter, bis mehrere Straßencafés an der Konrad-Adenauer-Brücke ins Bild kamen. Eine Menge Menschen saßen draußen, es war eine warme Sommernacht. Meißner stellte auf Schnelldurchlauf und verlangsamte dann wieder.

Samstag, 29. August, zehn Uhr. Da war Naum selbst, in seiner Wohnung. Er musste die Kamera in seiner Wohnküche auf ein Stativ montiert haben. In Morgenmantel und Pantoffeln machte er das Frühstück, setzte sich an den Tisch, trank Kaffee, schlug die Zeitung auf. Er sah aus wie ein einsamer älterer Mann. Musste er sich das ansehen? Meißner schaltete auf schnellen Vorlauf.

Da war es! Das hatte er gesucht: Montag, 31. August, acht Uhr dreißig. Das Blumenfeld an der B 13, leer, im Licht einer noch blassen Morgensonne. Ein paar weiße Schleier in Bodennähe und in den Bäumen, die eine Vorahnung auf den Herbst gaben. Naum musste an einer leicht erhöhten Stelle auf der anderen Straßenseite gestanden haben. Dort, wohin Meißner nicht geschaut hatte. Man sah Autos vorbeirasen und hörte den an- und abschwellenden Lärm der Motoren. Dann näherte sich eine Gestalt auf dem Fahrrad. Roxanne fuhr den Feldweg entlang, ihr Kleid flatterte im Fahrtwind wie Don Camillos Soutane.

Sie stellte das Fahrrad ab und sah sich um. Die Kamera zoomte sie so nahe, dass der Hauptkommissar Zweifel in ihrem Gesicht zu erkennen glaubte. Woran dachte sie? Daran, was sie hier überhaupt tat, oder an denjenigen, der sie dabei beobachtete? Schön sah sie aus und in ihrer Verunsicherung sehr verletzlich. Wie ein wildes Tier, das aus der Deckung des Waldes tritt und nach allen Seiten hin Witterung aufnimmt.

Sie drehte sich einmal um sich selbst, inspizierte den Waldrand, die angrenzenden Felder, und als sie nichts entdecken konnte, was ihren Argwohn erregte, trat sie in eine der Mittelreihen des Feldes. Bald wurden ihre Schritte länger, sie begann zu laufen, breitete die Arme aus, drehte sich, beugte Kopf und Oberkörper, richtete sich wieder auf, hüpfte mit dem nächsten Schritt vorwärts und tanzte dann im Kreis.

Die Kamera wechselte vom Zoom zurück auf die Totale. In dem Augenblick kreuzte ein stadtauswärts fahrendes Auto das Bild, und Meißner drückte auf Pause. Für einen Moment hatte er geglaubt, er hätte sein eigenes Auto gesehen. Er betätigte den Rücklauf und drückte auf Abspielen. Es war ein dunkler Audi, vielleicht auch ein A 4, aber man konnte die Person am Steuer nicht erkennen.

Die Sequenz dauerte noch weitere fünf Minuten, doch es war der eine Augenblick gewesen, diese vielleicht fünf bis zehn Sekunden, die etwas abbildeten, was Meißner mit eigenen Augen gesehen hatte. Seltsam, diesen Augenblick, der nur noch in seiner Erinnerung existiert hatte, noch einmal zu erleben. Geborgt von jemand anderem, dessen Auge am Sucher der Kamera geklebt hatte. Damals war Roxanne Stein noch sehr lebendig gewesen.

Plötzlich hatte er keine Lust mehr, sich noch weitere von Naums Filmen anzusehen. Er wollte sich auch nicht länger in der Wohnung dieses verschrobenen Spießers aufhalten und sein säuberlich beschriftetes Archiv sichten. Er wollte nur noch ganz schnell raus.

Er schloss die Balkontür, packte die Kamera ein, steckte den Hausschlüssel in die Tasche und verließ die Wohnung. Kurz überlegte er, sich noch in ein Café zu setzen. Die Sonntagnachmittage in der Stadt waren für ihn jetzt meistens einsam und öde. Er dachte an den Schriftsteller Thomas Bernhard, der einmal gesagt hatte, er habe sich immer nach dem Alleinsein gesehnt. Und wenn er dann wirklich allein gewesen sei, habe er sich gefühlt wie der ärmste Hund.

Die Fußgängerzone war wie ausgestorben. Einzig das Stadt-Café fiel Meißner ein, aber dort würde er vielleicht Kirsti treffen, und es schien ihm nicht besonders passend, gerade ihr von Marlu, von seiner Affäre oder was immer daraus werden mochte, zu erzählen. Also beschloss er, ohne Umwege ins Präsidium zurückzugehen, wo schließlich sein gesamtes großartiges Team am heiligen Sonntag bei der Arbeit saß. Außer Holler hatte keiner Familie. Drei Singles. Bei Marlu war das aufgrund ihres Alters noch normal, bei Elmar Fischer war sowieso gar nichts normal, aber bei ihm? Manchmal fühlte er sich schon so, als habe er etwas Wichtiges verpasst, dann wieder war er froh, dass er nur sein eigenes Leben verantworten musste.

Das Team hatte sich in Marlus Büro versammelt. Sie saß am Computer, Fischer stand hinter ihr. Holler hing am Telefon, und jemand hatte frischen Kaffee gemacht.

»Richtig gemütlich habt ihr's hier«, sagte Meißner zur Begrüßung. »Aber selbst gebackenen Kuchen gibt's keinen, oder?«, fragte er, ohne jemand Bestimmten dabei anzusehen. Er legte die Kamera auf den Tisch und holte sich einen Becher Kaffee.

»Neuigkeiten?«, fragte er Holler.

»Die Kollegen in Wien schauen gerade nach, ob sie etwas über Naum finden.«

»Und bei euch?«

»Wir wissen, wem das Auto gehört.« Fischer platzte förmlich vor Stolz. »Jetzt halt dich fest, Stefan.«

Fischers Begeisterungsfähigkeit war irgendwie rührend. Wie lange würde sie sich wohl noch halten? Meißner kannte viele, die mit den Jahren Zyniker oder gleichgültig geworden waren. Offen gezeigte Begeisterung für den Beruf sah man bei den alten Hasen nur mehr selten. Irgendwann waren sie alle routiniert und abgestumpft. Oder sie waren es innerlich gar nicht, trugen aber nach außen eine coole Routiniertheit zur Schau.

»Es ist also jemand, den wir kennen?«, fragte er artig.

»Stimmt«, sagte Marlu, »aber auf der Liste von Frau Reim ist er nicht mit aufgeführt.«

»Also: Wer ist es?«

»Hans Grote, Beckerstraße 2 1/3«, platzte Fischer heraus.

»Der Nachbar? Der geniale Programmierer, der kein richtiges Alibi für die Tatzeit hat?«

»Genau der.«

»Aber er steht nicht auf der Liste. Auch keine Frau Grote«, wiederholte Marlu.

»Ruf Frau Reim an und frag sie, ob sie herkommen kann. Ich habe die beiden auf dem Videofilm. Vielleicht erkennt sie ja die Frau.«

»Okay, ich versuch's. Dann können wir nur hoffen, dass sie am Sonntag nichts Besseres zu tun hat, als dem Polizeipräsidium einen Besuch abzustatten.«

»Sonst irgendwer auf der Liste, der uns interessieren könnte?«
»Bis jetzt nicht«, sagte Fischer.
Das Telefon klingelte, und Holler ging ran. Man hörte ihn »Aha!« und »Ach so!« sagen und am Ende »Danke, Kollegen«, und als er auflegte, grinste er wie ein Bauer aus dem Donaumoos, der gerade die größten Kartoffeln im Dorf geerntet hatte.
»Lass mich raten, Holler«, sagte Meißner. »Der Mann ist ein gesuchter Heiratsschwindler.«
»So was Ähnliches«, sagte Holler. »Sie haben ihn in Österreich wegen Betrugs eingekastelt. Er hat Spenden für Tierschutzorganisationen eingesammelt, die dann auf wunderliche Weise auf seinem eigenen Konto gelandet sind. Um was für eine Summe es sich genau handelte, haben sie nie ganz rausgekriegt, aber für das, was sie ihm nachweisen konnten, hat er fast ein Jahr gesessen. In Wien. Ist allerdings schon fünfzehn Jahre her. Vor allem ältere Damen sind ihm damals auf den Leim gegangen.«
»Von wegen Karriere am Burgtheater«, schnaubte Meißner.
»Und was hat das nun mit unserem Fall zu tun?«, fragte Marlu.
»Keine Ahnung. Aber skurril ist das schon«, sagte Meißner.
»Also alte Omis abzuzocken, das finde ich ganz schön hart«, meinte Fischer.
»Aber Mord? Das passt doch gar nicht zu so einem Strizzi«, sagte Holler.
»Strizzi?«, fragte Fischer.
»Ich weiß auch nicht, wie ihr Franken dazu sagt. Ein Bazi halt.«
»Scho recht«, sagte Fischer und beließ es dabei.
»Kommt Frau Reim eigentlich?«, fragte Meißner.
»Schon unterwegs«, sagte Marlu.

Zehn Minuten später war Rebecca Reim da, als habe sie nur drauf gewartet, am Sonntag von der Polizei angerufen zu werden. Meißner kannte die zierliche Frau ja schon von den Filmaufnahmen. Im direkten Kontakt wirkte sie kühl und sachlich und steckte beim Reden entweder beide Hände in die Taschen ihrer grauen Stoffhose oder verschränkte die Arme vor der Brust. Sie trug dunkle Turnschuhe und eine schwarze, gerade geschnittene

Lederjacke, und sie kannte die Frau auf dem Bild. »Sie heißt Helena Haschova und war Grotes Lebensgefährtin. Die beiden haben eine gemeinsame Tochter, Jana. Helena ist mit dem Kind weggelaufen, nachdem Grote sie eingesperrt und dann geschlagen hat.«

Marlu brachte ihr einen Becher Kaffee.

»Die drei lebten von ziemlich wenig Geld, weshalb es oft Streit gab. Sie wollte Geld verdienen, aber er ließ sie nicht aus dem Haus, wollte auch nicht, dass das Kind in den Hort ging nach der Schule. Und dann hat sie Arbeit in einem Modegeschäft gefunden. An ihrem ersten Arbeitstag hat er sie einfach im Schlafzimmer eingesperrt. Als sie nach einiger Zeit anfing, gegen die Zimmertür zu hämmern, öffnete er und schlug ihr ins Gesicht. Die Tochter war im selben Zimmer. Als Grote am nächsten Tag zu einem Kunden fuhr, kam sie zu uns ins Frauenhaus.«

»Und was hat er dann gemacht?«, fragte Meißner.

»Er hat sie gesucht und schließlich auch gefunden. Ist immer wieder vor dem Haus aufgetaucht und hat auf sie gewartet. Sie solle zu ihm zurückkommen, hat er gefleht. Hoch und heilig versprochen, er würde ihr nie wieder etwas antun. Wie alle Männer.«

»Und sie?«, wollte Marlu wissen. »Hat sie ihm geglaubt?«

Rebecca Reim schüttelte den Kopf.

»Gäbe sie ihm eine zweite Chance, könnte er ihr sehr wehtun. Und der Tochter vielleicht auch. Das habe ich ihr gesagt, als sie mich fragte, was sie tun soll.«

Meißner wollte wissen, wo Frau Haschova sich jetzt aufhielt.

»Wir haben ihr erst vor ein paar Tagen in München eine Wohnung vermittelt. Sie arbeitet dreißig Stunden, und das Kind geht nach der Schule in den Hort oder wird von anderen Müttern mitbetreut. Grote hat nicht erfahren, wohin sie verschwunden ist. Und das darf er auch nicht.«

»Und wenn sie doch zu ihm zurückgegangen wäre? Hätte es nicht sein können, dass er sich tatsächlich ändert?«, wollte Holler wissen.

»Vergessen Sie's!«, sagte Rebecca Reim schroff. »Wenn Sie gesehen hätten, wie Helena bei uns ankam, würden Sie an so eine Möglichkeit nicht mal mehr denken.«

»Okay«, sagte Meißner. »Aber gab es irgendeine Verbindung zwischen Herrn Grote und Frau Stein? Ich meine, hat er gewusst, dass sie im Frauenhaus für ihren Artikel recherchierte?«

»Ich glaube nicht«, sagte Rebecca Reim. »Er durfte ja nicht ins Haus, und so häufig war sie ja auch nicht bei uns.«

»Kannte Frau Stein Frau …?«

»Haschova«, half ihm Marlu.

»Genau, Frau Haschova, danke. Hat Frau Stein mit ihr gesprochen?«

»Das weiß ich nicht mit Sicherheit. Wir achten allerdings sehr darauf, dass keine Namen und persönlichen Daten herausgegeben werden. Roxanne Stein musste alle Frauen anonymisiert zitieren. Es geht hier ja nicht um Einzelschicksale, Gewalt gegen Frauen ist schließlich ein gesamtgesellschaftliches Problem.«

»Wusste Frau Stein eigentlich, dass Frau Haschova die Lebensgefährtin ihres Nachbarn und sie praktisch in der Wohnung nebenan misshandelt worden war? Kannten sie sich noch aus der Beckerstraße?«

»Helena kam vor elf Monaten zu uns. Soviel ich weiß, hat sich Roxanne etwa zur gleichen Zeit von ihrem Mann getrennt und ist in die Beckerstraße gezogen. Sie kann Helena höchstens in den ersten Tagen im Haus kennengelernt haben. Von uns hat sie den ehemaligen Wohnort jedenfalls nicht erfahren. Wir haben nie Namen und Adressen der Lebenspartner unserer Klientinnen weitergegeben, und Roxanne hat mir gegenüber auch nie etwas in der Richtung geäußert.«

»Sie glauben also nicht, dass sie wusste, dass ihr Nachbar der Partner von Frau Haschova war?«

»Nein.«

»Gut, das war's dann, denke ich. Vielen Dank, dass Sie gekommen sind.«

»Verdächtigen Sie diesen Grote?«

»Wir fangen gerade damit an.«

Als Rebecca Reim gegangen war, schickte Meißner seine Leute nach Hause. Es war immerhin Sonntagabend, und sie hatten das Wochenende praktisch durchgearbeitet. Morgen würden sie Grote vernehmen, und Naum würde eine weitere Nacht in der Zelle im Untergeschoss verbringen, obwohl keiner wirklich damit rechnete, dass die DNA-Probe positiv ausfiel.

Marlu sagte, dass sie mit einer Freundin verabredet sei. Ging sie ihm aus dem Weg? Oder erwartete sie, dass er ihr irgendein Zeichen gab?

Meißner fuhr in seine Wohnung und machte eine Flasche Weißen auf. Beziehungen zwischen Männern und Frauen konnten auf so viele Arten scheitern. Wahrscheinlich gab es ungefähr so viele Möglichkeiten, wie es Menschen gab. Glückliche Beziehungen waren alle irgendwie ähnlich. Oder vielleicht war auch nur das Bild ähnlich, das man sich von ihnen machte. Die unglücklichen Beziehungen dagegen waren alle auf ihre ganz spezifische Art unglücklich. In seinem Beruf hatte er es meist mit den krassen Beispielen des Scheiterns zu tun. Sobald Gewalt im Spiel war, war eine Ehe, eine Partnerschaft auch schon am Ende. Die Dunkelziffer der Übergriffe betrug allerdings ein Vielfaches der aktenkundigen Vorfälle. Viele der Frauen blieben auch bei ihren gewalttätigen Männern. Aus Angst, aus Unwissenheit, aus mangelnder Perspektive. Oder weil sie aus ihrer Opferrolle nicht mehr ohne fremde Hilfe herauskamen. Das Beste war vielleicht, wenn sich Frauen überhaupt nie in die Falle einer wirtschaftlichen Abhängigkeit begaben. Nur dadurch konnten sie sich überhaupt einen Ausweg aus einer Partnerschaft, die ihnen schadete, offen halten. Häufig begann schon mit der Entscheidung, Kinder zu haben, die Abhängigkeit der Frauen. Umgekehrt garantierte Unabhängigkeit wahrscheinlich nicht in jedem Fall Freiheit und Sicherheit. Nicht automatisch jedenfalls.

Carola bekam ein Kind und wollte oder konnte den Vater nicht preisgeben. Vielleicht war das ihr persönlicher Schutz vor der Abhängigkeit. Sie würde das Kind bekommen und schuf mit der Frage der ungeklärten Vaterschaft Distanz zum leiblichen Vater, wenn Meißner das überhaupt war, sowie zu ihrem jetzigen Lebenspartner. Natürlich konnte es sich dabei auch um ein und dieselbe Person handeln, aber das blieb vorerst ungeklärt. Für die ersten Lebensjahre des Kindes mochte dieses Konstrukt vielleicht sogar funktionieren, auf Dauer sicher nicht. Aber der Zweifel, das Nebeneinanderher der beiden Möglichkeiten, brach von Anfang an die Idylle einer netten und glücklichen Kleinfamilie auf. Ein Stein war sozusagen in die Windschutzscheibe geflogen, und niemand traute sich, ihn herauszuziehen, weil jeder Angst davor hatte, dass die Scheibe in Tausende von kleinen Splittern zerfallen würde, wenn man ihn zu entfernen versuchte.

Meißner schenkte sich noch ein Glas ein.

Carola kannte ihn gut genug. Sie wusste, dass er von dem Gedanken an das Kind nicht mehr loskommen würde. Sie wusste aber auch, dass er nicht wütend auf sie oder ihren neuen Partner war. Dass er nicht um sie kämpfen würde. Dass er keine Besitzansprüche auf sie oder auf das Kind auspacken würde. Er war einfach nur neugierig auf diesen kleinen Jungen und darauf, wie er Carolas Leben und vielleicht auch sein eigenes verändern würde.

Er ging zu Bett, und Chandler hatte wieder seine Chance verspielt, ihn vom sofortigen Einschlafen abzuhalten. In den Minuten vor dem Wegdämmern tasteten seine Fingerspitzen noch nach der warmen Haut eines Frauenkörpers, falsch, nicht *eines* Frauenkörpers, sondern nach dem Körper von Marlu. Sein Bett kam ihm sehr groß und nutzlos vor.

ACHT

Am Montagmorgen kaufte er sich als Erstes die Zeitung am Kiosk. Im Regionalteil fand er Kuskas Nachruf auf Roxanne Stein: »Journalistin des ›DK‹ tot in ihrer Wohnung aufgefunden. Die Ingolstädter Kripo geht davon aus, dass sie einem Verbrechen zum Opfer gefallen ist.« Auf dem Foto lächelte Roxanne selbstbewusst in die Kamera. Sie trug ihr Haar offen, um den Hals hatte sie ihre Nikon hängen.

Kuska erwähnte die Themen, mit denen sie sich beschäftigt hatte. Meißner dachte, dass jemand sich des Materials annehmen sollte, das sie gesammelt hatte, und die Reportage zu Ende schreiben musste. Vielleicht könnte Rebecca Reim diese Aufgabe übernehmen, und Kuska könnte ihr dabei helfen.

Im Kulturteil hatte man eine Kurzgeschichte von Roxanne Stein abgedruckt. Sie war einfach und unspektakulär. Unter dem Titel »Schöne Aussichten« wurde der Weg eines Radfahrers durch Ingolstadt beschrieben. Die Erzählerin verknüpfte dabei Aspekte aus der tausendzweihundertjährigen Stadtgeschichte mit Bruchstücken aus dem privaten Leben des Radfahrers. Die »Hohe Schule« kam darin vor, an der Adam Weishaupt 1776 den Geheimorden der Illuminaten gegründet hatte, genauso wie die »Alte Anatomie«, die Bauten der Landesfestung Ingolstadt und die Pioniere, die an der Donau den Brückenschlag geübt hatten. Der Geschichte tat es nicht weh, dass sie ein Nachruf geworden war.

Auf dem Weg zur Arbeit rief ihn die Psychologin aus dem Schwabinger Krankenhaus an. Viktor Grünberg war dabei, aus dem Koma aufzuwachen. Ob er dabei sein wolle, sie sei gerade auf dem Weg ins Krankenhaus. Er musste noch ins Präsidium, bat sie aber, ihn auf dem Laufenden zu halten. Er würde sich später auf den Weg nach München machen.

Sie mussten Naum laufen lassen. Das Ergebnis der DNA-Untersuchung war negativ. Meißner zuckte mit den Achseln. Er hatte es geahnt.

»Willst du nicht selbst noch mit ihm reden?«, fragte Fischer.

»Nein, übernehmt ihr das lieber.«

Dann wollte sein Chef ihn zum Stand der Ermittlungen sprechen. Czerny hatte den Nachruf gelesen und vermutete den Täter im persönlichen Umfeld der Toten, eine Privatangelegenheit sozusagen. Da sich das öffentliche Interesse an dem Fall in Grenzen hielt, standen sie nicht unter allzu großem Erfolgsdruck.

»Ihr tut weiter eure Arbeit«, sagte er zu Meißner. »Und irgendwann werdet ihr ihn kriegen. So groß ist die Auswahl ja auch wieder nicht.«

Beim Hinausgehen klopfte Czerny Meißner jovial auf die Schulter, und der Hauptkommissar kam sich vor wie ein Lehrling, dessen Werkstück den Anforderungen des Meisters noch nicht so ganz entsprach.

»So groß ist die Auswahl ja auch wieder nicht.« Jetzt, wo sie den »Spieler« streichen mussten, war sie sogar noch kleiner geworden. Grote war die Spur, der sie als Nächstes folgen würden. Und wenn es keiner von denen gewesen war, die sie bisher auf der Rechnung hatten?

Dann mussten sie sich noch tiefer hineinwühlen in das Privatleben und das Umfeld der Toten. Nicht zu weit vorausdenken. Immer nur einen Schritt nach dem anderen tun. Wenn eine Tür zuging, tat sich meist eine andere auf. So war es im Leben wie auch in der Kriminalistik. Man musste die Tür nur sehen.

Meißner musste bei diesen Gedanken fast über sich selbst lachen. Sie klangen so zuversichtlich, als stammten sie von einem buddhistischen Lama oder einer erleuchteten Yogalehrerin. Und ausgerechnet er dachte so etwas! Er, der sich am liebsten in seiner Datscha verkroch und den großen Tieren beim Fressen der kleineren zusah. Der alleine beim Italiener saß und seine Weinflaschen daheim alleine leerte. Der anderen beim Leben zusah,

Nachrufe las und Filme ansehen musste, in denen Tote Fahrrad fuhren. Okay, es reicht mal wieder, dachte er.

In der folgenden Einsatzbesprechung wies er Fischer und Holler an, Freyberg, den Witwer, noch einmal in die Mangel zu nehmen.

»Ihr werdet ihn hier vernehmen. Er soll herkommen. Aber lasst euch auf kein Gespräch zwischen Tür und Angel mehr ein. Er soll euch die Geschichte der Trennung noch einmal erzählen.«

Fischer rollte die Augen.

Ich weiß, nicht sehr spannend für dich, Bursche, dachte Meißner, aber da musst du eben durch. »Konfrontiert ihn mit den Aussagen seiner Tochter, seiner Schwägerin, mit dem Verdacht, den Grünberg geäußert hat. Lockt ihn aus der Reserve, nervt ihn.«

»Du hältst ihn aber nicht wirklich für den Mörder, oder?«, warf Holler ein. »Ich meine, ein Jahr nach der Trennung! Das ist doch ein bisschen viel Zeit für eine Affekthandlung, meinst du nicht?«

»Das können wir nicht wissen. Haltet einfach Augen und Ohren offen. Ihr wisst doch, wie das ist. Manchmal tut sich aus der nebensächlichsten Bemerkung eine Spur auf. Man muss nur wachsam sein und abwarten können, was kommt. Nicht mit der Überzeugung in das Verhör gehen, dass er's eh nicht war.«

»Und du«, er wandte sich an Marlu, »siehst zu, dass du diesen Grote auftreibst und herbringst.«

»Ich habe schon versucht, ihn zu erreichen, aber er geht nicht ans Telefon. Das Handy ist auch abgeschaltet.«

»Dann fahr hin und finde ihn. Sieh zu, dass du von Frau Reim eine Nummer von seiner Exfreundin bekommst. Frag, ob sie noch Kontakt zu ihm hat. Lass dir von ihr erzählen, was er für ein Typ ist, wie wir ihn auftreiben können, und geh vor allem nicht allein hin. Nimm dir jemanden von der Streife mit, hörst du?«

»Okay«, sagte sie, erstaunt über so viel übertriebene Vorsicht. Noch war ja überhaupt nichts passiert, alles nur Vermutungen, Hypothesen.

»Und du?«, fragte sie ihn.

»Ich fahre nach München. Viktor Grünberg wacht gerade auf.«

»Ist das nicht toll?«, meinte Fischer. »Für jeden von uns gibt es einen eigenen Tatverdächtigen.«

Meißner erreichte München-Schwabing in der Rekordzeit von fünfundvierzig Minuten.

Als er im Schwabinger Krankenhaus im zweiten Stock aus dem Lift kam, sah er die Psychologin zusammen mit dem Stationsarzt im Gang stehen.

»Wie geht's Herrn Grünberg?«, fragte er den Arzt.

»Er hat Glück gehabt, dass der Zugführer ihn beim Anfahren noch gesehen hat und rechtzeitig bremsen konnte. Der Zug muss ihn circa fünf Meter vor sich her beziehungsweise zur Seite geschoben, aber eben nicht überrollt haben. Wäre das passiert, dann müssten wir uns jetzt nicht mehr um ihn bemühen. Er hat einen komplizierten Beinbruch, den wir operiert haben, und Stichverletzungen an den Beinen. Die stammen von den gebrochenen Knochen, nicht was Sie denken. Gehirnerschütterung, Halswirbel-Schleudertrauma, außerdem eine leichte Schädelfraktur am Hinterkopf links. Der Verdacht auf eine Gehirnblutung hat sich nicht bewahrheitet. Prellungen, Schrammen, Abschürfungen. Außer einem kleinen Milzanriss hat er keine schwereren inneren Verletzungen davongetragen.«

»Na, ich finde, es reicht auch so«, sagte Meißner.

Der Arzt verabschiedete sich.

»Waren Sie schon bei ihm?«, fragte er nun die Psychologin, deren Name ihm nicht mehr einfiel.

»Ja, aber ich weiß nicht, für wen er mich gehalten hat«, sagte sie. »Jedenfalls hat er es abgelehnt, mit mir zu sprechen. Er sagte, er brauche meine Dienste nicht, es gehe ihm gut. Ich habe trotzdem versucht, mit ihm zu reden, doch er hat nur die Augen geschlossen und mich gebeten zu gehen. Ich habe ihm gesagt, ich käme wieder, wenn es ihm besser ginge. Aber im Ernst: Er macht einen ziemlich renitenten Eindruck.«

»Hört sich ganz so an, als sei er vernehmungsfähig.«

»Dann wünsche ich Ihnen mal mehr Glück, Herr Meißner. Auf Wiedersehen.«

»Herr Meißner«, das hatte sie ihm jetzt noch reinwürgen müssen, dass sie seinen Namen nicht vergessen hatte. Carola hatte es auch immer Spaß gemacht, auf seiner Namensgedächtnisschwäche herumzureiten und ihn damit aufzuziehen.

Der Hauptkommissar betrat das Zimmer. Viktor Grünbergs Kopf steckte immer noch in dem riesigen weißen Verband. Das Gesicht war voller Schürfwunden, der linke Fuß ragte aus der Bettdecke heraus, und unter der Decke zeichnete sich ein monströser Gips ab.

»Wir kennen uns«, sagte Meißner. »Wie geht es Ihnen?«

Grünberg bewegte den Mund, antwortete aber nicht.

»Können Sie sprechen?«

Der dicke weiße Helm nickte.

»Warum haben Sie es getan?« Meißner hatte während der gesamten Fahrt darüber nachgedacht, wie er das Gespräch einleiten sollte. Nun war alles weg, was er sich überlegt hatte, und die Frage kam so banal heraus, als hätte er nie einen Gedanken daran verschwendet.

»Was?«, fragte Grünberg. Es hörte sich an, als habe er ein paar lose Zähne im Mund.

»Sich vor den Zug geworfen«, sagte Meißner.

»Ich habe mich nicht vor den Zug geworfen.«

»Ach, jetzt kommen Sie schon. Was sollte das denn sonst darstellen? Wollten Sie die Gleise inspizieren? Ein kleines Experiment für Ihren Bühnenauftritt am Abend machen?«

Grünberg schüttelte seinen Verbandskopf.

»Ich bin gestoßen worden«, sagte er.

Meißner trat ans Fenster. Spielte Grünberg den Verwirrten, oder war sein malträtierter Kopf noch nicht ganz funktionsfähig?

»Und wer soll das getan haben?«

»Ein Passant. Ich ... stand am Bahnsteig. Er ging hinter mir vorbei und gab mir einen Stoß. Ich verlor das Gleichgewicht und stürzte auf das Gleis.«

»Wissen Sie, wie der Mann aussah?«

»Ich hab ihn nur kurz gesehen, als ich mich im Stolpern umgedreht habe: jüngerer Typ, kurze dunkle Haare.«

»Und warum hätte er das tun sollen? Kannten Sie ihn?«

Grünberg schüttelte vorsichtig den Kopf. »Keine Ahnung, wahrscheinlich ein Verrückter«, sagte er.

»Hm«, machte Meißner. Jemand hätte den Vorfall sehen müssen. Warum hatte sich dann kein Zeuge gemeldet? Warum hatte keiner den Typen festgehalten? So richtig überzeugend klang Grünbergs Erklärung nicht.

Der Schauspieler drehte den Kopf zum Fenster.

»Man könnte schon am Leben verzweifeln.«

Seine Stimme war kaum hörbar, sodass Meißner sich über ihn beugen musste, um ihn verstehen zu können. »Aber wenn es nach mir ginge, hätte ich meinen Tod besser inszeniert.«

»Sie haben kein nachprüfbares Alibi für die Tatzeit. Sind Sie damit einverstanden, dass ich für eine DNA-Untersuchung einen Abstrich Ihrer Mundschleimhaut nehme?«

Da Grünberg nicht widersprach, holte Meißner sein Röhrchen aus der Tasche. »Kann ich noch irgendetwas für Sie tun?«

»Rufen Sie Ludmilla an.«

Meißner nickte.

Auf dem Weg zur Rechtsmedizin rief er Fischer an. Er sollte rauskriegen, wo die Videobänder aus den Münchner U-Bahnhöfen gelagert wurden.

In der Nussbaumstraße gab er lediglich das Röhrchen für die DNA-Untersuchung ab und ersparte sich so einen Besuch bei Kern. Roxanne Steins Leiche war inzwischen freigegeben worden.

Während er auf Fischers Rückruf wartete, rief er Ludmilla an. Sie arbeitete bereits im »Fraunhofer«, also fuhr er hin. Es war schon früher Nachmittag, und Meißner hatte noch nichts gegessen, nur einige Tassen Kaffee getrunken.

Ein paar Leute saßen noch beim Mittagessen. Auch einige Touristen waren den Empfehlungen ihrer Reiseführer in die Münchner Traditionswirtschaft gefolgt. Auf den Tischen lagen Digitalkameras und Stadtpläne.

»Was isst man denn bei euch so?«, fragte er Ludmilla, als sie an seinen Tisch kam.

»Meine Empfehlung für Mutige: saures Lüngerl mit Semmelknödel. Für eher Misstrauische: den Schweinebraten mit Kartoffelknödel. Und dazu ein Dunkles vom Fass.«

»Ich bin feige und nehme den Braten, aber bitte mit Wasser, nein, mit Apfelschorle.«

Als sie das Getränk brachte, sagte Meißner: »Viktor Grünberg behauptet, es habe ihn jemand vom Bahnsteig gestoßen. Er wollte sich gar nicht umbringen.«

Ludmilla zog die Brauen hoch. »Und so etwas passiert?«

Meißner zuckte mit den Achseln.

»Sie glauben ihm also nicht?«

»Sie vielleicht?«, fragte er zurück.

»Aber warum sollte er lügen?«

Sie wurde an einen Tisch gerufen.

Als sie den Schweinebraten mit einem Kartoffelknödel in Größe einer Dampfnudel brachte, fragte sie: »Welche Rolle spielt es denn für die Aufklärung des Falles, ob er gesprungen ist oder gestoßen wurde?«

»Na, wenn er gesprungen ist, muss es dafür einen Grund geben. Liebeskummer wäre mir da zu wenig als Ursache.«

Die Münchner Hausmannskost schmeckte ganz passabel. Nur die Menge war noch immer auf die mittlerweile aussterbenden Berufsgruppen Fuhrknechte und Bierkutscher zugeschnitten.

Fischer rief an, um durchzugeben, dass er die Filme in der Zentrale des Münchner Verkehrsverbunds in einer Straße, die »Im Tal« hieß, einsehen könne. Ob er wisse, wo das sei.

Meißner sagte ja, zwischen Marienplatz und Isartor.

Ein Herr Huber erwarte ihn dort bereits.

Beim Bezahlen erkundigte sich Meißner bei Ludmilla nach den Probenfortschritten ihres Zwei-Frauen-Stückes. Sie winkte ab. Ihre Kollegin habe gestern eine Fehlgeburt gehabt, die Proben seien vorerst ausgesetzt.

Meißner biss sich auf die Lippen. Warum hatte er sie überhaupt danach fragen müssen? Das hatte er nun wirklich nicht wissen müssen. Die Nachricht berührte ihn an einer wunden Stelle, von der er bis vor Kurzem noch gar nicht gewusst hatte, dass sie existierte. Und sie hatte nichts mit Ludmillas Kollegin zu tun.

»Einen kleinen Schnaps vielleicht?«, fragte Ludmilla.

Meißner winkte ab und verabschiedete sich.

Da am Isartor wie immer kein Parkplatz zu finden war, stellte sich Meißner mitten ins Halteverbot.

Huber hatte schon eine Vorauswahl der relevanten Filme von der Strecke der U 3/U 6, Bahnhof Odeonsplatz, getroffen. Um dreizehn Uhr fünfundvierzig war am vergangenen Freitag, dem 4. September, der Alarm ausgelöst und die Rettung angefordert worden. Nach einigen Suchläufen vor und zurück fanden sie die entsprechende Stelle.

Man sah den Zugführer aus seinem Wagen springen und nach unten starren. Eine Gestalt lag quer über dem rechten Gleis. Die Räder des Zuges dicht neben ihr. Aus der Perspektive der Kamera, die auf den Bahnsteig gerichtet war, war die liegende Person nur undeutlich zu erkennen.

»Fahren Sie den Film zurück«, bat Meißner.

An dem Punkt, an dem Huber stoppte, sah man tatsächlich Grünberg unter den Wartenden an der Bahnsteigkante stehen. Die U 6 Richtung Kieferngarten fuhr ein, stoppte, Leute stiegen aus, Wartende stiegen ein. Es wimmelte von Menschen, zwischen denen Grünberg kurz verschwand. Dann schlossen sich die Türen wieder, und der Bahnsteig leerte sich. Grünberg stand noch immer da, offenbar wartete er auf den nächsten Zug, die U 3 Richtung Olympiazentrum. Kurz bevor die U 6 anfuhr, tauchte im Bild ein jüngerer Mann auf, der an der Bahnsteigkante entlangging. Ein schlanker, dunkler Typ. Er schien in sich gekehrt, eilte auf ein festes Ziel zu, das am Ende des Bahnsteigs liegen musste. Plötzlich war er auf der Höhe von Grünberg, ging rechts an ihm vorbei. Es schien ein Handgemenge zu geben, und plötzlich war Grünberg verschwunden, und der eben anfahrende Zug machte eine Vollbremsung. Es zischte und quietschte, und ein paar Leute schrien auf.

Als Huber noch einmal zum Anfang der Szene zurückspulte, sahen sie es in der Zeitlupe deutlich: Der dunkelhaarige Passant stieß Viktor Grünberg tatsächlich seinen linken Ellbogen in die Seite. Grünberg verlor das Gleichgewicht und fiel auf die Gleise.

»Wohin ist der Mann verschwunden, welchen Ausgang kann er genommen haben?«, fragte Meißner.

»Ludwigstraße, stadtauswärts.«

»Sind auf der nächsten Ebene auch Kameras installiert?«

Huber nickte. »Da muss ich aber eine Weile suchen.«

»Tun Sie das«, sagte Meißner. »Wann machen Sie Feierabend?«

»Eigentlich um fünf«, sagte Huber, »aber für Sie kann ich schon mal ein Überstündchen einlegen. Noch kriegen wir ja unseren Freizeitausgleich. Bis ich gefunden habe, wonach Sie suchen, können Sie einen Kaffee trinken gehen oder durch die Innenstadt bummeln, wenn Sie schon mal hier sind. Ich werde ein Weilchen brauchen, bis ich alles gesichtet habe, aber ich gebe Ihnen gleich Bescheid, wenn ich was habe.«

Meißner ließ ihm seine Handynummer da und ging Richtung Marienplatz los, kam aber nie dort an, weil er in einer kleinen Lavazza-Bar in den Sparkassen-Arkaden hängen blieb. Überall saßen die Menschen in den Straßencafés. Sogar das »Schneider Weißbräu« hatte Tische mit weiß-blauen Tischdecken im Freien aufgestellt. Mehrere Touristengrüppchen fanden den Weg in das urige Bräuhaus, in dem sogar halbe Portionen Schweinebraten und kleine »Damen«-Weißbiere serviert wurden, aber viele schlenderten auch daran vorbei und bogen dann rechts zum Platzl ab beziehungsweise zum »Hofbräuhaus«.

Meißner schaute dem Treiben eine Weile zu und bekam Lust, sich selbst treiben zu lassen. Er lief über den Viktualienmarkt zur Schrannenhalle, in der er seit ihrer Wiedereröffnung noch nicht ein einziges Mal gewesen war. Da kam der Anruf von Huber. Er habe etwas gefunden, aber Meißner solle sich keine großen Hoffnungen machen, die Aufnahme sei qualitativ auch nicht besser als die vom Bahnsteig.

Zurück am Bildschirm musste Meißner feststellen, dass Huber recht hatte. Zwei Minuten, nachdem Grünberg aufs Gleis gestürzt war, sah man denselben Mann durch das Zwischengeschoss gehen, halb verdeckt von den vielen Menschen, die zu den Bahnsteigen eilten oder von den Zügen kamen. Dann bog er nach rechts ab und verschwand.

»Was ist das für ein Ausgang?«, fragte Meißner.

»Hofgarten«, sagte Huber.

»Weitere Kameras?«

Huber schüttelte den Kopf.

Also gab es kaum Chancen, den Täter zu finden. Immerhin war das nicht mehr seine Aufgabe, sondern die der Münchner Kripo. Die Staatsanwaltschaft würde auf jeden Fall Anklage erheben, da man dem Unbekannten einen Mordversuch unterstellen musste. Huber würde ihm die beiden Videos per E-Mail auf seinen Rechner schicken.

NEUN

Meißner war nervös und reizbar, als er am nächsten Morgen im Präsidium auftauchte. Und er war irgendwie sauer auf Viktor Grünberg, so, als habe der selbst den Selbstmordversuch vorgetäuscht, der ihm vorschnell unterstellt worden war. Von Ludmilla. Und Meißner hatte sich ja auch sofort darauf festgelegt. Er beauftragte Fischer und Holler damit, sich die Filme noch einmal genau anzusehen.

»Hast du die nicht schon mit diesem Menschen vom MVV angeschaut?«, maulte Fischer.

»Vielleicht haben wir etwas Wichtiges übersehen. Soll schon mal vorgekommen sein.«

Fischer sah zu Marieluise hinüber und verzog das Gesicht.

»Ist noch was, Fischer?«, wollte Meißner wissen. »Und sag jetzt bitte nicht, dass es sowieso egal ist, ob er gesprungen ist oder gestoßen wurde. Dass uns das ja eigentlich gar nicht mehr zu interessieren hat, weil wir ja nur herausfinden müssen, ob er mit dem Tod von Roxanne Stein etwas zu tun hat oder nicht.«

»Alles klar, Stefan«, sagte Fischer, der die explosive Stimmung seines Vorgesetzten richtig zu deuten wusste und lieber klein beigab.

»Was ist jetzt eigentlich mit diesem Grote?«, fuhr Meißner Marlu an. »Geht da mal irgendetwas vorwärts?«

Sie schluckte.

»Er ist telefonisch nicht zu erreichen. Ich versuche es stündlich.«

»Bist du vielleicht mal hingefahren?«

»Ja, bin ich.«

»Und?«, fragte Meißner, der einfach nicht von seiner Ungeduld und seinem Ärger loslassen konnte. Sie drehten sich doch die ganze Zeit nur im Kreis, und nirgendwo war ein Ausweg in Sicht.

»Er ist nicht da. Oder er ist da, macht aber nicht auf. Ich habe bei den Nachbarn nachgefragt, doch die erinnern sich nicht einmal, wann sie ihn das letzte Mal gesehen haben. Jedenfalls nicht vor Kurzem. In diesem Haus mag das nicht besonders viel heißen, aber es sieht so aus, als ob er unterwegs oder verreist ist. Ich habe in der näheren Umgebung nach seinem Auto gesucht, es aber nicht gefunden. Als Anwohner darf er im Innenstadtbereich ja parken.«

»Vielleicht ist er einfach auf Geschäftsreise?«, schlug Fischer vor. »Der Mann ist doch selbstständig, der muss seine Kunden bestimmt ab und zu mal besuchen.«

»Und du würdest auf Geschäftsreise dein Handy abschalten, oder wie?«, fragte Meißner.

»Vielleicht ist der Akku leer, und er hat sein Ladegerät zu Hause vergessen. Na ja, geschenkt.«

»Was ist mit der Exfreundin?«, wollte Meißner wissen.

»Ich habe mit ihr gesprochen. Sie hat Angst, dass Grote sie und das Kind findet, wenn sie sich mit uns einlässt. Sie hat noch einen Schlüssel für die Wohnung in der Beckerstraße und würde gerne ihre restlichen Sachen und die ihrer Tochter aus der Wohnung holen.«

»Da haben wir doch unsere Chance«, sagte Meißner. »Wir bieten ihr Polizeischutz an. Sie kann ihre Sachen holen und muss keine Angst vor ihrem Ex haben, dafür lässt sie uns in die Wohnung, und wir können uns umsehen.«

»Sie hat noch nicht zugesagt«, wandte Rosner ein.

»Du sagst der Frau …«

»Sie heißt Haschova.«

»Sag ihr, sie soll kommen, und zwar am besten gleich heute noch. Wir müssen etwas tun, sonst schlagen wir hier noch Wurzeln.«

Meißner wollte sich selbst beim Staatsanwalt um den Durchsuchungsbefehl kümmern und stürmte davon.

»Was hat der denn auf einmal?«, fragte Marlu ihre Kollegen.

»Manche Leute bekommen bei Föhn Kopfschmerzen. Bei Stefan hat das meistens mit dem aktuellen Fall zu tun. Aber wenn er gereizt ist, kommt häufig irgendwas ins Rollen. Lass dich bloß nicht provozieren, wenn er so drauf ist. Das bringt nichts. Durchatmen und einfach abwarten. Wirst schon sehen. Der gibt jetzt Vollgas, und dann wird auch was passieren. War bisher immer so.«

»Hm«, machte Marieluise. Stefans Verhalten schmeckte ihr gar nicht.

»Nimm's bloß nicht persönlich.«

»Ich werd's versuchen. Kann er sich da nicht ein bisschen zusammenreißen? So kenne ich ihn gar nicht.«

»Ja, ja. Stefans dunkle Seiten. Aber er meint das nicht böse. Mich steckt seine Nervosität immer an.«

Bis Mittag hatte Meißner die Rückmeldung des Staatsanwalts: keine Gefahr im Verzug, kein Durchsuchungsbefehl. Dann würden sie das eben anders, quasi halb privat, durchziehen. Personenschutz, keine Hausdurchsuchung. Sollten sie etwas finden, das für die Ermittlungen verwertbar war, dann würde er die Zustimmung des Staatsanwalts auch noch nachträglich bekommen.

Marieluise hatte all ihre Überredungskünste darauf verwendet, Grotes Exfreundin nach Ingolstadt zu lotsen. Frau Haschova hatte die Unterbringung ihrer Tochter bei einer Nachbarin organisiert und schließlich zugestimmt, zusammen mit der Polizei in die Wohnung in der Beckerstraße 2 1/3 zu gehen. Marieluise würde sie um zwei Uhr vom Hauptbahnhof abholen.

Fischer schlug vor, zusammen beim Italiener an der Ecke zu Mittag zu essen, in der Hoffnung, Carlos selbst gemachte Ravioli könnten Meißner besänftigen. Seine Rechnung ging nur zum Teil auf. Auch im Lokal hatte Meißner den Tunnelblick aufgesetzt und beteiligte sich kaum an der Unterhaltung über die Lokalereignisse des kommenden Wochenendes. Aber immerhin hockte er mit ihnen am Tisch und verhielt sich friedlich.

Kurz vor zwei Uhr fuhren sie hinüber zum Hauptbahnhof auf der anderen Donauseite. Sein Vorläufer, der Ingolstädter Centralbahnhof, war 1945 zerbombt worden. Das schäbige Gebäude, das nach dem Krieg als Ersatz errichtet worden war und nicht gerade aussah wie das Bahnhofsgebäude einer Großstadt, war erst kürzlich um- und ausgebaut worden. Die neu gestaltete Halle wurde offenbar als Treffpunkt und im Winter wahrscheinlich auch als Wärmestube benutzt. Als Meißner und Marlu sie durchquerten, hatte sich auf einer Steinbank entlang der verglasten Vorderfront eine dichte Reihe meist älterer Herren niedergelassen. Unter der Bank waren die Heizkörper angebracht, die aber zu dieser Jahreszeit noch nicht eingeschaltet waren. Keiner von ihnen sah aus wie ein Reisender. Keiner hatte auch nur ein Gepäckstück bei sich.

In der Bäckerei und in der Imbissbude war jetzt, am frühen Nachmittag, richtig was los, sogar im Internetcafé mit seinen abwaschbar aussehenden Möbeln. Auch in der kleinen Buchhandlung standen Leute und blätterten in den Zeitschriften oder überflogen die Titel der Taschenbücher mit den gelben oder roten Aufklebern, auf denen »Bestseller« stand.

Als sie den Bahnsteig erreichten, fuhr gerade der Regionalexpress aus München ein.

Sie gingen zurück und warteten vor dem Eingang zur Bahnhofshalle, bis die ersten Reisenden aus der Unterführung kamen. Meißner erkannte die blonde Frau Mitte dreißig sofort, als sie auf sie zukam. Er hatte sich Naums Videoaufnahmen oft genug angesehen. Sie trug einen Koffer und eine Reisetasche, beides offenbar leer, denn sie schienen ihr keine Mühe zu machen. Sie war sehr schlank, fast schon dürr, und ihr großflächiges Gesicht wirkte knochig. Sie hatte keinerlei Schmuck angelegt, und in ihrem beigefarbenen Mantel wirkte sie unscheinbar und blass. Sie schien sich in ihrer Haut nicht wohlzufühlen. Ingolstadt war bestimmt kein Ort, an den sie gerne zurückkam. Und dann noch die Polizeieskorte, die auf sie wartete. Schüchtern und eher kühl gab sie Meißner die Hand. Er nahm ihr die beiden Gepäckstücke ab.

»Und Sie sind sicher, dass er nicht da ist?«, fragte sie auf dem Weg in die Innenstadt.

»Ja, aber wir werden auf jeden Fall zuerst reingehen«, sagte Meißner.

»Sie dürfen auf keinen Fall meine Telefonnummer weitergeben.«

»Natürlich nicht«, sagte Marlu. »Sie können sich auf uns verlassen.«

Meißner beobachtete die Frau im Rückspiegel, als er über die Adenauer-Brücke fuhr. Etwas erschrocken betrachtete sie die Silhouette der Altstadt, aus der die trutzigen weißen Mauern des Neuen Schlosses über dem Donauufer herausragten. Er fuhr die Schlossländе entlang, bog in den Unteren Graben ein und von dort in die Beckerstraße. Vor dem Haus Nummer 2 parkte er. Frau Haschova sah den afrikanischen Laden offenbar auch zum ersten Mal.

»Hier war der Laden von Frau Milchmeier! Jana, meine Tochter hat immer Karamellbonbons bei ihr bekommen, wenn ich dort eingekauft habe.«

Beim Aussteigen sah sich Meißner auf der Straße um. Nichts Auffälliges. Sie klingelten bei Grote, bekamen aber wie erwartet keine Antwort, sodass sie die Haustür mit Frau Haschovas Schlüssel öffneten und hinaufgingen. Meißner trug die Koffer. Frau Haschova sah ängstlich das Treppenhaus hinauf, als würde sie oben jemanden erwarten. Jemanden. Ihn. In einer der Erdgeschosswohnungen hörten sie eine Küchenmaschine anlaufen, ansonsten war es still.

Auf dem ersten Treppenabsatz sagte Meißner: »Geben Sie mir den Schlüssel.«

Sie suchte in ihrer Jackentasche und reichte ihm den Schlüssel, ohne den Blick von der Wohnungstür über ihr zu wenden.

»Sie warten jetzt bitte hier. Wir gehen voraus.«

Meißner stellte das Gepäck ab, zog seine Pistole und entsicherte sie. Marieluise sah ihn ungläubig an, doch er forderte sie mit einem Kopfnicken auf, dasselbe zu tun.

Als sie so weit war, gingen sie zur Wohnungstür. Meißner klingelte erneut und legte das Ohr an die schwere dunkle Holztür. Nichts. Er steckte den Schlüssel ins Schloss und drehte ihn um. Als er wieder kein Geräusch vernahm, drückte er die Klinke hinunter und betrat die Wohnung mit der Pistole im Anschlag. Marieluise gab er ein Zeichen, draußen zu warten. Sie hörte ihn in der Wohnung Türen aufstoßen, dann kam er zurück und bedeutete den beiden Frauen, ihm zu folgen.

Frau Haschova nahm Koffer und Reisetasche und setzte sich wie gegen einen inneren Widerstand in Bewegung. Marieluise wartete an der Tür auf sie und vergewisserte sich noch einmal, dass niemand im Treppenhaus war, bevor sie Frau Haschova in die Wohnung schob. Dann zog sie die Tür hinter sich zu.

Meißner stand bereits in der Küche und schien ganz in die Betrachtung des Chaos versunken, das hier herrschte. Marlu zwängte sich an ihm vorbei zum Fenster und riss es auf.

»Das kann ja kein normaler Mensch aushalten«, sagte sie. »Was für eine Schweinerei.«

Leere und halbvolle Bierflaschen standen auf oder lagen unter dem Tisch. Pizzakartons stapelten sich auf dem Boden, und die Reste, die sich noch darin befinden mochten, stanken zum Himmel. Auf der Arbeitsfläche türmte sich schmutziges Geschirr, dazwischen leere Schnapsflaschen. Korn, Jägermeister, alles durcheinander. Grote schien nicht wählerisch gewesen zu sein.

Frau Haschova drehte sich weg und ging zum Schlafzimmer, in dem der Schrank offenstand. All ihre Kleider waren herausgerissen worden und lagen als Kleiderberg am Boden. Im Schrank hingen neben Grotes Sachen nur noch leere Kleiderbügel. Das Bett war ungemacht, und die Bettwäsche sah aus, als hätte er sie seit dem Weggehen seiner Freundin nicht mehr gewechselt.

Elf Monate, dachte Meißner, das konnte hinkommen.

Die Frau schwieg betroffen, starrte nur auf den Stapel Kleider, öffnete dann den Koffer und die Tasche und stopfte unbesehen alles hinein. Ihre Bewegungen waren mechanisch.

Als sie fertig war, öffnete sie die linke Tür des Schrankes und zog aus dem untersten Fach eine elektrische Nähmaschine der Marke »Bernina« hervor.

»Darf ich die mitnehmen? Ist von meiner Mutter, aus Brünn.«

»Natürlich, wenn es Ihre ist«, sagte Meißner.

»Wie kann ich tragen?«, fragte sie hilflos, wobei sich ihre Aufregung zum ersten Mal in der Grammatik niederschlug.

»Wir werden Sie nach Hause fahren, keine Sorge«, sagte Marieluise.

Die Tür zum dritten Zimmer, das früher Abstellkammer, dann Kinderzimmer gewesen war, stand offen. Die Frau, die so lange alle Gefühle weggesperrt hatte, schlug die Hände vors Gesicht. Marieluise legte den Arm um sie. Das Kinderbett war ausgeräumt. Aus Bettwäsche und Decken hatte Grote mithilfe von Wäscheleinen, die zwischen Bett, Schrank und Fenster gespannt waren, eine Art Höhle gebaut. Darin lag die Matratze aus dem Kinderbett – über die ein Biene Maja-Laken gespannt war, auf das jemand Schokolade oder Schokoladensoße geschmiert hatte. Es war eklig.

»Brauchen Sie von hier etwas?«, fragte Marieluise.

Frau Haschova deutete auf ein Regal, in dem ein paar Bücher standen.

Marieluise nahm die Reisetasche und stopfte alles hinein. Die Bücher sahen alt aus. Es waren tschechische Kinderbücher, vielleicht noch ihre eigenen. Marieluise stellte die Reisetasche zum Koffer und zur Nähmaschine.

Meißner war noch immer in der Küche. Er hatte sich auf dem Tisch etwa einen Quadratmeter Platz freigeschaufelt und dort den Inhalt der Tischschublade ausgebreitet.

»Irgendetwas Wichtiges gefunden?«, fragte Marlu. »Etwas von Frau Stein?«

Meißner schüttelte den Kopf. Frau Haschova erschien in der Tür.

»Kannten Sie Roxanne Stein?«, fragte Meißner sie.

»Die Journalistin? Ja, ich habe sie im Frauenhaus kennengelernt. Das habe ich der Kollegin schon gesagt.

»Sie kannten sie aber nicht schon vorher? Aus dem Haus?«

»Nein. Ich kannte den Mann, der vorher in der Wohnung wohnte, aber auch nur vom Sehen.«

»Herrn Grünberg?«

»Ja. Er war Schauspieler. Und netter Mann.«

»Setzen Sie sich noch kurz, ich bin gleich fertig«, sagte Meißner zu ihr.

Sie sah sich nach einem Stuhl um, der frei von Pizzakartons und Essensresten gewesen wäre, fand aber keinen. Also trat sie ans Fenster und blickte auf die Straße hinaus.

Schon als er vom Graben in die Beckerstraße einbog, sah er das Polizeiauto vor dem Haus Nummer 2. Er setzte zurück, stellte den Wagen in der Parallelstraße vor dem Altenheim ab, ging dann durch den Innenhof der Altenwohnanlage und näherte sich von dort der Beckerstraße in Höhe des Hauses 2 1/3. Er duckte sich hinter die Bögen der Arkaden, der Durchfahrt in den Innenhof. Von dort sah er, dass das Küchenfenster seiner Wohnung geöffnet war. Und während er noch überlegte, was er jetzt tun sollte, trat eine schmale, blonde Frau ans Fenster: Helena! Sie war zurückgekommen. Mit der Polizei! Er verbarg sich hinter einer der Arkaden, und als er wieder einen Blick riskierte, war die Frau weg. Ohne nachzudenken sprang er aus seiner Deckung und lief über die Beckerstraße. Die Haustür war nur angelehnt. Im Treppenhaus blieb er stehen und lauschte. Es war still, also nahm er an, dass sie seine Wohnungstür geschlossen hatten. Er schlüpfte aus seinen Schuhen, nahm sie in die Hand und rannte die Treppe bis zum Absatz im zweiten Stock hinauf. Auf der letzten Stufe drückte er sich an die Wand. Als er seinen Atem wieder unter Kontrolle hatte und ruhiger wurde, hörte er Stimmen aus der Etage unter ihm. Die Tür ging auf, und ein schlanker, etwa ein Meter fünfundachtzig großer Mann, den er auf Mitte vierzig schätzte, tauchte im Treppenhaus auf. Ein Bulle. Der war doch schon mal hier im Haus gewesen, zusammen mit diesem jüngeren Typen, dem Schwulen.

Grote ging einen Schritt zurück, um nicht gesehen zu werden, dann hörte er weitere Personen. Die klappernden Absätze mussten von Helena sein. Er wagte nicht, sich nach vorne zu lehnen, ins Treppenhaus, hörte sie nur die Treppen hinuntersteigen. Sie mussten zu dritt sein.

»Was mache ich jetzt mit den Sachen?«, fragte Helena.

»Ich werde Sie nach Hause fahren«, sagte eine Frau. »Die Balanstraße ist doch beim Ostbahnhof? Da finde ich schon hin.

Ihre Tochter macht sich vielleicht schon Sorgen. Wollen Sie bei ihr anrufen?«

Er hörte, wie die Haustür aufging. Von der Straße drang Verkehrslärm herein, dann fiel die Tür wieder zu. Nach einer Weile zog er die Schuhe wieder an, ging in den ersten Stock hinunter und schloss die Wohnungstür auf. Alles sah genauso aus, wie er es vor drei Tagen verlassen hatte. Nur Helenas Kleider fehlten, und das Bücherbord im Kinderzimmer war leer.

Drei Tage vorher war er mit dem Auto herumgefahren, bis fast kein Benzin mehr im Tank war. Dann war er gelaufen, am Fluss entlang, hatte etwas gegessen und dann im Auto übernachtet. Am nächsten Tag hatte er getankt und war weitergefahren. Er konnte sich an Städte wie Augsburg, Donauwörth, Nördlingen erinnern.

Das Fenster in der Küche hatten sie wieder geschlossen. Nur auf dem Tisch war eine Ecke frei geräumt worden. Grote nahm eine große Einkaufstasche vom Haken an der Tür und stopfte ein paar Unterlagen hinein. Fotos, die er in einer Schublade fand, eine Tafel Schokolade, die herumlag. Er nahm einen dicken Pullover aus dem Schrank, legte ihn sich um die Schultern, dann öffnete er die Wohnungstür einen Spalt breit und lauschte. Er hängte sich die Einkaufstasche um und stieg die Treppe hinunter. Am Eingang sah er noch in den Briefkasten. Die Anzeigenblätter warf er auf den Boden. Als er die Haustür öffnete, kam ihm der Grieche aus dem dritten Stock entgegen, dessen Name er vergessen hatte. Er hatte gesoffen. »Grieß Gott«, lallte er mit schwerer Zunge, doch Grote ging wortlos an ihm vorbei durch die Tür.

Er überquerte den Hof des Altersheims, schloss die Autotür auf und warf die Einkaufstasche und den Pullover in den Kofferraum. Auf der Rückbank lagen ein ausgerollter Schlafsack und sein Laptop. Er fuhr die Roßmühlstraße hinunter und die Donau entlang. Über die Schillerbrücke gelangte er auf den Ring und bog an der Saturnarena auf die Manchinger Straße und von dort auf die A 9, Anschlussstelle Ingolstadt-Süd.

Balanstraße. Er wusste, wo das war. In München, beim Ostbahnhof. Er hatte mal einen Kunden in der Nähe gehabt. Dort also wohnte Helena jetzt mit Jana, die er seit Wochen nicht gesehen hatte. Er wusste, dass die Balanstraße lang war und Helena mit Sicherheit nicht im Telefonbuch stand. Er hatte noch keine Idee, was er machen würde, aber er würde hinfahren.

Sechzig Minuten später verließ er die Autobahn am Unterföhringer Ring, überquerte die Isar, fuhr am Heizkraftwerk vorbei zum Effnerplatz und von dort über den Ring und die Einsteinstraße zum Ostbahnhof. Er kreuzte die Rosenheimer Straße und war in der Balanstraße. Sie war mehrere Kilometer lang, führte stadtauswärts nach Ramersdorf, stadteinwärts zum Rosenheimer Platz. Es gab ein paar vierstöckige Altbauten und neue Wohnanlagen, die etwas höher waren. Sozialer Wohnungsbau. Sie hatten gesagt, die Wohnung wäre eher in Bahnhofsnähe. Also musste er nicht ganz so weit draußen suchen. Er würde sich zuerst zwischen Rosenheimer Platz und Welfenstraße umsehen und sich dann weiter stadtauswärts vorarbeiten.

Einige Male fuhr er das Straßenstück auf und ab, dann parkte er den Wagen am Straßenrand. Er begann, Hauseingänge abzuklappern, Klingelschilder zu lesen. Nicht überall gelangte er ins Haus. Bei einem etwas älteren Gebäude hatte er so ein Gefühl, als ob sie hier wohnen könnte, aber es wurde ihm nicht geöffnet. Die Nacht brach an. Er hatte vor, wieder im Auto zu schlafen, aber bevor er in den Schlafsack kroch, musste er noch einmal hinaus. Schräg gegenüber war eine kleine Grünfläche. Während er pisste, begegnete er einem älteren Mann, der seinen Hund ausführte. Der Mann hielt ihn für einen Obdachlosen oder Betrunkenen und sah weg. Grote ging zurück ins Auto und kroch in seinen Schlafsack.

ZEHN

Im Morgengrauen erwachte er. Beim Bäcker an der Ecke holte er sich einen Becher Kaffee und beobachtete vom Auto aus den Eingang des Hauses, in das er nicht reingekommen war. Er war so müde, dass er noch einmal einschlief. Als er wieder erwachte, war es halb acht. Gerade bog eine Politesse in die Straße ein, also stieg Grote aus, um einen Parkschein zu lösen. Am Automaten stehend sah er aus dem Augenwinkel, wie die Eingangstür zum Nachbarhaus aufging. Eine Frau trat zusammen mit einem Kind heraus und ging Richtung Ostbahnhof davon. Helena und Jana! Seine Tochter musste zur Schule. Schnell warf er das Geld in den Automaten, legte den Parkschein ins Auto und folgte den beiden in großem Abstand zu Fuß.

Meißner bekam weder einen offiziellen Hausdurchsuchungsbefehl noch eine Fahndungsgenehmigung, dafür waren die Verdachtsmomente gegen Grote einfach nicht ausreichend. Er war nicht erreichbar, aber er konnte sich auch ganz legal auf Geschäftsreise oder im Urlaub befinden. Es konnte eine Menge plausibler Gründe dafür geben, dass man Leute nicht erreichen konnte. Was hatten Sie überhaupt gegen ihn in der Hand? Er wohnte im selben Stockwerk wie das Mordopfer, und er hatte Roxanne Stein möglicherweise im oder vor dem Frauenhaus gesehen. Das allein reichte nicht.

Die Stimmung bei der Einsatzbesprechung war nicht besser als am Tag zuvor. Jeder brütete vor sich hin, während Meißner dabei war, ein Profil von Grote zu entwerfen. Er trug alle Puzzleteile zusammen, die ihnen bekannt waren oder auf die sie schließen konnten, aber es wurde ein sehr lückenhaftes Bild, das dennoch als Täterprofil dienen konnte.

Kurz vor halb neun klingelte sein Handy. Es war Helena Haschova. Sie war völlig aufgelöst.

»Was ist passiert?«, fragte Meißner.

»Ich glaube, ich habe ihn gesehen«, schluchzte sie.

»Wen?«

»Hans.«

»Hans?«

»Na, Hans Grote, Janas Vater.«

»Wo?«

»Ich habe Jana zur Schule in die Grafinger Straße gebracht. Dann bin ich zurück zum Ostbahnhof gegangen, um in die Arbeit zu fahren. Und wie ich aus der Unterführung zum Gleis hinaufgehe, drehe ich mich noch mal um, ich weiß nicht, warum. Und da sehe ich ihn zwischen den anderen Leuten, die zu ihren Zügen gehen. Er hat sich weggedreht, als er mich gesehen hat. Aber er war es. Oh Gott, er hat uns gefunden!«

»Bleiben Sie ruhig! Wo ist er dann hingegangen?«

»Richtung Ausgang, zum Bahnhofsgebäude. Ich habe ihm nachgeschaut.«

»Sind Sie sicher, dass er es war?«

»Er hat sich nicht mehr umgedreht.«

»Konnten Sie ihn unter all den Menschen denn erkennen?«

»Ich glaube schon.«

»Hat er Sie auch gesehen?«

»Ich glaube schon«, wiederholte sie.

»Hat er nicht versucht, Sie anzusprechen?«

»Nein, er hat nur geschaut und sich dann umgedreht.«

»Kann es nicht sein, dass er zufällig dort war? Der Ostbahnhof ist immerhin ein Verkehrsknotenpunkt.«

»Ich glaube nicht an solche Zufälle. Sie etwa, Herr Kommissar?«

»Er könnte doch von einer Reise zurückgekommen sein.«

»Hans fährt immer mit dem Auto. Nie mit dem Zug. Ich habe Angst«, flüsterte sie. »Vielleicht hat er auch Jana gesehen. Vielleicht war er schon in ihrer Schule.«

»Beruhigen Sie sich, Frau Haschova. Wollten Sie nicht zur Arbeit fahren?«

»Ja, ich muss zur Arbeit. Normalerweise fange ich um neun an. Aber ich muss doch jetzt auf Jana aufpassen.«

»Wer holt sie mittags immer ab?«

»Meine Nachbarin, Frau Dergisi. Ihr Sohn Ari geht in Janas Klasse. Können Sie nicht herkommen? Sie müssen auf meine Tochter aufpassen!«

»Frau Haschova, ich werde mich darum kümmern, dass die Münchner Kollegen einen Streifenwagen zur Schule schicken und mittags den Heimweg Ihrer Tochter bewachen. Wann holen Sie Ihre Tochter bei der Nachbarin ab?«

»Ich komme um vier von der Arbeit.«

»Okay. Es kann Jana also nichts passieren. Die Kollegen überwachen den Heimweg Ihrer Tochter von der Schule. Dann geht sie mit zur Nachbarin und spätestens um vier sind wir bei Ihnen. Dann besprechen wir auch, wie es weitergeht. Die Frau … ihre Nachbarin …«

»Frau Dergisi.«

»… wohnt also im selben Haus?«

»Ja, im sechsten Stock.«

»Gut, dann treffen wir uns um vier Uhr bei ihr. Und bleiben Sie ruhig. Wir kümmern uns um alles.«

Meißner rief bei den Münchner Kollegen an und bat um Unterstützung. Sie sagten zu, eine Streife zur Schule zu schicken und ihn sofort zu benachrichtigen, wenn ihnen irgendetwas auffallen sollte. Er gab eine Personenbeschreibung von Grote durch und das Kennzeichen seines Wagens. Mehr konnte er im Moment nicht tun. Der Mann hatte sich bisher nicht strafbar gemacht, und vielleicht war es auch nur eine Verwechslung, und Frau Haschova hatte sich geirrt, hatte nach dem gestrigen Besuch in der Ingolstädter Wohnung, der sie offenbar stark aufgewühlt hatte, überreagiert.

Grote fuhr Richtung Nockherberg und parkte das Auto auf einem Dauerparkplatz. Dann lief er zurück, setzte sich am Rosenheimer Platz in eine türkische Imbissbude und trank einen Mokka. Er spazierte über den Weißenburger Platz, der voller Punks und Schäferhunde war, um die die Passanten und die alteingesessenen Haidhauser Bürger einen großen Bogen machten. Die Grünflächen mit den Rosenrabatten waren voller Hundedreck. Unter den Parkbänken lagen leere Bier- und Schnapsflaschen. Der Pariser Platz, der Zwillingsbruder des Weißenburger Platzes, war Treffpunkt der Obdachlosen, die sich gerade heftig stritten, als er den Platz überquerte. Es schien um eine Frau zu gehen, die mit mehreren vollen Plastiktüten einen Platz auf einer Bank ansteuerte, der ihr offenbar von den bereits sitzenden Männern verwehrt wurde. Mit hängenden Schultern stand sie in ihrem wattierten, ehemals braunen Wollmantel da, ihr aufgedunsenes Gesicht sah elend aus.

Grote erreichte den Orleansplatz und überquerte ihn in Richtung Ostbahnhof. Ein Streifenwagen fuhr langsam durch das zugeparkte Halbrund des Platzes. Wahrscheinlich wegen des Gesindels oder wegen der in zweiter Reihe parkenden Autos, beruhigte er sich.

Von der Bahnhofshalle aus ging er hinunter zur Unterführung. Über sich hörte er die Züge hinwegdonnern. Nach Gleis vierzehn stieg er eine Treppe wieder hinauf, in den rückwärtigen Teil des Bahnhofs, trat auf die Friedenstraße hinaus und bog von dort aus in die Grafinger Straße ein. Er kannte den Weg, denn er war ihn bereits heute Morgen gegangen, in sicherem Abstand zu Helena und Jana.

Als er den Streifenwagen vor der Grundschule an der Grafinger Straße sah, dachte er schon daran, dass die Beamten vielleicht seinetwegen da sein könnten. Morgens, in der Bahnhofsunterführung, als sie zu ihrem S-Bahn-Gleis hinaufgegangen war, hatte Helena sich auf einmal umgedreht und ihn gesehen. Sie musste ihn erkannt haben, denn sie hatte die Augen zusammengekniffen und dann, im Erkennen, war ihr Alltagsgesicht verschwunden, und er konnte deutlich die Angst in ihren Augen erkennen. Aber deshalb war er doch nicht gekommen! Er wollte ihr doch nichts tun!

Konnte sie deshalb die Polizei gerufen haben? Was hatte er ihr denn getan? Nichts. Er bog in die nächste Querstraße ein, ging noch etwas weiter, umrundete das Schulgebäude und kam von der anderen Seite wieder zurück auf die Grafinger Straße. Es war kurz vor zwölf. Die Straße vor der Schule war voller Autos. Die Mütter standen in Grüppchen zusammen, um ihre Kinder abzuholen. Helena war nicht unter ihnen.

Er überquerte die Straße in nördlicher Richtung und blieb hinter einer Hecke stehen, von wo aus er den Eingang zur Grundschule beobachten konnte. Plötzlich ging die Beifahrertür des Streifenwagens auf, und eine Polizistin stieg aus. Sie war jung und wirkte muskulös wie ein Mann. Der Fahrer blieb im Wagen sitzen. Sie winkte lächelnd einer Gruppe von Kindern zu, die sie beim Vorübergehen anstarrten. Mütter begleiteten ihren Nachwuchs über die Straße. Eine von ihnen trat auf die Polizistin zu, um mit ihr zu sprechen. Da sah er Jana aus dem Tor kommen. Ein kleiner Junge und eine Frau liefen neben ihr her. Die Frau trug ein rosa Kopftuch und einen langen grauen Rock. Als die Dreiergruppe eben an der Polizistin vorbeiging, sah sich der kleine Junge neugierig nach dem Polizeiauto um. Jana jedoch, seine Jana, zog ängstlich den Kopf ein, dann machten sie sich Richtung Ostbahnhof auf den Heimweg.

Schnell ging er die Straße entlang bis zur nächsten Querstraße, wo er einen Fußweg zum Bahnhof entdeckte, den er einschlug. Er musste vor ihnen sein, dachte er, als er die Gleisunterführung erreichte. Dort wartete er, bis er sie kommen sah, dann ging er weiter, immer ein Stück voraus.

In der Balanstraße wechselte er die Straßenseite und ging am Wohnhaus von Helena vorbei zur Grünfläche, die er am Tag zuvor als Toilette benutzt hatte. Dort wartete er. Auf dem ganzen Weg vom Orleansplatz war ihm keine weitere Polizei aufgefallen. Er zog eine Zeitung aus der Tasche und setzte sich auf eine Parkbank. Als er sich umdrehte, sah er das Dreiergrüppchen schon kommen, aber an der Ecke Rosenheimer Straße stand nun auch wieder der Streifenwagen. Die Frau mit dem Kopftuch zog einen Schlüssel aus der Jackentasche und öffnete die Haustür. Im Flur, direkt dahinter, öffnete sie einen der Briefkästen in der oberen Reihe, ziemlich weit rechts, und nahm die Post heraus. Dann fiel die Haustür zu.

Grote blieb noch eine Weile mit seiner Zeitung sitzen. Der Streifenwagen fuhr im Schritttempo die Balanstraße entlang, an der Welfenstraße wendete er und kam noch einmal langsam zurück. Der Wagen wartete. Nach etwa zwanzig Minuten verschwand er.

Grote wartete noch eine weitere Viertelstunde ab, dann nahm er einen kleinen Werkzeugkoffer aus dem Auto, ging zum Wohnhaus und drückte auf mehrere Klingelknöpfe. Als eine Frauenstimme »Wer ist denn da?« rief, antwortete er »Post!«, und der Türöffner summte. Er sah sich die Briefkästen genauer an. Aus den meisten ragte ein zusammengefaltetes Anzeigenblatt heraus, nur rechts oben waren zwei Briefkästen schon geleert worden. Er las die Namen: Wagner und Dergisi. Wegen des Kopftuches der Frau entschied er sich für Dergisi. Er sah noch einmal auf die Klingelschilder neben der Haustür, dann fuhr er mit dem Aufzug in den sechsten Stock, fand die Tür und klingelte. Er hörte Schritte, dann fragte ein Junge: »Wer ist da?«

»Guten Tag, ich komme von der Telekom.«

»Was wollen Sie? Unser Telefon ist in Ordnung.« Das war eine Frauenstimme.

»Frau Dergisi? Wir müssen die Leitung in Ihrer Wohnung prüfen, reine Routine. Eine technische Umstellung. Das betrifft alle Wohnungen im Haus.«

»Ach so.« Die Tür öffnete sich.

Sie zeigte auf das Telefon, das auf einem Tischchen im Gang stand. Er schob es zur Seite, öffnete seinen Werkzeugkoffer und schraubte die Abdeckung der Anschlussbuchse auf.

»Das wird ein bisschen dauern«, sagte er. »Lassen Sie sich nicht stören, Sie werden doch sicher Mittagessen kochen müssen für Ihren Sohn. Ich komme hier schon allein zurecht.«

Er nahm das Telefon, wählte eine Nummer und sagte: »Hallo, Zentrale, ich bin jetzt im sechsten Stock, Wohnung Dergisi.« Und nach einer Pause: »Ja, okay, dann stellt mal um. Ich warte.«

»Gut, ich bin dann mal in der Küche, wenn Sie mich brauchen.« Damit ließ Frau Dergisi ihn allein.

Als sie weg war, entfernte er die Schutzkappe und zog mit

dem Schraubenzieher die feinen Kupferdrähte aus den Klemmen. Dann wartete er ab.

Nach einer Weile betrat Jana den Flur und ging zum Badezimmer. Sie sah den Mann, der im Gang neben dem Telefon kauerte, aber er schaute zu Boden, und sie erkannte ihn nicht. Als sie die Türklinke zum Badezimmer drückte, sprang er auf, war in zwei Schritten bei ihr, packte sie mit der linken und hielt ihr mit der rechten Hand den Mund zu. Er stieß sie zur Haustür, die er mit dem Ellbogen öffnete, und schob das Mädchen hinaus. Dann rannte er mit Jana die sechs Stockwerke hinunter. Vom Eingang aus sah er auf die Straße hinaus, bemerkte nichts Auffälliges und drückte das Mädchen dann gegen die Wand mit den Briefkästen.

»Pass auf, Jana, wir fahren jetzt zu Mama. Wir holen sie von der Arbeit ab, das wird eine Überraschung! Du wirst doch nicht weglaufen, oder? Ich werde dir nichts tun, das musst du mir glauben. Ich will nur Mama überraschen.«

Jana sah ihn stumm an. Sie hatte viel zu viel Angst zum Weglaufen.

Er nahm sie bei der Hand und verließ mit ihr das Haus Richtung Nockherberg, wo er das Auto abgestellt hatte.

»Wir fahren nur zur Mama«, sagte er noch einmal. »Alles wird wieder gut. Du wirst schon sehen.«

Er fuhr einfach los, den Nockherberg hinunter zur Isar und dann flussaufwärts aus der Stadt hinaus, ohne Ziel. Er hatte erst einmal seine Tochter zurück, die verschreckt auf der Rückbank saß. Sie war angeschnallt. Er hatte schon länger keinen Kindersitz mehr im Auto, aber in den letzten Monaten war sie gewachsen. Drehte er sich zu ihr um, sah sie ihn nicht an, sondern zupfte nur an ihrer Jeans herum oder pulte mit den Fingern in den Bündchen ihres pinkfarbenen Pullis.

Beim Fahren öffnete er das Handschuhfach, holte eine Puppe heraus, Janas Puppe Isabella, und reichte sie ihr nach hinten. Er fuhr sie schon so lange spazieren.

Sie kamen in Thalkirchen am Tierpark vorbei.

»Möchtest du in den Zoo?«, fragte er sie.

»Ich möchte zu Mami.«

Über Großhesselohe fuhr er nach Pullach und schließlich nach Hohenschäftlarn, wo er von der B 11 auf die Straße nach Kloster Schäftlarn abbog. Hinter dem Ort überquerten sie die Isar. Der große Biergarten an der Brücke hatte noch geöffnet. Auch die hölzernen Bänke und Biertische standen noch da. Braune Kastanienblätter sammelten sich auf den Tischen.

»Hast du Durst?«, fragte er sie. »Möchtest du ein Eis?«

Sie schüttelte den Kopf, sah ihn aber nicht an. Die Puppe lag auf ihrem Schoß, Jana hatte ihr die geblümte Puppenschürze wie ein Kopftuch um den Kopf gebunden.

»Ich habe aber Durst«, sagte er und stellte das Auto ab, bevor er ihr beim Abschnallen half.

Der Kies knirschte unter ihren Schuhen, die Sonne blitzte durch die rasch ziehenden Wolken und ließ die Kastanienblätter aufleuchten.

Er bestellte sich ein Bier und für Jana ein Glas Limonade. »Spezi«, sagte sie leise, und er gab ihren Wunsch weiter.

Als er ihr mit der Hand über den Kopf strich, spürte er, wie ihr ganzer Körper sich anspannte und steif wurde.

»Einen Spezi für das Fräulein«, sagte die Kellnerin. »Magst ein Paar Wiener oder ein Eis?«

Jana schüttelte den Kopf.

»Du fehlst mir so, Kleine«, sagte er, als die Bedienung wieder gegangen war. »Ihr hättet nicht weggehen dürfen. Jetzt ist der Papa ganz allein.«

Mit dem Finger stupste Jana das Zitronenstück in ihrem Spezi an und beobachtete dabei die Kohlensäurebläschen, die sich durch die Bewegung bildeten.

»Wir müssen wieder alle zusammen sein, in einer Wohnung miteinander leben. Wir sind doch eine Familie. Ich habe doch nur euch.«

»Aber du hast die Mama verhauen«, sagte sie.

»Ja, und das war nicht in Ordnung, aber ich werde das nie wieder tun. Ich schwöre es!« Er hob die rechte Hand.

»Echt?«, fragte sie und schob ihr Zitronenstück weiter im Glas herum.

»Ehrenwort.«

Plötzlich kippte das Glas um, und ein halber Liter Cola-Mix floss über den schmalen Holztisch.

Grote konnte nicht schnell genug aufspringen.

»Verdammt!« Er ließ die flache Hand auf den Tisch niederkrachen.

Erschrocken krümmte sich Jana auf der Sitzbank zusammen und verbarg den Kopf in den Händen.

Die Kellnerin trat an den Tisch und wischte die braune Flüssigkeit auf. Als sie mit einem neuen Glas zurückkam, schüttelte Jana den Kopf. Auch ein kleines Eis am Stiel, das sie ihr zum Trost anbot, wollte sie nicht annehmen.

»Ich will zu Mami«, sagte sie weinerlich.

»Der Papa und du, ihr habt doch heute bestimmt einen schönen Ausflug gemacht«, meinte die Kellnerin.

Grote bezahlte, nahm Jana bei der Hand und eilte mit ihr zum Auto.

Meißner bekam den Anruf gegen vierzehn Uhr dreißig.

»Er hat Jana genommen«, sagte eine Frauenstimme. Am Akzent erkannte er Helena Haschova. Sie weinte.

»Was heißt das? Sie meinen, er hat die Kleine mitgenommen? Entführt?«, fragte Meißner.

»Ja, entführt.«

»Auf der Straße? Aber die Münchner haben doch eine Streife geschickt.«

»Nicht auf der Straße, im Haus. Bei der Nachbarin, Frau Dergisi. Sie wusste ja nicht. Er hat gesagt, er sei von der Telekom.«

»Hat sie die Polizei verständigt?«

»Ihr Telefon war tot, aber ein Nachbar hat die Polizei angerufen. Sie sind jetzt noch bei ihr in der Wohnung. Sie hat gerade bei mir angerufen, und ich fahre jetzt nach Hause. Aber was kann ich für Jana tun? Sie ist weg.«

»Hat Ihre Tochter ein Handy?«

»Ja, aber nicht dabei. Frau Dergisi sagt, es liegt in ihrer Schultasche.«

»Weiß Jana Ihre Telefonnummer auswendig?«

»Ja, ich denke schon. Sie hat sie auswendig gelernt, und ich habe sie immer wieder abgefragt. Meine Handynummer.«

»Und die Festnetznummer?«, fragte Meißner.

»Wir haben keinen Anschluss.«

»Hören Sie. Bleiben Sie, wo Sie sind. Wir sind in circa vierzig Minuten bei Ihnen. Es hat keinen Sinn, in Ihre Wohnung zurückzugehen. Jetzt, wo die Polizei dort ist, wird er sowieso nicht einfach so da reinspazieren.«

»Aber ich habe der Polizei gesagt, ich fahre gleich nach Hause.«

»Bleiben Sie, wo Sie sind. Gibt es in der Nähe Ihrer Arbeit ein Café, in dem Sie auf uns warten könnten?«

»Ja, es heißt ›Cats‹ – wie das Musical. Ist in der Mauerkircherstraße, vorne bei der Brücke.«

»Gut, dort warten Sie auf uns. Wir geben der Münchner Polizei Bescheid, dass wir Sie holen, und machen Sie sich keine Sorgen. Er wird ihr nichts tun. Sie ist doch seine Tochter.«

»Aber er ist böse, weil ich ihn verlassen habe. Weil ich ihm das Kind weggenommen habe.«

»Denken Sie jetzt nicht darüber nach, Frau Haschova. Sie sind nicht aus Spaß von ihm weggegangen. Es gab einen triftigen Grund.«

»Ich weiß, aber Jana, sie kann doch nichts dafür«, schluchzte sie.

»Das stimmt. Sie kann am allerwenigsten dafür. Hören Sie, ich vermute, dass er bald Kontakt zu Ihnen aufnehmen wird. Halten Sie also Ihr Handy bereit. Und bleiben Sie in diesem Café. Wir sind schon unterwegs.«

Er legte auf.

»Du kommst mit«, sagte er zu Marieluise. »Und du auch, Fischer. Steckt eure Waffen ein.«

Meißner rannte in sein Büro, holte seine Dienstwaffe aus der Schublade, und wies Holler an, den Münchner Kollegen Bescheid zu geben. Sie sollten auf jeden Fall im Haus bei Frau Dergisi bleiben, aber weiter nichts unternehmen. Sie würden sich um die Mutter kümmern, es war schließlich ihr Fall – und wenn sie Hilfe bräuchten, würden sie Verstärkung anfordern. Vorläufig mussten sie sowieso abwarten, bis Grote sich meldete.

»Gebt die Fahndung raus. Auch nach dem Wagen. Und Holler, wenn's irgendwelche Probleme oder Kompetenzgerangel gibt, dann soll Czerny sich darum kümmern. Ist vielleicht sowieso das Beste. Sag ihm auf jeden Fall Bescheid. Wir fahren jetzt los.«

Meißner setzte das Blaulicht auf das Dach des Wagens. Bei freien linken Fahrspuren, ohne Stopps an den Ampeln am Ring und ohne die Geschwindigkeitsbeschränkungen einhalten zu müssen, waren sie in wenigen Minuten auf der Autobahn. Meißner fuhr schnell, der Verkehr war normal bis dicht, aber alle Linksfahrer machten diszipliniert für sie Platz.

Marieluise saß neben ihm auf dem Beifahrersitz. Sie hatte die gefalteten Hände zwischen ihre Oberschenkel gepresst. Ihre Haltung verriet die innere Anspannung. Sie war viel zu jung für ihn, dachte er. Falsch. Er war zu alt für sie.

»Meinst du, die Münchner lassen sich einfach so abwimmeln?«, fragte Fischer.

»Soll der Chef sich damit rumschlagen. Aber wenn's geht, würde ich sie da gerne raushalten.«

»Du hast gesagt, Grote wird Jana nichts tun. Glaubst du das wirklich?«, fragte Marieluise.

»Keine Ahnung. Was wissen wir denn schon von ihm? Er hat mehrmals versucht, Kontakt mit Helena aufzunehmen. Er wollte sie zurückhaben, und jetzt hat er das Kind als Druckmittel.«

»Schön blöd«, sagte Marieluise. »Das ist doch die sicherste Methode, dass er nie wieder etwas mit seiner Tochter und seiner Ex zu tun haben wird. Das kann doch überhaupt nicht gut gehen. Was denkt er sich eigentlich dabei? Glaubt er etwa, wenn er sein Kind entführt, dann kommt seine Frau zu ihm zurück? So blöd kann er doch gar nicht sein.«

»Mit Dummheit hat das nichts zu tun. Er ist einfach nur verzweifelt.«

»Ist dieser Grote unser Mann, Stefan?«, fragte Fischer.

»Du meinst, ob er der Mörder von Roxanne Stein ist?«

»Aber warum sollte er sie umgebracht haben?«, fragte Marieluise.

»Vielleicht weil er ihr Auftauchen im Haus irgendwie mit dem Verschwinden seiner Freundin und seiner Tochter in Verbindung gebracht hat. Vielleicht hat er sie gehasst, weil sie Zugang zu dem Haus hatte, in das er so gerne hineingekommen wäre.«

»Aber Roxanne Stein konnte doch nichts dafür. Das hat er sich doch selbst eingebrockt.«

»Und vielleicht war genau das das Schlimmste. Zu wissen, dass er selbst es in der Hand gehabt hätte. Und dass er es vermasselt hat. Aber wir haben keinen Beweis, nichts. Warum sollte Frau Stein ihn in ihre Wohnung gelassen haben?«

»Er war ihr Nachbar. Vielleicht dachte sie, dass er sich etwas von ihr borgen wollte.«

»Wie, Fischer? Du meinst Zucker, Milch, ein Ei?«

»Lach nicht, Stefan, das kann doch mal vorkommen. Wahrscheinlich hat sie ihn gar nicht mit dem Frauenhaus in Verbindung gebracht, weil sie den Zusammenhang nicht kannte.«

»Hm, nur er selbst kann uns erzählen, wie es wirklich war. Aber zuerst müssen wir ihn finden und das kleine Mädchen in Sicherheit bringen.«

Sie erreichten die Ausfahrt München-Schwabing, und Meißner bog auf den Mittleren Ring Richtung Osten ein. Dann näherten sie sich dem Englischen Garten und fuhren am Kleinhesseloher See vorbei, dessen Westufer ganz grau war von den vielen Kanadagänsen, die hier den Sommer verbrachten.

Am Tucherpark bog er rechts ab und fuhr die Ifflandstraße zwischen Eisbach und Isar entlang. Als sie die Franz-Joseph-Brücke überquert hatten, sahen sie auf der anderen Seite gleich an der Ecke das Café. Meißner parkte auf dem breiten Gehweg hinter einer Reihe von Alleebäumen, die die Mauerkircherstraße säumten.

Im Café fanden sie Helena Haschova an einem Fenstertisch sitzend. Blass und mit roten Augen starrte sie auf das Handy, das auf dem Tisch lag.

»Hat er sich gemeldet?«, fragte Meißner.

Sie nickte.

»Was will er?«

»Sich mit mir treffen.«

»Wann? Wo?«

»In Thalkirchen, an der Brücke beim Zoo. Ich soll mit der U-Bahn hinfahren, allein.«

»Haben Sie mit Jana gesprochen?«

Sie schüttelte den Kopf, zog ein Taschentuch aus der Jackentasche und schnäuzte sich. »Er hat gesagt, es geht ihr gut. Er wird ihr nichts tun, wenn ich komme, allein. Ich muss alleine hinfahren«, sagte sie und sah Meißner ängstlich an.

»Das werden Sie nicht tun. Sie brauchen Hilfe.«

»Aber wenn er jemanden von Polizei sieht, wird er sie mir wegnehmen.«

»Nein, Frau Haschova. Was er will, sind Sie, nicht Jana. Er wird ihr nichts tun, und er wird auch niemanden von der Polizei sehen. Ich fahre mit Ihnen mit der U-Bahn. Kein Polizeiauto, keine Uniformen. Nichts, was seinen Verdacht erregen könnte. Wann sollen Sie dort sein?«

»In einer halben Stunde, hat er gesagt.«

»Welche U-Bahn fährt nach Thalkirchen?«

»Die U 3, Richtung Fürstenried«, sagte Marieluise. »Eine Freundin von mir wohnt in Solln.«

»Aha. Dann zahlen wir jetzt, und ihr fahrt uns zur nächsten U-Bahn-Station. Dietlindenstraße oder Münchner Freiheit?«

»Münchner Freiheit ist besser. Da könnt ihr direkt in die U 3 einsteigen.«

Sie fuhren zurück nach Schwabing. Beim Aussteigen nahm Meißner Marieluise zur Seite.

»Ihr folgt uns und haltet euch in der Nähe der Station Thalkirchen auf, aber außer Sichtweite, verstanden? Ich will euch im Notfall schnell erreichen können. Und erkundigt euch, wie die

Stimmung bei den Münchner Kollegen ist. Ob sie schon komplett sauer sind auf uns. Könnte ja sein, dass wir sie noch brauchen.«

»Sollen wir nicht doch lieber mitkommen, Stefan? Vielleicht ist er ja bewaffnet.« Sie sah ziemlich besorgt aus.

Doch Meißner hob nur abwehrend die Hand und ging mit Frau Haschova Richtung U-Bahn-Eingang.

»Was soll ich denn zu ihm sagen?«, fragte sie, als sie im Zug saßen.

Im Auto war sie wie gelähmt gewesen und hatte kein Wort gesagt.

»Dass Sie sich große Sorgen um Jana machen. Dass sie verängstigt und müde sein wird und ins Bett muss. Dass er mitkommen soll. Dass sich schon Lösungen finden werden. Reden Sie ihm ein, dass alles noch einmal gut werden könnte. Meinen Sie, Sie schaffen das?«

»Ich weiß es nicht«, sagte sie zweifelnd.

»Wo genau haben Sie den Treffpunkt ausgemacht?«

»Er sagte, ich soll den Ausgang Richtung Zoo nehmen und dann über die Brücke gehen. Er darf Sie auf keinen Fall sehen, und wenn, dann dürfen Sie ihn nicht erschrecken, nicht, wenn Jana dabei ist.«

»Ich werde mich zurückhalten und vorsichtig sein, versprochen.«

Bei der Ankunft in Thalkirchen drückte er noch einmal kurz ihre Hände und schob sie fast die Treppe zum Ausgang hinauf. Sie zog die Schultern hoch, atmete tief ein und ging hinaus.

Meißner hätte gerne gesehen, ob er bereits auf sie wartete, wo er stand, ob er mit dem Auto gekommen war, aber er durfte nichts riskieren, schließlich waren sie sich ja im Treppenhaus der Beckerstraße schon einmal begegnet. Er nahm den Ausgang auf der gegenüberliegenden Straßenseite, wo es zur Privatklinik am Isarkanal ging. Einige ältere Leute begleiteten ihn. Vielleicht besuchten sie Angehörige in der Klinik. Meißner nahm nicht den Weg zum Krankenhaus, sondern blieb am Beginn der Brücke stehen. Frau Haschova lief auf dem rechten Gehweg über die

Brücke. Sie hatte den Kanal bereits überquert, ging nun über die Isar und näherte sich dem anderen Ufer.

Meißner blieb auf seiner Seite der hölzernen Brücke stehen und sah auf den linken Seitenarm des Isarkanals hinunter, der an der Hütte eines Rudervereins vorbeiführte. Eine Wildwasser-Regattastrecke war hier abgesteckt, und einige Anfänger scharten sich in ihren Kajaks um ihren Lehrer. Alle trugen Schwimmwesten. Die Strömung war so kräftig, dass sie paddeln mussten, um an Ort und Stelle der nächsten Lektion zu lauschen.

Meißner wagte wieder einen Blick hinüber und sah aus dem Augenwinkel einen dunklen Wagen hinter ihm über die Brücke fahren. Langsam glitt er an Frau Haschova vorbei, aber Meißner konnte nicht erkennen, ob es Grote war, der in dem Wagen saß. Das Auto war schon zu weit weg. Was, wenn er stehen blieb, sie zu ihm einstieg und mit ihm wegfuhr? Marieluise sollte irgendwo in der Nähe sein, aber war sie nahe genug? Der Wagen fuhr weiter, bog am Ende der Brücke rechts in die erste Straße, die noch vor dem Haupteingang zum Zoo abzweigte, und parkte dort. Eigentlich war es ein Radweg. Zwischen den Bäumen des Isarufers sah man das Heck des dunkelblauen Fahrzeugs durchscheinen. Ein Mann kam aus dem Weg und bewegte sich in Richtung Brücke. Meißner entfernte sich, um keinen Verdacht zu erregen, bog in die Kanalstraße ein und meldete sich bei Fischer.

»Wo steht ihr?«

»Ganz in deiner Nähe. Schau mal Richtung Klinikparkplatz, dann müsstest du uns sehen.«

»Wer sitzt noch im Fahrzeug?«

»Hauptkommissar Roloff von der Münchner Kripo. Er hat seine Einsatzkräfte drüben am Flamingo-Eingang stehen. Hast du Grote schon gesehen?«

»Ja, aber bleibt, wo ihr seid, verstanden?«

»Verstanden«, sagte plötzlich eine kräftige Bassstimme. Roloff. »Wir geben Ihnen eine Viertelstunde Vorsprung.«

Meißner legte auf und wandte sich wieder Richtung Brücke. Er konnte weder Grote noch Frau Haschova entdecken, aber das Auto stand noch immer an derselben Stelle wie zuvor. Auf dem linken Gehweg überquerte er die Holzbrücke und bog am Ende auf den gekiesten Uferweg ab. Als er sich umwandte, bemerkte er zwei Gestalten auf der gegenüberliegenden Seite, die unterhalb des Weges auf einer Steinplatte saßen. Grote hatte der Frau seine Jacke umgehängt und redete wild gestikulierend auf sie ein. Er schien sich sicher zu fühlen. Mit den Spitzen ihrer Schuhe schob sie die Flusskiesel hin und her. Sie sah ihn nicht an, starrte nur auf ihre Füße.

Meißner verbarg sich hinter einem Brückenpfeiler. Wenn sein Münchner Kollege tatsächlich nach fünfzehn Minuten anrücken wollte, blieb ihm nicht viel Zeit. Wo war Jana? Hatte er sie im Auto gelassen?

Er nutzte den Lärm eines über die Brücke fahrenden Autos, um seine Pistole zu entsichern und loszurennen. Genau in dem Moment drehte sich Grote in seine Richtung und sprang auf.

»Stehen bleiben!« Meißner richtete die Waffe auf ihn. Grote zögerte.

»Hans, du musst dich stellen«, sagte seine Freundin.

Als sie aufstand, stieß er sie weg, drehte sich um und sprintete Richtung Isar. Der Fluss war seicht an dieser Stelle, aber unter der Brücke war es schon recht dunkel, und Grote kam nur mühsam im Wasser voran. Meißner wollte weder schießen noch Grote ins kalte Wasser folgen. Er rief Marieluise an, um Verstärkung anzufordern. Fast simultan hörte er mehrere Einsatzfahrzeuge aus östlicher Richtung kommen. Sie donnerten über die Holzbrücke und blieben auf der anderen Seite stehen. Polizisten schwärmten Richtung Ufer aus, jemand hatte einen Handscheinwerfer mitgebracht. Als er auf den Fluss gerichtet wurde, entdeckten sie Grote, der sich an einen Brückenpfeiler in der Mitte des Flusses geflüchtet hatte.

»Es hat keinen Zweck, Grote«, rief Meißner. »Kommen Sie mit erhobenen Händen ans Ufer! Und keine Tricks!«

Grote kämpfte sich bis zum Ufer vor, wo die Beamten mit gezogener Waffe auf ihn warteten. Meißner winkte den Kollegen zu, und Grote wurde festgenommen. Er war unbewaffnet. In Handschellen wurde er zum Sanka gebracht, während ihm jemand eine Decke um die Schultern legte. Fischer nahm ihn in Empfang.

Als Meißner zurück auf den Uferweg ging, war Frau Haschova verschwunden. Er sah sie in dem blauen Wagen oben auf dem Radweg mit ihrer Tochter auf der Rückbank sitzen. Sie streichelte Janas Hände. Meißner ging zu ihnen.

»Was hat er zu Ihnen gesagt?«, wollte er wissen.

»Er hat gesagt, ich soll zu ihm zurückkommen. Es würde alles gut werden, wenn wir nur endlich wieder eine richtige Familie wären. Er sagt, er will mich heiraten.«

»Und Sie, was haben Sie gesagt?«

»Nichts. Er hat nicht danach gefragt, was ich denke oder was ich möchte.«

»Hat er wirklich gedacht, Sie würden zu ihm zurückkommen?«

»Ich weiß nicht, er war ...«

»Ja?«

»Na, er war nicht ganz normal, glaube ich. Er hat so schnell gesprochen. Fast als sei er irre.«

»Wie geht's dir, Jana? Alles in Ordnung?«

Das Mädchen nickte. »Aber ich will nach Hause.«

Meißner bestellte einen der Streifenwagen zum Auto. »Die Kollegen werden Sie nach Hause fahren.«

»Nehmen Sie Papi jetzt mit?«, fragte Jana.

»Das werden wir wohl tun müssen.«

»Er ist böse. Ich will nie wieder zu ihm.«

Ihre Mutter nahm Jana in den Arm und sah Meißner erschrocken an, als habe ihre Tochter etwas Ungehöriges gesagt, wofür sie sich schämen müsste.

Auf dem Weg zum Einsatzfahrzeug wandte Meißner sich noch einmal an sie. »Hat er irgendetwas über Roxanne Stein gesagt? Hat er Ihnen erzählt, was passiert ist?«

Wieder sah sie ihn nur erschrocken an und schüttelte energisch den Kopf.

»Er hat sie überhaupt nicht erwähnt?«

Wieder Kopfschütteln. Deckte sie ihn? Aber warum? Warum sollte sie das tun?

»Frau Haschova«, flüsterte er ihr zu, damit ihre Tochter möglichst nichts davon mitbekam. »Er hat vielleicht einen Mord begangen. Haben Sie ihn nicht gefragt, ob er damit etwas zu tun hat?«

»Ich möchte jetzt nach Hause.«

Er sah, dass Jana bereits Tränen in den Augen standen und gab sich geschlagen. Die Einsatzbeamten sollten die beiden nach Hause fahren.

Als der Wagen auf die Brücke rollte, sah er ihnen kurz hinterher und murmelte »Keine Ursache«. Dann drehte er sich um und ging hinüber zu den Scheinwerfern und Blinklichtern der Einsatzfahrzeuge und des Krankenwagens.

Marieluise kam als Erste zu ihm. Er hatte schon Angst, sie würde ihm um den Hals fallen, aber sie strich ihm nur zärtlich über den Arm.

»Alles in Ordnung bei dir?«

Er winkte ab. »Mir fehlt nichts. Wo ist denn der Kollege von der Münchner Kripo?«

»Schon wieder weg. Er musste zu einem Einsatz. In einer Großstadt wie München ist eben mehr los als bei uns.«

»Und unser Patient?«

»Sie haben ihn kurz untersucht. Ihm fehlt nichts, er ist nur etwas nass geworden. Und ziemlich durch den Wind. Ich bin gespannt, ob wir aus dem noch etwas rauskriegen.«

Grote saß in eine Decke gehüllt auf dem Rücksitz des Einsatzwagens und starrte auf die Rückenlehne des Fahrersitzes.

Meißner setzte sich auf die Beifahrerseite. Auf die Belehrung zu seiner Festnahme und die Mitteilung, dass er nun nach Ingolstadt gebracht werde, reagierte Grote nicht. Meißner lotste Marieluise durch die Stadt, vorbei am alten Sechziger-Stadion, über Giesing und den Ostbahnhof. Grote drehte noch einmal den Kopf zum Fenster und sah hinaus. Mittlerweile war es dunkel geworden. Hier war er heute seit den frühen Morgenstunden unterwegs gewesen und hatte Helena und seine Tochter Jana wiedergesehen. Aber dieser Tag war nun vorbei.

Meißner beobachtete Grote, wie er zum Fenster hinaussah.

War das nun Roxannes Mörder? Derjenige, der ihr die Krawatte so fest um den Hals gezogen hatte, dass die Knochen an ihrem Hals zerborsten waren? Der zugedrückt hatte, bis sie erstickt war? War er derjenige, der aus dem harmlosen Spiel von Maskerade und Verkleidung Ernst gemacht hatte?

Grote schien in einer anderen Welt zu sein. Vielleicht in einer, in der seine Freundin noch bei ihm wohnte und seine Tochter Höhlen im Kinderzimmer baute. Und in der Roxanne noch lebte. In einer Zeit, in der in der Beckerstraße noch kein Mord geschehen war. Als dort die Menschen friedlich miteinander in einem Haus lebten und jeder auf seine Weise versuchte, sein Leben zu meistern, so gut es eben gelang. Damit war es jetzt vorbei. Das musste auch Grote in seinem tranceähnlichen Zustand begreifen.

Aber wofür hatte Roxanne Stein mit ihrem Leben bezahlt? Wofür? Vielleicht für ein anderes, verpfuschtes Leben?

Meißner fühlte sich zu müde und zu erschöpft für weitere Überlegungen. Er wollte nur noch schlafen und etwas träumen, was er nie erlebt, am besten auch nie zuvor gesehen hatte.

Er dachte kurz an Carola, die sich auf einen neuen Lebensabschnitt vorbereitete. Sie würde für lange Zeit nicht mehr allein sein, für sehr lange Zeit.

Im Präsidium wurde Grote in eine der Zellen im Untergeschoss gebracht.

Es war Mittwochabend, acht Tage nach dem Mord an Roxanne Stein. Hatten sie nun endlich ihren Täter gefunden? Meißners Instinkt gab aufgrund seines allgemeinen Erschöpfungszustands keine klaren Zeichen mehr. Übermorgen sollte die Beerdigung sein. Konnten sie bis dahin den Fall aufklären und den Angehörigen und Freunden die Gewissheit geben, die sie sich wünschten, damit sie Abschied nehmen konnten, wie es sich gehörte? Er selbst spürte dieselbe Unruhe und den dringenden Wunsch, endlich zu erfahren, wie sich der Mord abgespielt hatte, und Roxanne Stein dann gehen zu lassen. Für alles andere war es sowieso zu spät.

Fischer fuhr mit dem eigenen Wagen nach Hause, während Meißner Marieluise vor ihrer Wohnung ablieferte. Er war zu erschöpft, um noch irgendetwas zu sagen. Sie öffnete die Wagentür, drehte sich dann doch noch einmal zu ihm um und gab ihm einen Kuss. Er fühlte sich, als habe er eine Woche nicht geduscht und wich ein wenig zurück, doch als sie sich von ihm abwenden wollte, schlang er die Arme fest um sie.

»Au!«, schrie sie.

»Bin ich zu grob?«, fragte er.

»Ich habe nur einen Krampf in der Wade.«

»In deinem Alter?«, grinste Meißner. »Ich dachte, den kriegen nur so alte Knacker wie ich.«

»Dann gute Nacht, du alter Knacker«, sagte sie und stieg aus. Sie humpelte über die Straße, und als sie sich noch einmal zu ihm umdrehte, sah sie, dass er ihr nachwinkte.

ELF

Am nächsten Morgen fühlte er sich erschlagen. Er hatte eine Menge geträumt, wovon er sich an nichts erinnerte, aber er vermutete, dass es auch gut so war, denn er hatte so schon einen trockenen Mund und Kopfschmerzen.

Er nahm einen anderen Weg zur Arbeit als den üblichen. Die gestrige Aktion hatte ihn viel Kraft gekostet. War das auch eine Alterserscheinung? Er fühlte sich nervös und angespannt. Würde Grote reden?

Im Präsidium war seine Mannschaft schon versammelt. Jemand hatte Kaffee gekocht, und Fischer schenkte ihm eine Tasse ein.

»Schade, dass wir gestern nicht live mit dabei waren, als du den Täter in die Isarfluten getrieben hast. Echt stark!«

Meißner befürchtete, er werde ihm gleich auf die Schultern klopfen, und sagte schnell: »Was macht unser Gast im Keller?«

»Spricht nicht mit jedem«, sagte Holler. »Hat aber den Abstrich brav machen lassen. Der ist bereits unterwegs nach München.«

Als Grote ins Verhörzimmer gebracht wurde, wirkte er immer noch apathisch, als stünde er unter Schock. Er sagte nicht ein Wort und sah niemanden an, stattdessen starrte er abwechselnd zu Boden, in eine Zimmerecke oder zur Decke. Immer irrte sein Blick nach ein paar Sekunden weiter und wich allen Anwesenden aus.

Nicht einmal die Fragen zur Person beantwortete er. Ob er jemanden verständigen wolle, einen Anwalt vielleicht? Keine Reaktion. Den Kaffee, den Marieluise ihm hinstellte, rührte er nicht an.

Meißner nahm Holler zur Seite. »Kann es sein, dass er irgendwas genommen hat?«

Holler schüttelte den Kopf: »Bei sich hatte er nichts. Das Auto wird gerade untersucht.«

Meißner setzte sich Grote gegenüber. »Herr Grote, haben Sie Roxanne Stein getötet?«

Grote sah kurz auf, starrte den Hauptkommissar an, als habe er ihn nicht richtig verstanden und versank dann wieder in stumpfsinniges Schweigen. Sie ließen ihn sitzen und gingen hinaus.

»Was machen wir jetzt?«, fragte Fischer.

»Abwarten«, sagte Meißner.

»Sollen wir uns noch einmal seine Wohnung vornehmen. Ich meine, bevor wir alle hier herumsitzen und warten?«

»Von mir aus.«

Als Fischer und Holler weg waren, sagte Marieluise: »Morgen um zehn ist die Beerdigung. Gehst du hin?«

Meißner zuckte mit den Achseln. »Zuerst gehe ich rauf und unterrichte den Chef über die gestrigen Ereignisse.«

»Was haben wir gegen ihn in der Hand?«

»Er hat seine Tochter entführt. Und er wollte türmen.«

»Reicht das?«

»Vorläufig ja.«

»Und was tun wir, wenn die DNA-Probe wieder negativ ist?«

»Abwarten«, sagte Meißner. Als er schon auf dem Flur war, streckte er den Kopf noch einmal durch die Tür. »Lass ihn wieder runterbringen.«

Sie nickte.

Nach der Besprechung mit dem Chef verließ er das Gebäude und ging zu Fuß Richtung Innenstadt. Im Schloss-Café trank er einen Cappuccino. Hier hatte Roxannes Schwester am Dienstag vor einer Woche auf sie gewartet. Aber da war sie schon tot.

Meißner fühlte sich noch immer, als habe ihm jemand in der Nacht einen rechten Haken versetzt. Fast hatte er die Lust verloren, den Fall, der vielleicht kurz vor seiner Aufklärung stand, zu Ende zu bringen. Aber warum? Weil der Täter vielleicht dieser Loser war, dieses Opfer seiner eigenen Gewalttätigkeit, dieser Haufen aus purer Verzweiflung? Weil der Tat möglicherweise kein heimtückisch entworfener, verzwickter Bauplan zugrunde lag. Vielleicht war sie nur aus einem dummen Zufall heraus, einer Verwechslung begangen worden.

Der, der jetzt im Präsidium saß, passte von allen Verdächtigen am allerwenigsten ins Bild. Der Mensch Grote bekam einfach kein Gesicht. Dass er hartnäckig schwieg, machte die Sache nicht gerade einfacher. Er log nicht, wie Naum, er tobte nicht wie dieser Meisinger, und er warf sich auch nicht vor einen Zug. Er saß nur da und starrte vor sich hin.

Während Meißner wieder einmal darüber sinnierte, ob die Berufe der anderen Leute um ihn herum, die jetzt gerade in demselben Café saßen, attraktiver waren als sein eigener, klingelte sein Handy. Es war Ludmilla.

»Wie geht's Viktor?«, fragte er.

»Er macht große Fortschritte, aber er weigert sich nach wie vor, mit der Psychologin zu reden. Wenn er wieder gesund ist, wird er sich die Zeit nehmen, um Roxanne zu trauern.«

»Kommen Sie zur Beerdigung am Freitag?«

»Nein, ich glaube nicht. Es wäre, na ja, zu viel Heuchelei dabei, wenn Sie verstehen, was ich meine. Ich bleibe besser bei Viktor. Er braucht mich jetzt.« Nach einer Pause fragte sie: »Und haben Sie ihn, den Täter?«

»Könnte sein, dass er schon bei uns in der Zelle sitzt. Aber darüber kann ich jetzt nicht sprechen.«

Bevor Ludmilla auflegte, sagte sie noch: »Kommen Sie zu unserem Stück? Ende Oktober wird die Premiere sein. Ich könnte Ihnen eine Karte zurücklegen – oder auch zwei.«

»Danke, ich glaube, ich hätte gerne zwei«, sagte er und legte auf. Ob Marlu noch einmal mit ihm ins Theater gehen würde? Ludmilla hatte also etwas mit Viktor, oder sie würde zumindest gerne etwas mit ihm haben. Es drehte sich doch immer nur um das eine.

Als er ins Büro zurückkam, fragte Marieluise: »Was hast du denn gemacht, bist du gejoggt? Du siehst so frisch aus.«

»Später. Lass Grote bringen, wir gehen in die nächste Runde.«

Der Mann schien unverändert, wie sediert. Vielleicht war er

auch einfach zu erschöpft, um zu reden. Manche mussten zwangsweise reden, wenn der Druck zu groß wurde, aber solchen wie Grote blieb wahrscheinlich nichts anderes als dieses dumpfe Brüten. Sie setzten die Vernehmung vom Vormittag fort.

»Gut, Herr Grote«, sagte Meißner. »Wenn Sie weiterhin schweigen, will ich Ihnen erzählen, was ich weiß, vermute und mir zusammenreime. Korrigieren Sie mich, wenn ich mich irre. Sie haben zusammen mit Ihrer Freundin und Ihrer Tochter in der Zweizimmerwohnung in der Beckerstraße gewohnt. Sie waren glücklich mit Ihrer kleinen Familie. Etwas eng vielleicht zu dritt, aber am Anfang denkt man immer, man schafft das alles. Wenn wir nur zusammenhalten, dann geht das schon. Sie wollten, dass Ihre Frau zu Hause bleibt und sich ausschließlich um das Kind kümmert, aber Sie kamen beruflich auf keinen grünen Zweig und finanziell immer grade so über die Runden. Das Geschäft lief einfach nicht.«

Grote starrte noch immer stumm und teilnahmslos zu Boden.

»Um vom Jugendamt Unterstützung für die alleinerziehende Mutter zu bekommen, ließen Sie sich nicht als Vater von Jana eintragen. Es tat Ihnen jeden Monat weh, das Geld zu nehmen, aber Sie hatten keine andere Wahl. Je schlechter Ihre finanzielle Lage wurde, desto häufiger stritten Sie sich mit Ihrer Freundin. Irgendwann haben Sie im Streit zugeschlagen. Sie haben sich wieder versöhnt, aber dann ist es wieder passiert. Jana, Ihre Tochter, hat zugesehen und Angst um ihre Mutter bekommen. Sie hat geweint. Und als Sie eines Tages von einer Geschäftsreise zurückkamen, waren Ihre Freundin und Ihre Tochter weg. Sie haben nach einem Zettel gesucht, irgendeiner Nachricht, wann sie zurückkommen würden, aber da war nichts. Sie haben festgestellt, dass der Koffer fehlte, einige Kleider, ein paar Spielsachen und die Lieblingsbücher Ihrer Tochter. Sie warteten, aber die beiden kamen nicht zurück. Sie riefen nicht an. Sie waren weg. Was haben Sie dann gemacht? Sich betrunken?«

Grote zuckte nicht mit der Wimper.

»Irgendwann fingen Sie an nachzudenken. Sie kannte ja fast

niemanden in der Stadt, hatte keine Verwandten hier, kein Geld. Wo konnte sie also hingegangen sein? Sie fanden die richtige Spur. Ingolstadt ist klein. Sie beobachteten das Frauenhaus, lauerten ihr auf, versuchten, mit ihr zu reden, sie umzustimmen, sie zurückzuholen. Aber sie wollte nicht. Sie wollte Sie nicht mehr. Und damit hatten Sie nie gerechnet: Dass sie Ihnen nicht mehr glauben würde. Dass Sie sie nicht mehr umstimmen könnten. Dass sie Ihnen das antun würde. Dass sie Sie verlassen und dass sie Ihnen die Tochter wegnehmen würde. Dass sie Unterstützung bekäme. Dass es sogar Menschen, Frauen, gab, die ihr dabei halfen, von Ihnen wegzukommen.«

Meißner stand auf und ging durchs Zimmer. »Das ist Ihre persönliche Geschichte. Ihr Drama. Und daran ist niemand anderer schuld. Das haben Sie sich selbst zuzuschreiben.«

Er blieb hinter Grote stehen und legte die Hände auf die Rückenlehne seines Stuhls. »Aber was hatte Roxanne Stein mit Ihrer miesen Geschichte zu tun?«, schrie er plötzlich und riss an dem Stuhl, sodass Grotes Füße den Bodenkontakt verloren und die Adidas-Latschen, die ihm jemand als Ersatz für seine nassen Schuhe besorgt hatte, durch die Luft flogen und platschend auf dem Boden landeten.

»Was hatte Frau Stein mit diesem ganzen Schlamassel zu tun, in den Sie sich und Ihre Familie hineingeritten haben?«

Marieluise zuckte zusammen. Die Spannung war fast unerträglich, aber Grote schwieg weiter.

Meißner ließ den Stuhl wieder los, und Grotes Füße berührten wieder den Boden.

»Ich hab sie gesehen, die Schlampe, wie sie in dem Haus ein und aus ging«, sagte er auf einmal mit rauer Stimme.

Meißner schloss die Augen. Endlich redete er!

»Kam mit der anderen, dieser Lesbe, wieder raus. Sie saßen im Café, das Diktiergerät lag auf dem Tisch. Schnüfflerin! Die wissen doch gar nicht, wie gut es ihnen geht. Verstehen überhaupt nichts und pfuschen im Leben anderer Menschen herum.« Er schwieg wieder.

»Frau Stein war Journalistin«, sagte Meißner.

»Die hat Leute wie uns doch gar nicht gesehen. Wir kommen doch gar nicht vor in der Welt, in der die lebt. Wenn sie mir im Treppenhaus begegnet ist, hat sie durch mich hindurchgesehen. Grüßte mich wie einen Hausmeister oder den Ukrainer, der die Treppen putzt. Stecken überall ihre Nase rein, diese Weiber, und verstehen gar nichts.« Grote ballte die rechte Hand zur Faust und presste sie auf seinen Oberschenkel.

»Tagelang bin ich vor diesem verdammten Haus gestanden und habe auf Helena und meine Kleine gewartet. Aber die haben mich nicht einmal mit ihr reden lassen. Überhaupt sollte ich erst den Nachweis erbringen, dass ich der Vater von Jana sei, bevor ich versuchen könne, sie zu sehen. Und sie, diese Presse-Tussi, ist dort einfach rein- und rausspaziert, hat geredet, mit wem sie wollte, hat Bilder gemacht. Und ich? Ich saß draußen im Auto und konnte ihr nur dabei zusehen.«

Er trank den Becher mit dem kalten Kaffe in einem Zug leer. Und schwieg wieder.

Marieluise sah Meißner fragend an. Was tun wir, wenn er jetzt nicht weiterredet? Was war an diesem Dienstagnachmittag passiert? Sie wussten es noch immer nicht. Womit konnten sie ihn erneut aus der Reserve locken?

Meißner ging um Grote herum, stützte seine Hände auf den Schreibtisch und sah ihn an. »Sie wollten ihr an diesem Dienstagnachmittag gar nichts tun, oder?«

Grote sah ihn nicht an. »Ich weiß es nicht«, sagte er und streckte die Beine aus.

Meißner glaubte, ein gewisses Nachlassen der Anspannung in seinem Körper wahrzunehmen. Etwas wie einen Riss in einem vereisten See, durch den das Wasser gluckernd an die Oberfläche drang.

Rede endlich!, schrie Meißner innerlich. Wir wissen überhaupt nichts! Wenn du es uns jetzt nicht erzählst, werden wir es nie erfahren. Wahrscheinlich weißt du, dass es besser für dich ist, zu schweigen, aber vielleicht ahnst du auch, dass du nie davonkommen wirst, wenn du jetzt nicht redest.

Grote sagte nichts.

»Wie sind Sie in Frau Steins Wohnung gekommen?«, versuchte es Meißner wieder.

Grote sah ihn zum ersten Mal an, seit sie ihn an der Isar festgenommen hatten. Es schien, als würde er ihn jetzt erst wiedererkennen und sich an ihn erinnern.

»Sie hat bei mir geklingelt«, sagte er jetzt leiser. Er öffnete die Faust und schlang seine Arme um den Oberkörper.

»Als ich aufmache, steht da diese Frau vor meiner Tür. Hübsch zurechtgemacht, gepflegt, aufgekratzt. Ich hab sie sofort erkannt, aber sie hat keine Ahnung, wer ich bin und was ich mit Helena zu tun habe, sonst würde sie nicht so grinsend vor meiner Tür stehen. Sie hat eine rote Krawatte um den Hals hängen und fragt mich doch tatsächlich, ob ich ihr beim Binden helfen kann. Ich verstehe überhaupt nichts. Was will die von mir? Ist die vielleicht bescheuert? Sie sieht durch die halb geöffnete Tür in meine Wohnung hinein, aber ich will sie nicht hereinbitten. Ich will nicht, dass sie in meiner Wohnung herumschnüffelt. Sie soll wieder gehen. Als sie merkt, dass ich sie nicht reinlassen will, zeigt sie auf ihre offene Wohnungstür. Eigentlich möchte ich das auch nicht. Sie soll mich einfach in Ruhe lassen. Aber dann nehme ich doch meinen Schlüssel, schließe hinter mir die Wohnungstür und gehe mit. Sie bietet mir einen Kaffee an, aber ich will ihren Kaffee nicht.«

In sein erneutes Schweigen hinein sagte Meißner vorsichtig: »Sie stehen also in ihrer hellen, ordentlichen Wohnung und sehen sich um.«

»Es ist alles weiß«, sagte Grote. »Wände, Boden, Regale: alles weiß. Ein paar rote Punkte leuchten mit entgegen – wie Signale: das rote Sofa, ein rotes Bild an der Wand, eine rote Tischdecke, rote Blumen in einer Vase. Aber am schrillsten leuchtet die Krawatte, die sie um den Hals hängen hat. Die Farbe flackert vor meinen Augen. Es ist so ein kleines Muster darauf, das man nur erkennt, nur wenn man lange draufstarrt, wie bei den 3D-Bildern. Auf einmal lösen sich rote Panther aus dem Hintergrund und springen mich an. Sie hält mir die beiden Teile hin, mit denen ich den Knoten binden soll. Als ich sie in die Hand nehme, zittern meine Hände, und der Schweiß bricht mir aus. Plötzlich lächelt sie nicht mehr. Sie traut mir nicht. Sie reißt den Oberkörper nach hinten, will weg von mir, aber ich halte sie, bin schon dabei, den Knoten zu schlingen. Als ich ihn zuziehe, sehe ich die Angst in ihren Augen. Es ist dieselbe Angst, die Helena in den Augen hatte, als ich ihr ins Gesicht schlug. Dieselbe Angst, die mich aus dem Gesicht meiner Tochter anstarrte, als ich vor dem Frauenhaus plötzlich vor ihnen stand. Wie einen Fremden hat mich Jana angestarrt, stumm und auf einen Ausweg lauernd. Auch die Frau sucht einen Ausweg. Sie legt ihre Hände an meine, spürt aber die Kraft, mit der ich den Knoten zuziehe. Da erkennt sie, dass es keinen Ausweg gibt, dass das Spiel, das grausame Spiel, das sie mit mir getrieben hat, nun ein Ende hat.«

Meißner war so, als stünde er mit ihnen in dem Zimmer, ohne eingreifen zu können. Am liebsten hätte er sich die Ohren zugehalten. Sich taub gestellt. Aber Grote erzählte weiter. Meißner verschränkte die Arme vor der Brust. Sein einziger Schutz.

»Sie krallt mir ihre Nägel in die Hände, aber sie ist nicht sehr kräftig. Vielleicht hat sie auch keine Kraft mehr, weil sie weiß, dass es keinen Sinn hat. Irgendetwas knirscht und kracht. Ich sehe, wie ihre Augäpfel hervortreten. Kleine rote Fallschirme landen auf dem Weiß in ihren Augen. Die Pupillen wandern langsam nach oben, und nun füllt der Schneesturm meine eigenen Augen. Es flimmert, und einige Farbpunkte schießen wie Leuchtraketen durch den Nebel und den Staub. Ich merke, wie sie zusammensackt, und halte sie unter den Armen. Ich lege sie auf den Teppich. Ihr Körper sieht ganz heil aus. Zu den Augen sehe ich nicht mehr hin.«

Meißner unterdrückte einen Hustenreiz. Er hatte Angst, sich übergeben zu müssen.

»Und dann haben Sie sich noch im Zimmer umgesehen?«, fragte er heiser.

»Auf dem Stuhl steht ihre Tasche. Sie ist offen. Ich sehe hinein und finde das Diktiergerät, das sie immer dabeihatte, wenn sie ins Frauenhaus ging und sich mit der Lesbe traf. Das Gerät blinkt, und die Aufnahmetaste ist gedrückt. Sie hat alles aufgenommen. Warum? Was läuft hier ab? Was ist das für eine komische Masche? Was habe ich damit zu schaffen? Ich spüre, wie die Wut in mir hochsteigt. Diese Zicke! Was bildet sie sich bloß ein, wer sie ist? Darf man das überhaupt? Jemanden aufnehmen, ohne ihn um Erlaubnis zu fragen? Blöde Kuh, denke ich, dann hole ich das Gerät aus der Tasche, schalte es aus und stecke es in die Hosentasche. Ich gehe aus der Wohnung und schließe die Tür hinter mir. Ich hole mir den Autoschlüssel aus meiner Wohnung und fahre nach Westen, raus aus der Stadt, zum Stausee. Dort werfe ich das Diktiergerät weit hinaus ins Wasser. So weit ich kann.«

Grote sank im Stuhl zusammen, sein ganzer Körper wirkte nun entspannt und locker. Er hatte sich einer großen Last entledigt.

Das Tonband lief immer noch mit, aber sie wussten, dass es nun vorbei war. Sie hatten das Geständnis. Der DNA-Test würde positiv sein.

Als Meißner den Raum verließ, war er erleichtert. Er hätte noch mehr Fragen gehabt, aber er wusste nicht, wem er sie hätte stellen sollen.

Er spürte Zorn in sich aufsteigen, der sich nicht gegen eine konkrete Person richtete. Schon gar nicht gegen Grote. Der war selbst ein Opfer. Eher schon gegen Naum, den Spieler mit seinen dämlichen Ideen, von denen eine Roxanne das Leben gekostet hatte. Naum machte es ihm irgendwie leichter. Er machte ihn wütend und aggressiv.

Meißner fuhr hinaus an die Donau und trauerte dort um Roxanne Stein, die er dreimal gesehen, aber nie kennengelernt hatte.

ZWÖLF

Am Freitag wurde sie auf dem Westfriedhof beerdigt, wo auch der ehemalige jüdische Friedhof von Ingolstadt lag. Mittlerweile war der katholische um den jüdischen Friedhof herumgewachsen und hatte ihn innerhalb seiner Mauern aufgenommen. Heute gab es keine Juden mehr in Ingolstadt, aber etwa sechstausend Moslems. Sie begruben ihre Toten in einem Abschnitt des Südfriedhofs.

Am Grab stand die Familie. Die ältere Tochter beim Vater, die jüngere näher bei der Schwester der Verstorbenen. Pavel Kuska war da und Rebecca Reim. Hinter ihr stand Marlu. Ganz hinten konnte er sogar Günter Naum erkennen, den Spieler, der eigentlich nur ein Spießer war. Es waren sehr viele trauernde Menschen um das Grab versammelt. Einige Sänger eines gemischten Chors hatten sich auf dem Hauptweg aufgestellt.

Meißner stand etwas abseits, trotzdem drehten sich alle nach ihm um, als sein Handy klingelte. Er ging auf dem Kiesweg zurück, weg von dem lehmigen Erdhaufen neben dem frischen Grab, den vielen Blumen und den Trauernden, um den Anruf anzunehmen. Es war Carola. Sie wusste nicht, dass Roxanne Stein heute beerdigt wurde, sie wusste überhaupt nichts von Roxanne. Sie wollte ihm erzählen, dass der Junge offenbar Musik liebte. Wenn sie klassische Musik hörte, begann er sofort sich zu strecken und zu drehen. Es war, als würde er sich wie ein kleiner Tänzer in ihr bewegen.

»Habt ihr schon einen Namen ausgesucht?«, wollte Meißner wissen.

»Wir schwanken noch zwischen Alexander und Cornelius. Was gefällt dir besser?«

»Der Grieche, der mit einem Alpha anfängt«, sagte Meißner. »Wann soll er denn kommen?«

»Am 25. November, wenn er pünktlich ist. Ein Schütze.«

Meißner ging durch das Friedhofstor hinaus auf die Straße. Die Spätsommersonne verschwand gerade hinter einem dünnen Wolkenband, als er sein Jackett auszog und die Krawatte abnahm. Ja, natürlich ging das Leben weiter.

In seinem Audi ließ er das Fenster herunter und fuhr Richtung Innenstadt. Vor der Glacisbrücke bog er vom Ring ab und fuhr die Donau entlang, wo er den Wagen in der Gasse parkte, in der Carola auf dem Rad an ihm vorbeigefahren war und er den Auffahrunfall verursacht hatte. Wie lange war das nun schon her, nur eine Woche? Es kam ihm schon so lange vor.

Er setzte sich in eins der Straßencafés mit den Aluminiumtischen und niedrigen Stühlen, bestellte einen Cappuccino und, als ihm die Kellnerin selbst gemachte Kuchen empfahl, auch noch ein Johannisbeer-Baiser dazu.

Die Sonne schien ihm ins Gesicht.

Wenn es nach der Statistik ginge, würde der nächste Mord in Ingolstadt nicht innerhalb der kommenden sechs Monate passieren. In der Zeit würde er seinen Wagen reparieren lassen. Außerdem würde Carolas Junge geboren werden. Meißner dachte daran, dass er seine Datscha bald winterfest machen musste.

Lisa Graf-Riemann
DONAUGRAB
Broschur, 220 Seiten
ISBN 978-3-89705-820-0

»Ein unterhaltsames Lesevergnügen.« Donaukurier

»›Donaugrab‹ nimmt schnell Fahrt auf und zieht den Leser regelrecht ins Geschehen hinein, bis es zum großen Showdown kommt.« Neuburger Rundschau

www.emons-verlag.de